WILHELM HOLZAMER

Vor Jahr und Tag

WILHELM HOLZAMER

Vor Jahr und Tag

ROMAN

mit einem Nachwort
von Jens Frederiksen

VERLAGSGRUPPE RHEIN MAIN

Wilhelm Holzamers „Vor Jahr und Tag" kam zuerst als Fortsetzungsroman in dem Illustrierten Familienblatt „Daheim" in Berlin heraus. Die erste Folge erschien am 5. Oktober 1907, die letzte am 11. Januar 1908. Die Buchausgabe besorgte im Jahre 1908 der Berliner Verlag Egon Fleischel & Co.

Eine zweite Auflage folgte 1930, diesmal in der Deutschen Verlagsanstalt in Stuttgart. Diese Ausgabe ist die bislang letzte, die über den Buchhandel vertrieben wurde. Aus Anlaß von Holzamers 100. Geburtstag brachte jedoch der Wilhelm-Holzamer-Bund in Nieder-Olm unter der Federführung von Johannes und Liesel Metten 1970 nochmals ein Faksimile der Ausgabe von 1930 heraus, allerdings nur in geringer Auflage als Privatdruck.

Dieses Faksimile bildete die Textgrundlage für den Abdruck von „Vor Jahr und Tag" als Fortsetzungsroman in der „Allgemeinen Zeitung" Mainz und ihren Nebenausgaben in der Zeit vom 21. Februar bis 5. Mai 1997. Und auf dieselbe Textgrundlage stützt sich auch die vorliegende Neuausgabe, mit der wir dem Wunsch zahlreicher Zeitungsleser entsprechen.

Die Vignetten auf den Seiten 5 und 249 sind der Ausgabe von 1930 entnommen.

Verlag und Herausgeber:
Verlagsgruppe Rhein Main, Mainz

Typographie: Thomas Heid
Titel: Michael Lüdemann
Satz: Verlagsgruppe Rhein Main, Mainz
Druck und Bindung: Rhein Main Druck, Mainz

1. Auflage 1997
ISBN 3-920 615-38-7

Mein Gott", sagte der alte Golderjahn vor sich hin, „das Leben ist wirklich schwer. Daß es schwer ist, das hätte schon nicht so viel zu sagen, das hat man mit allen Menschen gemein. Aber daß es so rasch ist, das gehört jedem ganz persönlich an. Denn da kommt's drauf an, wie man's lebt. Und wenn man's so langsam lebt wie ich, da ist's noch einmal so rasch. Eh man sich verguckt hat, ist ein Jahr herum. Nun ist heut schon wieder Bündelchestag – noch ein paar Stund, und das Jahr ist auch gegangen. Wieder ein neuer Kalender – und ich muß den nächsten schon fürs nächste Jahr fertig haben, damit ich nicht zu spät komm und der Drucker gleich damit anfangen kann. Ach, 's ist ein Geschäft!"

Der alte Golderjahn schob seine Papiere beiseite, legte den Gänsekiel hin, schnupfte, schneuzte sich, wischte sich die Nase ab und strich sich dann den grauen Schnurrbart trocken. Alles sehr bedächtig und sehr wichtig. Er lebte eben das Leben langsam. Dann stand er auf und ging zum Uhrkasten hin, an den seine lange Pfeife angelehnt stand. Er klopfte sie über dem Kohlenkasten aus, stopfte sie, probierte, wie sie zog, nahm einen Fidibus vom Eckbrett, machte das Türchen seines breiten Kastenofens auf, ließ den Fidibus anbrennen und zündete dann seine Pfeife an, indem er ein paar kräftige und laute Paffer tat. Dann stieß er die Rauchwolken in rascher Folge heraus – und ganz von ihnen eingehüllt, trat er ans Fenster. Draußen lag alles in Schnee. Mit einem feinen Rieseln fielen die Flocken. Der alte Golderjahn sah ihren Tanz nicht. Er hatte keinen Sinn mehr für den lustigen Wirbel – er war für das Ruhende und Stille. Aber er sah, wie die Dämmerung sank und den Schnee blau färbte, und sah, wie alle Linien und Formen weicher wurden, als sie es durch den Schnee sowieso schon waren. Da paffte er seine Pfeife nur noch heftiger und sah verträumt in die Dorfgasse hinein, durch die dann und wann noch ein Wagen mit „wandernden" Knechten und Mägden fuhr, meist solchen, die hier am Ziel waren und von der alten Herrschaft zur neuen gebracht wurden.

Auch da lief ein Kalender ab.

Der alte Golderjahn machte nun schon zehn Jahre lang den Rheinhessischen Dorfkalender, seit ihn der Bischof Ketteler von Mainz wegen „Ungläubigkeit und Unbotmäßigkeit" aus seiner Schulstube vertrieben und auf die Straße gesetzt hatte. Er hatte ihn auch aus dem Bistum Mainz hinausbeißen wollen, aber das war ihm nicht gelungen. Anfangs machte der Golderjahn ein wenig Ferkelstecherarbeiten, aber zum Advokatischen war er nicht gerieben genug. Er hatte zuviel Gewissen. Da kam er ans Geschichtenschreiben für das Gau-Algesheimer Blättchen, dann machte er die Wochenschau – und dann saß er auf einmal in einer kleinen festen Stellung als Zeitungsmann. Und eines Tages erschien der erste Rheinhessische Dorfkalender, der dem Lahrer Hinkenden Boten Konkurrenz machen sollte – und der denn auch diese Konkurrenz so gut machte, daß er nun schon zehn Jahre erschien, nachdem der alte Golderjahn die Wochenschau am Gau-Algesheimer Blättchen längst aufgegeben hatte. Zehn Jahre Kalendermachen, das will etwas heißen. Das ist am Ende noch ärger, als zehn Jahre Schule halten. Aus dem Regen in die Traufe – aber welcher Schulmeister hätt je sein Leben gescheit angefangen und sich verbessert! –

Der Golderjahn dachte drüber nach, wie's mit dem Kalendermachen war.

„Allen recht machen kann man's nicht, die zwölf Monde sind immer drin und Platz für die Notizen, wann die Geiß beim Bock war und wann die Kuh kalben wird – und was der Bauer so notwendig hat. Das wär eine Kleinigkeit. Auch die Sprüche lassen sich finden. Es läßt sich eben auf jed Ding ein Vers machen. Und die europäische Weltlage ist auch kein Kunststück. Ein bißchen Schimpfen tut da immer gut, denn der Bauer will nicht nur nicken, er will auch dreinschlagen. Und da leider seine große Zeit vorbei ist, wo er zu Feld gezogen ist und die Rechte des Volkes erkämpft hat, da will er wenigstens dann und wann mal ein saftig Wort hören, das er für sich selbst behalten kann, ums gelegentlich dreinzuschmeißen – und nicht nur so eins, wie's von der Kanzel fällt, davor er sich nur duckt und das immer wie eine Höllenfuchtel über ihm hängt. Nein, das wär das Schwerste nicht, das Schwerste sind die Geschichten. Der eine will Lieb, der andere will keine Lieb, der eine will sie sanft und süß, der andere will sie kalt und trutzig, der eine will, daß sie sich kriegen, der andere will, daß sie sich nicht kriegen, der eine will sie so, wie das Leben richtig ist, der andere so, wie man das Leben gern hätt. Da kenn sich der Teufel noch aus. Eine Geschichte ist eine Geschichte. Sie ist, wie sie ist. Sie ist gewachsen wie eine Pflanze – bald hat sie Dornen, bald hat sie keine, bald hat sie helle Blüten, bald hat sie dunkle Blüten, bald ist sie grad und schlank und hoch gewachsen, bald ist sie kurz und breit und buschig. Sie ist so, wie sie selber werden gewollt hat, nicht wie die Leut sie gerne hätten. Und man muß so eine Geschichte auch genießen können. Man muß sich still in eine Ecke setzen können, wie bei einem Glase recht guten, schönen Wein, der klar und goldig ist – und dann muß man so recht von Herzen genießen – riechen den feinen Duft, dann den ersten Schmecker tun mit den Lippen, dann mit der Zunge nachkosten, dann richtig den vollen Schluck schlürfen und dann eben, das Allerfeinste, das nur die guten Kenner können, den Nachgeschmack prüfen. Den Nachgeschmack! Ja, ja – aber dazu gehört kein Bierland, dazu gehört das Weinland. Auch darin hat die Zeit einen Wandel geschaffen – und keinen guten. Keinen guten, meiner Seel! 's wird jetzt auch hier überall Bier getrunken, wohin man kommt, und die Menschen fangen schon an, darnach zu werden. Aber der Wein, aber der Wein – wer versteht denn heutigentags noch was vom Wein! Ach, wir armen Geschichtenschreiber! Und wenn gar die Fuselsäufer hinter unsere Geschichten geraten, die's nicht scharf und fuselig und gepfeffert genug kriegen können! Ach, es ist so viel vergebene Müh."

Draußen war's dunkel geworden. Die Buben kamen jetzt mit ihren Handschlitten. Nun war dem Polizeidiener leichter zu entwischen als am Tage. Der alte Golderjahn freute sich. Er freute sich immer, wenn der hohen Obrigkeit ein Schnippchen geschlagen wurde. Das ewige Vorschriftenmachen und Verbieten und die Leute immer fühlen lassen, daß sie regiert werden und Untertanen sind! Erst immer das große Hurrawort: „Das deutsche Volk" – und dann dies deutsche Volk wie eine dumme einfältige Herde, wie Kinder behandeln! Immer die Fuchtel.

Er tat noch ein paar Züge aus seiner Pfeife. Dann war

sie leergeraucht. Der Golderjahn strich sich die langen grauen Haare über den Ohren zurück, stellte die Pfeife an den Uhrkasten, schnupfte – er schlug immer erst dreimal auf die Dose, ehe er sie öffnete – nickte, zog sein rotes Schnupftuch heraus, schneuzte sich, wischte sich die Nase, putzte den Schnurrbart rein, steckte sein Taschentuch ein und glättete sich den Backenbart zu beiden Seiten. Dann nahm er die Brille ab und putzte sie, setzte sie wieder auf und rückte sie umständlich auf der Nase zurecht.

„Aber nun ist der Bündelchestag wieder herum – und ich muß eine Kalendergeschichte haben. Heiliger Bimbam, ist das eine Tyrannei! Zehn Jahr lang, und immer was anderes – die Menschen sind grad wie ein Sack, der ein Loch hat: Was oben hineingeschütt't wird, fällt unten gleich heraus. Jedes Jahr was Neues – zehn Jahr lang schon – und könnt eine gute Geschichte nicht zehn Jahr lang ganz allein aushalten?!"

Er kratzte sich hinter den Ohren.

„Aber 's muß sein. Ich werd eine Kalendergeschichte schreiben, wie sie mir ums Herz ist, eine, wie sie mir grad einfällt. Eine alltägliche Geschichte – aha, ich weiß jetzt schon! – und wenn sie auch keinem Teufel gefällt. Was liegt mir dran! Die Menschen gefallen ja auch mir nicht – warum sollen meine Geschichten den Menschen gefallen müssen! Bloß, weil ich der Kalendermacher bin! Weiß Gott kein Grund!"

Er steckte einen Fidibus an und zündete seine Lampe an. Dann setzte er sich an den Tisch, nahm den Gänsekiel und schrieb die Geschichte wie folgt:

Am Andreastag sah der Schullehrer Emerich Josef Vetterlein zum ersten Male die Christina Dorothea Rosenzweig, die im Dorfe und in der ganzen Gegend nur einfach die Dorth genannt wurde. Der Vater der Dorth hatte die Wirtschaft „Zur schönen Aussicht", an der Ecke, wo die Straße nach Ingelheim führt. Und am Andreastag war großer Trubel in der „schönen Aussicht", nicht nur, weil die Hocken von Nieder-Saulheim und Gabsheim gegen Abend vom Ingelheimer Andreasmarkt kamen und in der „schönen Aussicht" einstellten – und die Hocken hatten immer einen losen Beutel – sondern auch, weil das seit Jahren und Großväter Gedenken so der Brauch war, daß der Johann Rosenzweig im hinteren Saale, den er vor Jahren neu angebaut hatte, große Tanzmusik hielt, die am Abend um acht Uhr anfing und am anderen Morgen um acht Uhr aufhörte. Und zu dieser Tanzmusik in der Andreasnacht kamen die Leute von Klein-Winternheim und Ober-Olm, von Essenheim und Ebersheim, von Sörgenloch und Zornheim und von allen Orten in der Umgegend, aus dem goldnen Grund und aus dem Essigland, aus dem Mainzerland und aus der Pfalz, aus dem Selztal und von den Höhen des Oppenheimer Weinlandes. Nun war gerade der Fünfundsechziger der „Neue", und die Rheinhessen hatten Geld wie Heu. In Mainz lagen noch die Österreicher, und die ließen auch was hängen. Die rheinhessische Kuh wurde aber noch nicht in Preußen gemolken, wie uns das der „glorreiche" Krieg gebracht hat.

Hier hielt der Chronist Balthasar Golderjahn, der Kalendermacher, inne und wischte sich die Stirne. Es wetterte ihm ein Zorn durch die Seele. Er hielt nichts vom „glorreichen Krieg" und der preußischen Vorherrschaft, er war ein freier Rheinländer und eingefleischter Süddeutscher, der auf das Recht seiner Erstgeburt pochte, sein Rheinhessen liebte und von Bismarck nichts wissen wollte, dem Großherzog von Hessen gern seine Steuern zahlte, aber sich von den Preußen, die er nicht riechen konnte, – er war ein geborener Mainzer und so war ihm diese besondere Geruchsempfindlichkeit angeboren – nicht wollte bevormunden und knuten lassen. Einen Augenblick besann er sich, wollte die Feder hinwerfen und seine Pfeife wieder anzünden und über die jüngstvergangenen Ereignisse nachdenken. Aber da fiel sein Blick auf die Schwarzwälderin im Kasten, und er sah, daß es auf Mitternacht ging. Der Bündelchestag war also beinahe vorüber – und die Kalendergeschichte eilte. So hielt er seine Feder fest in der Faust – und dann schrieb er hin:

Hier läuft mir die Galle über.

So, nun war ihm ein bißchen leichter, und er konnte weiter berichten vom Andreastag in der „schönen Aussicht“:

Der Andreastag fiel diesmal auf einen Samstag. Da ging auch der neue Schullehrer Josef Emerich Vetterlein hin, weil er am Sonntag ausschlafen konnte. Denn das Hochamt begann erst um zehn Uhr, und weil der Pfarrer wußte, daß den Weibern noch der Tanz, den Männern der Wein in den Knochen stak, hielt er's ohne Predigt. Das bißchen Orgelspielen war also schon herumzukriegen – und um elf Uhr konnte man sich wieder von neuem aufs Ohr legen.

Der Vetterlein hatte schon im Bensheimer Seminar der „lange Vetterlein“ geheißen. Er war rappeldürr und baumhoch. Er war wie ein neugeborenes Kalb, denn die Haut hing ihm nur so an den Knochen. Wenn man ihn so anguckte, mußte man denken, daß er für sieben fressen könnte, denn der ganze Mensch bestand nur aus Löchern zum Ausstopfen, grad wieder wie ein neugebornes Kalb, das sich gierig an die Zitzen der Alten heranmacht. Aber es war gerade das, daß der Vetterlein nicht viel essen konnte. Darin war er wie ein Ferkel, das zu heiß „Getränk“ gekriegt hat. Es war, als wenn er einen verbrühten Magen hätt, es schlug nichts an ihm an. So blieb er knochig, hautig, dürr, welk und döllig. Er war wie ein eingedöllertes Ofenrohr. Nun trug er den langen Schulmeistergehrock, der damals noch Mode war, da sah er noch gakeliger aus. Zudem hatte der alte Michel Sieben den Gehrock gemacht, und der schnitt feine Röcke nach einem Muster von Anno Tobak, und es war ihm ganz egal, ob der Rock für einen Dicken oder Dünnen, einen Langen oder Kurzen war, er schnitt für alle alle Röcke gleich. Und so schlapperte der Gehrock an dem Vetterlein herum, als wär er auf dem Pfarrer seinem Schmerbauch anprobiert oder dem Pankraz Klein seinem breiten Buckel – und die Ärmel waren ihm zu kurz.

Aber, ob der Vetterlein auch kreuzhäßlich war, er hatte doch etwas Gutes im Gesicht. Er hätte Kaplan werden können, denn wenn er die Weiber anguckte, war's grad, als sollten sie gleich Rosenkränze beten. Die Mädchen freilich kicherten erst ein wenig. Aber dann guckten sie auch mit so halben Rosenkranzaugen. Keine jedoch, die vor den Augen des Vetterlein errötet wäre, wenn auch eine einmal heimlich gedacht haben sollte: er ist ein Schullehrer, und man könnt sich ein bißchen putzen und fein machen und das „Schulbäschen" spielen, wenn man seine Frau wär – denn damals begann schon unter den Bauernmädchen die Sucht nach Vornehmtun und die Neigung zur Faulheit, die einen Schullehrer begehrenswert machte, trotz des Hungergehaltes, das er bezog.

Hier nahm Herr Balthasar Golderjahn eine Prise und benieste, was er geschrieben hatte. Dann fuhr er fort:

In der „schönen Aussicht" strahlte diesen Abend die Dorth. Sie hatte erst im vorderen Wirtszimmer bei den Hocken serviert, dabei waren ihr viel schöne Sachen gesagt worden – der und jener hatte sie in den Arm gekniffen und ein begehrliches Gesicht gemacht; aber was die Hauptsache war, sie hatte die Ledertasche, die sie an einem Gürtel um den Leib trug, bald wohlgefüllt mit Guldenstücken und blanken Talern, so daß sie ordentlich zog und ihr schwer auf den Hüften hing. Das freute die Dorth. Und daß sie den Abend tanzen konnte, das rötete ihr noch extra die Wangen. Denn sie war wie ein Borsdorfer Apfel, so rot und rund, so wie so schon im Gesicht; aber wenn sie sich freute, dann wurden ihre Wangen noch extra frisch, gleichsam als wenn Sie mit Fett abgerieben wären – ohne fettglänzend zu sein, wie's bei den Mädchen vom Land öfters der Fall ist – und der übrige Teil ihres saftigen Gesichtes bekam einen weichen flaumigen Schimmer wie ein reifer Pfirsich. Sie hatte dunkle Augen, die hell funkelten, und hübsche, gerundete Brüste, die bei jedem Tritte ein wenig wippten, sonst aber züchtig versteckt unter den Quetschfalten ihrer Taille lagen. Sie trug diesen Abend ein schottisch-kariertes Kleid, rot und schwarz, und daraus wuchs der Hals in einem zarten Rosa heraus, zwischen einer zierlich gefältelten weißen Spitzenkrause, rund und schlank, wie eine Blume aus ihrem Kelche. Die Dorth war nicht allzu groß und nicht allzu schlank – man mußte weder zu groß noch zu langarmig sein, sie zu umfangen. Man hatte das Gefühl, daß sie gerade recht war wie sie war. Sie roch förmlich nach Gesundheit und Sauberkeit, und sie duftete dabei doch nach dieser feinen Wärme, die die Mädchen so begehrlich macht, wenn sie reif sind. Es ist ein ganz aparter und süßer Bettduft, den sie da an sich zu haben scheinen – offen gesagt unter Männern, es soll keine Pfarrersköchin drum erröten – und der den Männern so wohltut und sie verliebt macht.

Es schlug Mitternacht, und der Bündelchestag war herum. Der Golderjahn merkte, daß ihm die Geschichte länger wurde als sie sollte. Aber er hatte sie nun mal angefangen, so wollte er sie auch unentwegt weiter schreiben, auch wenn der Kalender ein paar Seiten mehr bekommen sollte, als vorgesehen war.

Die Dorth sah den Vetterlein und tat einen halbunterdrückten Schrei. Dann aber konnte sie's Lachen nicht mehr halten, sie nahm ihre Schürze vors Gesicht und hustete einen Lacher in ihre Schürze hinein. Sie lief in die Küche und warf sich der Köchin und Haushälterin, der dicken Annelies Brabender, die schon vor ihrer Mutter Tod das Regiment im Hause führte, an den Hals und rief aus:

„Jesses, Annelies, was en dürrer Kerl! Lang wie eine Bohnestang, lang wie die ganz anner Woch, sag ich dir, und dürr, dürr wie die letzt Fürbitt in einer Litanei!"

Sie schüttelte sich vor Lachen.

„Wie er mich angeguckt hat! Angeglotzt! Mit Augen wie Pflugsräder! Der neue Schullehrer ist es, und er sieht aus wie die teuer Zeit, daß man sich vor Lachen grad wälzen möcht!"

Die Annelies Brabender nahm jetzt den Ausdruck von überlegener Würde an und sagte:

„Er wär lang und dünn, daß sagen alle Leut, aber du mußt bedenken, daß so ein Schullehrer nit zu verachten ist. Man wohnt im Schulhaus, zieht morgens um zehn Uhr – da kann man mit seiner Haushaltung fertig sein, besonders im Anfang, wann noch kein' Kinder da sind, – sein schön sauber Kleid an, setzt sich ans Fenster und ist die Madam. Die Dreckarbeit läßt man andere Leut tun, und auf dem Feld sich abrackern kann wer will, man braucht's nit mehr."

Die Dorth lachte nun nicht mehr und ging aus der Küche. Der Vetterlein hatte sich schon im Tanzsaal installiert und hatte auch schon seinen halben Schoppen vor sich, an dem er vorsichtig trank.

Die Dorth kam jetzt eben gerade, als der Tanz anfing. Da tat der Vetterlein erst einen kräftigen Schluck, mit dem er sich Kurasche antrank, und dann ging er auf die Dorth zu und bat sie zum Tanz. Die Dorth errötete zwischen Lachen und Verlegenheit, dann lehnte sie sich sanft an, er nahm sie in seine Arme und walzte mit ihr herum. Er walzte gemessen, sicher, gefühlvoll und ausdauernd. Er tanzte wie ein Engel. Das tat den Füßen der Dorth wohl, die selbst gern tanzte. Sie hatte sowieso schon eine weiche, anschmiegende Art, nun, wie sie fühlte, daß der Tänzer so sicher und leicht und beherrschend war, lehnte sie sich noch wärmer, ja sogar hingebungsvoll, an ihn; sie vergaß, wie lang und dürr er war, verbarg sich vielmehr ganz in seinen Armen und verwuchs ganz mit seiner Gestalt. Um sie wehten die überzähligen Falten seines „Senkels", um ihre Füße kreiste mit leisem Wiegen der Ring ihres weiten Rockes, und ihm nach, der eine etwas höher als der andere, weil dieser mit dem Schnupftuch beschwert war, flogen im Kreise seine Rockzipfel, bald flatternd sich von ihm weghebend, bald näher sich an ihn anschmiegend.

Und als der Tanz zu Ende war, war die Dorth erstaunt, wie genußvoll er gewesen war; doch als sie, noch an seinem Arme, seine Länge hinaufblickte und ihr Blick an seinem Gesicht haften blieb, errötete sie wieder zwischen Lachen und Verlegenheit, und sie brauchte ihren ganzen Spott und ihren frechen jungen Übermut, um sich nicht vor den Leuten zu genieren, daß sie so hingebungsvoll getanzt hatte. Den ganzen Abend war ihr keiner lieber, und der Schullehrer Vetterlein tanzte so oft mit ihr, daß die Leute schon die Köpfe zusammensteckten und tuschelten und die Heirat fertig machten – die einen mit Bewunderung, die anderen mit Neid, wieder andere mit Rechtgeben und Zustimmung und gar nicht wenige mit

Mißbilligung. Denn was war die Dorth für ein Mädel! Es sollt nur mal einer sich's überlegen: die einzig Tochter – so und so viel, was sie mal von der Mutter her gleich bar bekäm – wenn der Alte mal die Augen zutue, noch einen schönen Brocken – die „schöne Aussicht" und die Äcker und Wingerte, was könnt die eine Partie machen! Denk nur einer an! Die Wirtschaft ist nit umzubringen – auch wenn sie wirklich einmal eine Bahn bauen – und der alten Rosenzweig hat die schlechtsten Weinlagen auch nicht. Und die Dorth! Ein Mädel wie Milch und Blut. Ein Gesicht, wie aus dem Äpfelchen geschält – und sauber! Festes Fleisch und gewachsen wie ein Tannenbäumchen! Es denk nur mal einer an! Und eine Hausfrau! Die! Die kann schaffen für sieben. Überall die Augen, auch wo die Händ nicht sind, flink wie ein Wiesel, adrett, und immer lustig. Genau wie ihr Mutter war, wie ein Vögelchen auf 'm Dach. Alle Tag Feiertag. Und tanzen tut sie, tanzen wie ein Federchen. Nein, die wär dumm, wenn sie den Schulmeister nähm, und der wär zu beneiden, wenn er sie kriegen tät. Aber 's ist ja in letzter Zeit so, die Schulmeister schnappen die besten Fisch weg.

Seit Jahren war das so Brauch, und in der ganzen Gegend war es bekannt, daß am Andreastag der Anderbach mit seiner Kapelle in der „schönen Aussicht" spielte, und keinem Menschen hätte es mehr auf der Andreasmusik gefallen, wenn einmal andere Musiker da oben auf dem Orchester gesessen hätten, als dem Anderbach seine und er selbst an der Spitze, obgleich er nur das Althorn blies und nicht einmal die Geige spielen konnte. Deshalb verstand er es doch, eine Kapelle zu leiten.

Der Anderbach kam nun vom Orchester herunter, tätschelte die Dorth ein wenig auf das Bäckelchen, hob ihr dann das Kinn und kicherte:

„Willst den Langen – willst den? Die Madam spielen,

gelt, das steckt dir in der Nas? Ob du den kriegen wirst? Und was tät denn dann der Jörg-Adam machen?" „Pah!" sagte die Dorth und wippte mit den Schultern. „Was geht mich der Jörg-Adam an! Und den Langen – na, wann ich den nehmen tät?"

„Wann'st den nehmen tätst! Könntst ihm erst ein paar Knoten in die Bein machen, daß er die richtige Läng für dich hätt. Gelt, ‚Frau Lehrer' – ihr Deiwelsweiber! Steckt 'n all der Hochmut in den Köpp! Schafft was, bückt euch, daß euch das Hinterquartier nit so dick werd, das ist gescheiter als eine vornehm Nas machen und zugucken, wie die andern Leut sich abrackern."

„Na, na, Anderbach – Ihr tut dem Schaffen auch nit weh, tünchern laßt Ihr Euer Leut, das bißchen Musik, mal ein Schuldschreiben und Euer fein Holzfarb anrühren, was Ihr selbst tut; aber sonst: Schoppen blasen! – und was die Läng anbelangt, tät ich den langen Schullehrer schon gleich nehmen, und wenn ich ihm auch erst ein paar Knoten in die langen Stelzen machen müßt."

Sie lachte hell auf.

„Aber Ihr habt noch gut Ruh davor, Anderbach, und auf mein Hochzeit kommt Ihr sowieso nit."

Sie lief davon und ließ ihn stehen. Als die ersten Musiktöne wieder zum Tanze luden, kam der Vetterlein auf die Dorth zu und engagierte sie feierlich mit einem tiefen Knix, der sich ausnahm, als wickele er sich dabei um sich selbst und wickele sich dann wieder auf, um in die Höhe zu schnellen und die schöne Dorth in seine Arme zu nehmen, mit ihr den Saal zu durchschweben. Er war so verliebt, der Vetterlein, und kostete alle sieben Seligkeiten. Tanzen durfte er nun schon mit der Dorth – o, wenn er das dachte, so wurde der Gedankte, der ihn warm durchfuhr, zu einem seligen Schmachten: wenn er sie erst küssen dürfte!

Wie die Dorth plauderte! Was sie für weiße Zähne hatte! Was für ein flinkes, rotes Zünglein! Was für runde Bäckelchen! Und was für einen schelmischen Blick in den Augen. Wenn sie von unten zu ihm heraufsah! Wenn sie ihn von der Seite streifte! Wenn sie zusammen einen schönen Bogen ausschwangen! Wenn sie sich beim Rheinländer die Arme wiegten! Wenn sie sich an den Händen faßten! Ach, die Dorth! Er war so verliebt! Er war gerade wie das Ausrufezeichen für alle Schönheiten und Herrlichkeiten der Dorth. Er war das Ausrufungszeichen seiner ganzen komischen Verliebtheit. Und alle Leuten konnten's lesen.

So tanzte er die ganze Nacht hindurch. Am grauenden Morgen ging er heim, als man schon die Zeiger am Kirchturm sehen konnte. Er hatte der Dorth noch einmal die Hand gedrückt beim Abschied. Er hatte ihren Arm ein klein wenig an sich gebogen – ein leises, scheues Momentchen lang hatte ihre weiche, warme Brust an die großen Knöpfe seiner Weste über der Herzgrube gestreift. Beinahe hätte er den Mut gehabt, einen Kuß auf ihren Scheitel zu hauchen – und ihr kühler Scheitel wollte in seiner Vorstellung schon zu ihrem warmen Munde werden – da überlegte er sich, daß er sich doch zu tief zu ihr hinunterbücken müßte – und daß das zu lange dauerte und am Ende auch mißlänge. So ging er so. Die Dorth hatte im Augenblick des Abschieds zurückhaltend und doch einladend getan, schämig und doch begehrlich – Tanz und Wein kribbelten ihr im Blute – aber als nichts geschah, war sie mehr enttäuscht und ärgerlich, als sie sich eingestehen wollte, und sie kicherte dem abziehenden Vetterlein einen spitzen Spott nach, der zu einem Lachen sich steigerte, als sie sich ganz frei geben konnte. Und nun war auch nichts Arges und Garstiges mehr im Klang ihrer Stimme. Nur Lachen – ein befreiendes, frohes Lachen, lauter Jugend, und heller, hellster Übermut.

Der Anderbach, sein geliebtes Althorn unterm Arm, hatte sie von der Stiege aus beobachtet, und als er nun in dem Flur neben sie trat, petzte er sie ein wenig in die Hüfte und sagte:

„Bist doch ein Kränksluder, Dorth. Der arme Schullehrer! Wirst ihn wohl um sein bißchen Verstand bringen wollen? Die Kränk habt ihr Weibsleut ein. Und die Männer sind Hutsimpel – sonst täten sie euch was pfeifen!"

Die Dorth hatte nicht Zeit zu antworten. Drinnen schrie die rauhe Stimme ihres Vaters: „Abrechnen!" Da mußte sie auch dabei sein, obgleich jetzt ihre Geldtasche fast ganz leer war. Sie hatte während des Tanzes nur noch gelegentlich mal bedient. Sonst hatte sie die Nacht durch getanzt. Mochte er schimpfen, es lag ihr nichts dran. Der Anderbach ging mit seinem Althorn unterm Arm in den silbernen Morgen, der ganz im Sonntagsschimmer lag, dem Dorfe zu, hinter dem Vetterlein her, dessen Rockzipfel wie in verklingenden Tanzschwingungen um seine langen Stelzbeine wippten. Und der Anderbach machte sich in seinen Gedanken lustig über ihn und schüttelte von Zeit zu Zeit seinen beweglichen Musikantenkopf.

Ach, kratzte dem Golderjahn der Gänsekiel. Aber es mußte sein, und er setzte nicht aus:

Das Jahr Fünfundsechzig muß man erlebt haben, sonst kann man nicht wissen, wie das war. Der Wein! Der Neue! Er schmeckt noch gut in der Erinnerung. Ein Tropfen! Wie Öl. Ein Feuer! Edel. Er machte dem lieben Herrgott alle Ehre, das muß gesagt werden. Allerdings bringt er so was selten genug fertig. Wen der Fünfundsechziger mal „hatte", nun, den hatte er. Und es muß gesagt werden, leider Gottes, aber 's ist die Wahrheit, und darum ist's kein Schand, daß man's sagt: Am Sonntag nach dem Andreastag war das halbe Dorf besoffen. Besoffen, ich sag das. Der alte Rosenzweig hatte eine volle Schatulle, und die Einheimischen und Fremden, die hatten tolle Köpfe. Ach, was war da das Bett eine Wohltat – wenn auch der Tag vor den Türen stand. Nun ja, und es muß gesagt werden, daß das Jahr Sechsundsechzig in Rheinhessen ein reiches Kinderjahr war, was auch mit dem Wein von Fünfundsechzig nicht ohne gelinden Zusammenhang sein dürfte – vielleicht war's auch deshalb, daß die Preußen uns den Sechsundsechziger Krieg beschert haben, damit unter den Alten aufgeräumt wurde, um Platz für den jungen Nachwuchs zu schaffen. Deshalb kann ich aber die Preußen doch nicht loben, und mögen mag ich sie deshalb auch nicht grad mehr. Ich bin dafür, daß wir am Rhein und in Süddeutschland unsere eigene Sach auch selber ausmachen – vor allen Dingen will ich aber niemand hineingemischt haben, den ich nicht leiden kann, und vor dem ich mir die Ohren zuhalt, denn die Preußen haben alle Stimmen, wie die Karfreitagsknarren in der Kirche oder wie alte, verrostete Wetterfahnen, die am liebsten den Wind kommandieren möchten. Doch das nebenbei und als meine ganz persönliche Meinung. Dies ist eine Sache, in der mir auch der Fünfundsechziger nichts hilft, in dieser Angelegenheit hab ich Essig gesoffen, das gesteh ich ehrlich ein.

Der Gänsekiel kratzte, wie der Golderjahn weiterschrieb:

Emerich Josef Vetterlein hatte kein Auge zugetan. Er spielte die Orgel heut meist im Dreivierteltakt. Es war der Wein und die Liebe in ihm.

Der Dorth war's in der Kirche so, als müßte sie ihr Gewissen erforschen. Denn der Jörg-Adam, der beim

Tanz sich ganz höflich gegen sie benommen hatte, war auf der Kirchentreppe neben Sie getreten und hatte ihr giftig zugeflüstert:

„Schäm dich, Dorth, schäm dich! Daß die Leut von dir reden. Drum hast du so viel mit dem Schulmeister getanzt."

Sie hatte gerade Zeit gehabt zu erwidern:

„Laß mir mein Ruh, Jörg-Adam."

Dann hatte er, gerade in der Tür, noch Zeit gehabt zu sagen:

„Heut abend reden wir miteinander."

Sie wußte gar nicht, wie's gekommen war, sie hatte genickt drauf. Nun dachte sie darüber nach, was der Jörg-Adam mit ihr wollte – und daß er sie ja gar nichts anging. Sie hatte kein Verhältnis mit ihm. Sie plauderte gern mit ihm, warum nicht. Sie stand manchmal abends auf ihrer Haustreppe mit ihm. Nun ja, so beinahe jeden Abend. Aber was war da weiter dabei! Und er kam oft mit seinen Kameraden. Aber da kam er mehr wegen der Kegelbahn. Und zudem – was hatte sie Übles getan? Sie hatte mit dem Schullehrer getanzt. Jetzt machten die Leute gleich wieder eine Geschichte draus. Sie hatte deshalb noch lange mit dem Schullehrer kein Verhältnis. Und wenn sie eines hatte!?

Der Jörg-Adam hatte bei den weißen Chevau-legers in Darmstadt gedient – und das sah man ihm heute noch an. Wenn er durch die Stube ging, klirrten die Fensterscheiben. Es war immer, als ob er seine Sporen noch anhatte. Und wenn er die dickste Kegelkugel sich aussuchte, einmal in die Hand spuckte, die Kugel zweimal durch die Hände drehte, dann auf die Rechte legte und einen Blick auf sie tat und einen Blick auf die Vollen – ein wenig sich neigte – auf der rechten Fußspitze wippte und drei Schritte vorsprang – dann in die Vollen warf –

scharf, mit einem kurzen, kraftvollen Ruck, wonach er, der Jörg-Adam – und hier mußte die Dorth das Gesicht in beide Hände legen, so hingenommen war sie auf einmal von der Vorstellung – wonach er bolzenstracks noch kürzer aufschnellte, sich herumdrehte und wie ein König dastand, ja, wie ein König, dann fielen draußen alle Neune, und er hörte es, denn wie ihn gab's keinen zweiten. Dafür war der Jörg-Adam auch der Verwalter von's Kretzers Gut und ganz und gar ein Herr. Aber was wollte er denn mit ihr? Sie hatte kein Verhältnis mit ihm – und sie konnte sich nicht ganz auf seine Seite, nicht ganz auf die des Schullehrers stellen – sie konnte keine Wahl treffen und sich entscheiden. Daran merkte sie, daß sie noch frei war, und daß ihre Gewissenserforschung keinen Sinn hatte, denn sie hatte kein Gewissen in der Sache. Sie waren ihr beide gleich lieb, jeder auf seine Art. Der Lehrer als ein guter Tänzer, der einen so gefühlvoll durch den Saal drehte, äußerlich ein bißchen komisch und etwas gar lang geraten, aber ein guter Kerl, denn das lag in seinen Augen, die immer so etwas Weiches und Schmelzendes hatten wie Butter in der Sonne. So gut, daß man sich eigentlich über sie ärgern könnte: so wie ein geschlagener Hund Augen macht. Der Jörg-Adam, nun, weil er eben der Jörg-Adam war, einer, vor dem man Respekt hatte, einer – na ja – ein ganzer Kerl!

Es war der Dorth jetzt ordentlich leicht, und nachdem sie ein Gähnen unterdrückt hatte, guckte sie auf, wie weit's am Altare sei. Der Pfarrer mußte heute Evangelium und Epistel verkürzt haben, denn er war schon fertig und schritt eben die Altarstufen herunter, den Predigttext und die Verkündigungen zu verlesen, weil doch keine Predigt heute war. Nun, sie hatte eine besondere Andacht heute verrichtet – um's aber recht gut zu machen, betete sie noch rasch die lauretanische Litanei, machte sich nun aber doch ein paar ganz winzig kleine Gewissensbisse, daß sie Opferung, Wandlung und Kommunion einfach verträumt hatte, obgleich die Meßdiener doch die Schellenzeichen gegeben hatten. Aber diese leisen Skrupel vergingen, und als die Kirche aus war, schritt sie stolz den Mittelgang hinaus, fast wie eine Königin – ja, wie eine Königin – sie dachte das selbst, so triumphierend und strahlend, denn sie wußte, daß sie begehrt war. So nahm sie auch die Musik, die der lange Vetterlein auf der Orgel traktierte, ganz allein für sich an – und dem Jörg-Adam warf sie einen großen, nicht gerade verheißenden, aber doch schönen und warmen Blick zu. Dann besprengte sie sich mit Weihwasser und schlüpfte hinaus. Und draußen erst war sie wieder die Rosenzweigs Dorth, ein Mädchen von vielen Mädchen, denen die Burschen nachsahen und auch mal was nachriefen.

Ach ja – die Weiber !–

Hier konnte der Golderjahn nicht weiter schreiben und mußte sich einen Augenblick hinter den Ohren kratzen.

„Wie ist's denn nun zwischen uns, Dorth?" fuhr der Jörg-Adam die Dorth am Abend an, „ich möcht nun endlich wissen, woran ich bin."

„Ich weiß immer, woran ich bin", sagte die Dorth und guckte nach der Seite.

„Woran ich bin, weiß ich auch, aber woran ich mit dir bin, das möcht ich wissen", sagte der Jörg-Adam und hatte dabei so feuchte Lippen bekommen, daß er den Speichel ein wenig einschlürfen mußte.

„Siehst du", sagte die Dorth, – „es läuft uns eine Katze über den Weg."

Das war auch wahr, es lief auch eine Katze über den Weg.

„Ach, laß das", drängte der Jörg-Adam, „ich will endlich mal eine klare Antwort. Ich bin's müd, von dir an der Nas geführt zu werden."

„So, ich führ dich an der Nas?"

Der Jörg-Adam horchte auf. Hatte die Dorth da einen schnippischen Ton eben gehabt! I! So einen Ton konnt die haben! Zugleich ward ihm ein wenig bange. Er dachte: vorsichtig sein und nichts verderben.

„Na ja", lachte er, „es sagen's doch alle Leut. Man wird ja zum Gespött. So ein Schlappschwanz ist man doch auch nit. Da mein ich, ich bin sicher mit dir – und da tanzt du den ganzen Abend mit dem Schulmeister, der aussieht, als ob er jeden Augenblick aus seinen Kleidern fallen müßt. Gar kein Kerl, der reinste Hannebambel."

„Wann du gekommen bist, hab ich auch mit dir getanzt."

„Na ja."

„Aber du bist nur ganz wenig gekommen."

„Na ja."

„Du bist lieber auf der Kegelbahn gewesen."

„Ich kegel halt lieber als tanzen."

„Gelt – da haben wir's. Und nun willst du kommen und mir Vorwürf machen. Die Leut sagen! – Die Leut sagen viel. Die Leut sagen auch, wir hätten ein Verhältnis miteinander. Aber wir haben gar keins miteinander."

Der Jörg-Adam sperrte Mund und Augen auf. Er war nicht gewiß, ob er recht gehört hatte. Und wie er das aufzunehmen hatte. Er wußte nicht, sollte er jetzt gütig sein zur Dorth oder sie scharf anfahren. Er schwieg klüglicherweise. So gingen sie denn eine Weile nebeneinander her und wußten nicht, was sie miteinander anfangen sollten. Sie gingen den Mühlweg hinunter, zwischen den Backsteinplätzen hin, wo man die Lichter der umliegenden Dörfer auf den Höhen sehen konnte. Die guckten so verschwiegen und heimlich in den Talkessel herunter, so daß der noch stiller und heimlicher ward, als er schon war, weil man fühlte, wie abgeschlossen er dalag. Im Rücken hatten sie das Dorf. Es ging kaum ein Fenster ins Feld hinaus, Straßenbeleuchtung gab es nicht, und so lag es schwarz und brütend hinter ihnen. Sie fühlten es beide – das Dunkle hinter sich, das fast schwer werden wollte. Der Dorth fiel's leicht, sich dagegen zu wehren, der Jörg-Adam schnaufte ein paar Mal, als hab er ein paar Blasebälge voll Atem zu viel in der Brust.

Das Feld war ganz still, die Luft war feucht, und der Nachtnebel fisserte ein wenig.

Da hob sich zwischen den Tannen von Friedensrichter Wagners Garten ein Lichtschein in die Höhe und fiel aufs Feld hinaus. Sie blickten beide hin, und es war ein erlösender Augenblick für sie beide. Es ist so: das weite Feld macht still. Es ist, als ob sich alle Gedanken und Worte darin verlören. Was einmal auseinander geraten, das findet sich nicht mehr zusammen. Anders im Hause. Zwischen den vier Wänden bekommt alles seinen Widerhall, da entweicht nichts; da ist aber auch das Schweigen nicht auszuhalten. Und nun dachten sie wohl an des Friedensrichters Haus hinter den Tannen – und sie merkten, daß sie voreinander stille waren, und daß es weit zwischen ihnen geworden war, fast zu weit zum Zusammenfinden.

„Dorth!" bat der Jörg-Adam.

„Jörg-Adam?" fragte mit halber Schnippischkeit, aber doch gutmütig, die Dorth zurück.

„Na, sag, soll es so zwischen uns bleiben?"

Der Dorth war es wunderlich, daß der Jörg-Adam so weich sein konnte. Das reizte sie.

„Na ja!" sagte sie.

„Du willst's?"

„Ach, sei doch nit so. Du bist ja wie ein Krüppel am Weg."

„Aber Dorth!"

„Ich sag dir doch, sei nit so. Und warum? Es ist nichts zwischen uns, so nit und so nit. Nein –" Sie redete sich nun in einen Widerspruch und eine Halsstarrigkeit hinein – „es ist nichts zwischen uns. Wir haben kein Verhältnis miteinander, und ich will machen, was ich will, und ich will keine Vorschriften gemacht haben, und ich will keine Vorwürfe gemacht haben. Was die Leut sagen – was gehn mich die Leut an! Und was gehst du mich an, und was geht mich der Schullehrer an! Ihr geht mich all gar nichts an – und du kannst machen, was du willst, kannst hingehen, wohin du willst – ich hab nichts mit dir. Nein, grad nit – und grad, wenn du mir so kommst! Kegel du – ich tanz – das ist mein Sach – und das andere ist dein Sach!"

Ihr rheinhessisch Temperament war nun richtig mit ihr durchgegangen.

Den Jörg-Adam hatte es rot überlaufen im ganzen Gesicht, so daß es ihm wohltat, wie ihm der Nebel auf die Wangen rieselte. Er hatte auch seinen Stolz. Was ihr einfiel! Wenn ihm das ein Mann täte, ihn so ganz und gar nicht estimieren, tät er ihn Mores lehren. Und die Dorth sollte ihn so gering achten dürfen und sollt's ihm auch noch ins Gesicht sagen dürfen?

„Ich brauch doch dir nit nachzulaufen", hub sie wieder an, „ich brauch kei'm Menschen nachzulaufen. Was du dir einbildest! Hab ich mich dir versprochen? Hab ich dir gesagt, ob ich dich will? Ich will dir sagen: ich will dich gar nit! So, daß du's weißt, – weil du mir doch Vorschriften machen willst. Ich bin auch nit von Fuchsdreck, brauchst dir gar nit einzubilden."

Der Jörg-Adam zügelte seinen Zorn.

„Ist das gesagt zwischen uns?"

„Das ist gesagt, natürlich."

„Spielst du mit mir?"

„Spielen?"

„Ist das dein Ernst?"

„Mein heiliger Ernst."

Da richtete er sich auf. Er war jetzt noch einen Kopf größer als sonst.

„Dann ist's gut", sagte er.

Einen kleinen Augenblick stand er gerade und aufgerichtet. Er hielt den Atem an und bohrte die Augen auf die Dorth, die ganz zaghaft, aber ohne sich's in ihrer Haltung merken zu lassen, ein paar kleine Schrittchen weiter ging.

Dann drehte er sich um und ging. Und nun war's, obschon er auf der Straße ging, als klirrte etwas mit, als hätt er auch hier seine Sporen an, genau wie wenn die Fenster klirrten, wenn er durch die Stube ging.

Die Dorth blieb stehen, sah ihm nach.

Nun wurde ihr erst klar, was geschehen war.

Sie folgte ihm langsam. Langsam, als ob sie erwartete, daß er stehen bliebe, daß er zurückkomme.

Aber er tat's nicht. Er entfernte sich immer mehr vor ihr, immer mehr nach dem Dunkel des Dorfes zu.

Sollte sie ihn rufen? Nein, grad nicht! Er sollte haben, was er wollte.

Und sie ging ihm nach und verlangsamte ihre Schritte noch. Plötzlich schüttelte sie's. Sie nahm ihre Schürze auf und weinte hinein. Sie weinte heiß und krampfhaft – und sie meinte, es sei lauter Zorn, daß sie weine. Warum sang sie nicht lieber? Warum fand sie nicht böse und heftige Worte? Sie schluchzte immer wieder – und ganz müde und geschlagen kam sie daheim an.

Als der Nikolaustag herum war, war die Weihnachtsstimmung im Dorf. Alle Leute hatten Heimlichkeiten, und die Kinder waren fürchtig. Die Burschen durften zu gewissen Stunden des Abends nicht in die Stuben kommen oder wurden mit allerhand Kniffen ins Wirtshaus abgeschoben, weil die Mädchen beisammen saßen und Weihnachtssachen arbeiteten. Und die Kleinen mußten früh ins Bett, weil die Mutter „Guts" backte, Anisgebackenes und Buttergebackenes, in manchen Häusern auch damals schon Zimtwaffeln und Makronen und anderes Schnuckelzeug, das später immer mehr in Aufnahme gekommen ist, weil die Mäuler immer feiner geworden sind, die Weiber aber meinten, sie seien hinter ihrer Zeit zurück, wenn sie nicht so geschickt wie die Zuckerbäcker und so naschmäulich wie die Kinder wären. Die Weiber –

Hier hielt der alte Golderjahn wieder inne und kratzte sich hinter den Ohren, aber dann schrieb er den Satz doch fertig: Die Weiber sind überhaupt das Elend in der Welt, die Menschen hätten gerade so gut auch auf Bäumen wachsen können, und der liebe Gott hätte sich's ersparen können, die Eva zu schaffen. Aber da er's nun einmal getan hat – und da er's auch kaum mehr korrigieren wird – so müssen wir armen Männer uns eben mit den Weibern abfinden. Leicht ist's nicht – der eine bekommt eine Glatze davon, der andere einen krummen Buckel, manch einer mußte sogar seine Hosen ausziehen, weil die geliebte Gattin sie anziehen wollte, und die meisten, – ich wage zu sagen: die meisten! – laufen überhaupt als fünftes Rad am Wagen durch die Welt. Dies ist der Punkt, wo mein Zorn mein Trost wird.

Als der Golderjahn das geschrieben hatte, wollte er's rasch wieder durchstreichen, aber im selben Augenblick riß ihm der Spalt von seinem Gänsekiel durch, und er mußte mit dem Federschneiden beginnen. So blieb der Verräter stehen. Er fuhr dann fort, als seine Feder wieder in Ordnung war:

Die Dorth war eine echte Evastochter und hatte also den Teufel im Leibe. Es geschah ihr ganz recht, daß sie litt. Sie lag nachts stundenlang wach, und wenn sie einer gefragt hätte, was sie gedacht habe in der langen, wertvollen Zeit, die sonst die Menschen mit Nichtstun vergeuden, sie hätte es nicht zu sagen gewußt. Sie wußte es selbst nicht, was sie dachte. Aber es quälten sie Gedanken. Ungewisse und schwere Gedanken, die sich wie Blei auf sie legten.

In der Nähe der Herzgrube rutschten sie dann alle zusammen zu einem schweren Klumpen und drückten da wie der Ölberg. Wahrhaftig, es war ihr, als tät der ganze Ölberg auf ihr liegen. Am liebsten hätte sie geheult. Aber obgleich sie sich jeden Abend ein frisches Sacktuch unter das Kopfkissen legte, die Tränen kamen nicht. Sie schnipperte manchmal und wollte sie damit hervorlocken, sie taten ihr aber absolut nicht den Gefallen. Sie staken irgendwo fest, wie Schrotkörner in einem Hasenknochen – und seit dem Abend im Mühlweg wollten sie nicht mehr aus ihren Kapseln heraustreten. Nur das wurde der Dorth so schummerig klar, daß es wegen dem Jörg-Adam sei, daß sie etwas die Nächte lang quälte.

Am Tage dachte sie nicht daran. Da war die Arbeit, da war das Kommen und Gehen der Gäste, da war der Schnee auf den Feldern und die rote Wintersonne am Himmel, na ja, da war ihr Herz wie ein Taubenschlag, grün angestrichen und mit einem offenen Falltürchen, das sie nie zufallen ließ, weil sie nicht drin behalten wollte, was hineingeflogen war. Wozu auch! Und nachmittags kam der Lehrer. Um drei Uhr war die Schule aus. Um vier strich er schon in einem weiten Bogen ums Haus herum. Er tat immer, als suche er was da draußen. Als ob man's nicht merkte! Veilchen blühten jetzt nicht, Äpfel von den Bäumen stehlen konnte man auch nicht, und um sich darüber lange Gedanken zu machen, daß der Schnee weiß ist und nicht schwarz, und daß es Schnee und nicht Streuzucker ist, dafür brauchte man nicht extra lange stehen zu bleiben und ein Gesicht zu machen wie ein Schwartenmagen, dem der Hund den einen Zipfel abgebissen hat. Mein Gott! So ein Schullehrer ist der geborene Wichtigtuer. Der kann sich nicht mal einen Hosenknopf zumachen, ohne dabei ein Gesicht zu schneiden, als wär er der liebe Gott am ersten Schöpfungstage und wüßt selbst noch nicht, was aus dem ganzen Kram werden sollt. Na, und so ging er denn einen Kreis nach dem anderen, wie ein Hase, der in sein Nest will, bis er richtig auch den letzten Hupfer tat und in die „schöne Aussicht" eintrat.

Er trank nur einen halben Schoppen Neuen, und wenn auch die Dorth regelmäßig sagte: „Auf einem Bein heimgehen, Herr Lehrer?" – er bestellte doch den zweiten nicht und sagte:

„Danke schön, Fräulein Rosenzweig. Es würde zu viel für mich. Ich muß nämlich noch arbeiten. Wissen Sie, unsereiner muß sich doch immer auf dem Laufenden halten und muß für seine Weiterbildung sorgen."

„Was wollen Sie denn noch weiter bilden!"

„Was ich gelernt habe."

„Und haben Sie nicht schon genug gelernt, Herr Lehrer?"

„Man hat nie genug gelernt."

„Jesses, das möcht ich nit. Da muß man ja einen Kopf kriegen wie ein Simmer so dick. Dumm war ich in der Schul nit, aber zu viel lernen halt ich doch für ungesund."

Der Vetterlein lächelte.

„Da müssen Sie gewiß viele Bücher haben?" fragte die Dorth.

„Eine ganze Wand voll, es geht.“

„Und immer lesen?“

„Das macht doch Freude, Fräulein Rosenzweig.“

„O mein! Gehn Sie mir! Sonntags das ‚Kreuzermagazin‘, daran hab ich grad genug. Zu viel lesen tät verrückt machen, sagt mein Vater immer. Gelt, drum haben auch die Lehrer all so was da oben im Oberstübchen, was nit so ganz richtig ist?“

Sie errötete selbst ein wenig, als sie das gesagt hatte.

Der Vetterlein lächelte wieder – und in diesem halb belustigten, halb mitleidigen Lächeln wurde sein Gesicht wie lauter Güte. Und das machte ihn ordentlich schön. Die harten Knochen und die Döllen in den Backen schienen verschwunden, die braunen Augen lagen so weich in ihren Höhlen, halb beschattet von den langen Wimpern, und das Licht, das in ihnen war, es war nicht scharf, sondern war nur ein Schein, mild und gedämpft, und der Mund öffnete sich ein klein wenig, so daß ein dunkler Strich zwischen den vollen, aber nicht sehr roten Lippen erschien. Die Dorth, ohne sich's selbst klar zu machen, sah das alles, und es war fast, als werde auch in ihr etwas gut, als dämpfe sich ihr Übermut ein wenig ab, das Lachen hatte sie immer weniger zu verbeißen, beinahe gefiel ihr der Lehrer – denn so komisch er war, wenn er seine Hasenkreise ums Haus machte, und gar, wenn man an sein Tanzen dachte, dann mußte man ihn fast lieb haben. Denn so tanzte keiner mehr in der Gegend, denn so viel Gefühl hatte keiner mehr – hier fiel der Dorth der Jörg-Adam ein – und Gefühl ist doch das erste, was ein rheinhessisch Mädchen verlangt.

Der Vetterlein hatte, nachdem sich das Lächeln in seinem Gesicht verloren hatte, seine langen, schmalen Finger ein wenig betrachtet, hatte sogar noch an ihnen herumgerupft, als wollte er sie noch länger machen, und dann, sich ein wenig aus seiner Brust hebend, in die er eingesunken war, sagte er mit einem ganz freien und offenen Lächeln, das so hell in seinem Gesichte stand wie ein Licht auf dem Christbaum:

„Fräulein Rosenzweig – Sie können recht haben, wenn man das, was Sie uns Lehrern angehängt haben, nur richtig auffaßt. Denn dann ist's auch gar nicht so schlimm, wie es klingt, wie ja überhaupt die Dinge, die am schlimmsten klingen, nicht die schlimmsten sind. Sagen wir, es kommt halt von unserem Beruf her, das mit dem Oberstübchen. Aber sehen Sie, das ist in jedem Beruf so, nur daß die Leute sonst nicht so rasch ans Oberstübchen denken. Sie sehen auch einem Schreiber den Schreiber, einem Schneider den Schneider an, und die Art von einem Metzger ist eine andere als die von einem Schuhmacher, die Menschen werden halt so, wie ihr Beruf sie macht, die einen erscheinen ein bißchen lächerlich und verdreht, die andern ein bißchen zimperlich und springerisch, die anderen wieder mehr grob und ungeschlacht – und so jeder auf seine Art. Aber bei allen kommt's darauf gar nicht an – wie's auch bei den Menschen nicht auf die Kleider ankommt – sondern es kommt auf den Menschen selbst an. Der Mensch, der in den Kleidern drin steckt, der ist das Eigentliche. Ich weiß, uns macht der Beruf ein wenig lächerlich – das hängt mit mancherlei zusammen – und wenn ich von mir reden soll, bei mir wird's halt noch ein bißchen unterstrichen durch den Mangel an Beleibtheit und den Überschuß an Länge – hier errötete er doch ein kleines bißchen – aber sehen Sie, wenn man das doch selbst weiß und sich auch keine Mühe gibt, vor den Leuten etwas zu verbergen, was man nun halt einmal doch sieht, ich meine, dann muß sich's von selbst aufheben. Es verwächst gewissermaßen mit einem und wird einem seine Art, an die sich die Leute gewöhnen müssen und die sie hinnehmen müssen, wie sie ist. Könnten Sie das nicht auch finden, Fräulein Rosenzweig?"

Er hätte noch weiter und immer weiter so plaudern können. Es gefiel ihr zu gut. Und wie er das von sich gesagt hatte, da hatte sich ihr Herz geregt, ihr gut rheinhessisch-sentimentalisch süddeutsch Mädchenherz, und hätte ihn gerade umhalsen mögen, so gut war das gewesen, und so herzig hatte es geklungen. Es war, als ob man ihn nehmen sollte wie ein Kind und immer für ihn sorgen sollte, ihn behüten und betreuen, daß nur kein Lüftchen an ihn käm und daß ihm nichts passieren könnt. Er kam ihr recht wie ein zart und gebrechlich Gefäß vor, das man mit Vorsicht anfassen mußte. Was für ein anderer Kerl, was für ein männlicher Mann war da der Jörg-Adam dagegen! Nicht einmal gut sein brauchte man zu dem, im Gegenteil, fest anfassen mußte man den, so wie sie's mit ihm getan hatte. War der zum Kommandieren gemacht – gut, war sie nicht zum Kommandierenlassen die geeignete Person. Basta!

Die Nächte beruhigten sich der Dorth nach und nach – das Gespräch mit dem Vetterlein wurde ihr immer lieber. Am Morgen dachte sie schon an den Nachmittag, und war der Nachmittag herum, so dachte sie schon darüber nach, was sie folgenden Tags mit dem Schullehrer bereden wollte, und sie fing auch bald an, sich's fein auszudenken, wie sie fein die Worte wählen wollte, damit er Gefallen daran finde.

In der ersten Zeit nach dem Disput mit dem Jörg-Adam hatte sie sich mit dem Gedanken getragen, ihm ein paar Hosenträger zu Weihnachten zu sticken, damit er wieder gut sein sollte und es nicht so Knall und Fall aus sei mit der Freundschaft. Aber nun schlief das so langsam in ihr ein. Es vergaß sich im Gespräch mit dem

Schullehrer und in den Gedanken an diese Gespräche – und schließlich ließ sich der Jörg-Adam ja auch nicht sehen, und ihn um Gott's willen zum Gutsein zu bewegen, das brauchte sie auch nicht. Es hatte sie auch kein Esel aus der Wand geschlagen.

Und dann war's am vierten Advent. Da war das große Preiskegeln in der „schönen Aussicht". Jedes Jahr hatte sich an diesem Sonntag der Jörg-Adam einen Preis geholt, auch in der Zeit, als er freiwillig bei den Chevaulegers gedient hatte – meist den ersten. Dieses Jahr würde er sich gewiß die eingelegte Schatulle holen, die der Hann-Adam Faust extra fürs Preiskegeln angefertigt hatte, und die ihre fünfzig Gulden unter Brüdern wert sein sollte, so geschickt war sie gemacht.

Die Kegelbahn war mittags schon gestopft voll. Wer nicht mitkegelte, wollte wenigstens zuschauen. In der Wirtsstube drin war es leer.

Die Dorth streckte mal den Kopf zur Kegelbahn herein, guckte sich rasch um und ging wieder. Der Jörg-Adam war noch nicht da. Ob er nicht kam?

Das beunruhigte die Dorth doch ein bißchen – und sie war drin beim Servieren nicht so recht bei der Hand und im Antwortgeben nicht so schlagfertig. Sie war viel eher zerstreut und abwesend und mußte sich sogar deshalb necken lassen. Aber sie verstand keinen Spaß heute, sie nahm Worte krumm, über die sie sonst hell aufgelacht hätte. Dann stand sie schmollend hinter der Einschenke, und immer mit ihren Gedanken ein bißchen wo anders. Der Jörg-Adam kam endlich kurz vor Eröffnung des Preiskegelns.

Drinnen in der Stube saßen ein paar fremde Gäste, das Louischen von Saulheim, der die Ferkel beschnitt, und der Hehlermatthes von Klein-Winternheim, der Ferkel verkaufte und immer schlechte Geschichten verzählte.

Sie hatten beide schon ein bißchen im Hirn, und als noch der Niebergall, Pferdehändler von Alzey, dazukam, wurde so rasch getrunken, daß das Louischen bald nicht mehr deutlich sprechen konnte und der Hehlermatthes immer nur lächelte und „Prost“ sagte. Denn der Niebergall, der die beiden häufig genug zum Geschäftemachen brauchte und sie als gute Vermittler schätzte, ließ etwas „laufen“. Es war gut, sie gut Freund zu behalten, denn sie konnten ihm mit „Kalljesmachen“ viel schaden.

Ihnen im Rücken, an dem Tisch mit den gedrehten Beinen, saß, wie gewöhnlich, der Vetterlein. Sein Glas hatte einen feuchten Ring gelassen auf der Tischplatte, und er beschäftigte sich damit, den mit dem Zeigefinger auszumalen. Er machte aus dem Ring einen Schmetterling, dann aus dem Schmetterling einen Tannenbaum – und schließlich, wie er alles ineinanderstrich, wurde aus dem Tannenbaum eine unförmliche Leberwurst mit dicken Falten, leicht gebogen, und zwei großen Zipfeln, an denen man ein Kalb hätte aufhängen können.

Da kam nun gerade die Dorth und stellte sich an den Tisch. Er fürchtete, sie sähe nach seiner Zeichnung, drum strich er sie mit der flachen Hand weg, so daß die Dorth sich verpflichtet fühlte, als gute Wirtstochter rasch hinzulaufen an die Einschenke und das Abtrockentuch zu holen, das da am Wandbrett hing. Und als sie das besorgt hatte, knüllte sie das Tuch in der rechten Faust zusammen, stützte sie in die Seite und lehnte sich mit der Linken an den Tisch, dem Vetterlein so halb schief zugewendet. Sie plauderten zusammen, in der halbleisen Art, wie sie sich mit der Zeit gewöhnt hatten, und mit der Vertraulichkeit, die die Gewohnheit bald mit sich gebracht hatte.

Die drei am Tisch gegenüber lärmten. Von der Kegelbahn hörte man Rufe. Da wurde die Tür aufgerissen, und der Jörg-Adam sah herein.

„Aha!“ sagte er.

Sonst nichts. Dann warf er heftig die Tür zu und war verschwunden.

Das Louischen hatte gerade ein wenig geduselt. Beim Schlag der Tür fuhr er auf und knuschelte was vor sich hin. Der Hehlermatthes sagte: „Prost! Prost!“ – und der Niebergall, der jetzt überzeugt war, daß die beiden genug hatten, stand auf, machte einen Bückling und höhnte: „Empfehl mich, meine Herren!“

Er ging hin zur Dorth und beglich die ganze Zeche, ja, noch einen Schoppen für jeden drüber, wenn die beiden noch einen trinken wollten, denn mag der Rheinhesse auch ein Schelm sein, ist er doch generös. Und darauf ist er sogar stolz. Er ist ein Weltmann. Er verachtet den, der's nicht ist, und nennt ihn einen „Bauer“. Das war der Niebergall nicht. Beim Pferdehandel – jawohl, da hieß es: Augen auf oder den Beutel! Aber am Wirtstisch, das tat er nicht anders, immer: Beutel auf!

Die Dorth nahm gedankenlos das Geld. Die Glieder zitterten ihr.

Sie versuchte, mehr als gute Wirtstochter als aus Bedürfnis, noch ein Gespräch mit dem Vetterlein. Aber es gelang nicht. So ließ sie ihn, machte sich hinter der Einschenke zu schaffen und verschwand dann. Der Vetterlein saß allein. Er begann wieder neue Zeichnungen auf der Tischplatte, denn sein Glas hatte einen neuen Ring gelassen.

Die Dorth kam nicht wieder. Sie hatte sich auf ihr Stübchen geschlichen, um sich da von ihrem Schrecken zu erholen. Sie saß auf ihrem Bette und starrte in ein Loch. Dann warf sie sich auf die Kissen und weinte. Zum ersten Male wieder. Aber es machte ihr nicht leicht. Es wurde ihr nur immer weicher und jämmerlicher davon. Schließlich fühlte sie sich so elend, daß sie nicht aufstehen konnte.

Auf der Kegelbahn lärmte es. Der Jörg-Adam warf heute nicht gut. Er trank auch viel mehr als sonst. Man begriff nicht, was er hatte.

„Hast heut Pech, Jörg-Adam."

„Ja, kommt vor!"

Und dann mit lachendem Übermut:

„Man muß anderen Leut auch ihr Teil zukommen lassen – und was man nit kriegen kann, das soll man nit wollen. Pfeif drauf! Prost!"

Na ja, das war hinzunehmen.

„Wo ist denn die Dorth heut?" fragte jemand.

Erst blieb's still. Dann fuhr es laut dem Jörg-Adam heraus:

„Die ist zu vornehm für die Kegelbahn. Und die tanzt lieber. Hahahahahahaha. Die habt Ihr Euch fein gezogen, Rosenzweig."

Man lachte. Aber der alte Rosenzweig hatte so sehr alle Hände voll zu tun, daß er nicht weiter drauf hörte, was der Jörg-Adam sagte – und außerdem, es mußte doch auch jemand drin in der Wirtsstube sein.

Das Preiskegeln ging so aus, daß der Jean Surri, der schwächliche Notariatsschreiber, den ersten Preis, die Schatulle, bekam, der Jörg-Adam aber den dritten, die Gans. Es gab ein Hallo, als sein Name gerufen wurde, und dieses Hallo war nicht ohne Spott. Er hörte das heraus. Eine ungeheure Wut packte ihn. Er hätte sich auf die Leute stürzen und sie klein schlagen mögen. Aber er behielt sich in der Gewalt.

„Verdammtes Weibsbild!" knirschte er vor sich hin.

Man übergab ihm die Gans. Sie war noch lebend, an den Beinen und Flügeln mit Stroh zusammengebunden. Sein Zorn wuchs nur, als er sie in der Hand hielt. Es war übrigens eine schwere Gans. Ein Gedanke schoß ihm durch den Kopf – wie er seine Wut auslassen könnte. Ein

Moment – in der Vorstellung der Ausführung mischten sich Zorn und Übermut. Er tat's. Und nun war's ein richtiger, grimmiger Übermut, als er's tat.

Ganz stark im Dialekt, der sonst gar nicht so sehr seine Art war, rief er:„Wer fängt, der hot!"

Mit einem weiten Schwung warf er die Gans über die Köpfe der Leute. Sie schrie und ließ aus Angst etwas fallen, das warm auf einen bloßen Kopf fiel. Viele Hände streckten sich ihr entgegen, denn obgleich man zuerst überrascht und stutzig gewesen war, hatte man doch rasch begriffen und suchte das Vieh in die Hände zu kriegen.

Der Jörg-Adam guckte gar nicht, wer sie bekam. Irgendjemand.

„Wird hier gebraten, nit mit heim nehmen!" riefen ein paar Stimmen.

Die Generosität war gefordert – es hieß, sich nicht lumpen lassen und nicht knickern.

Die Gans sollte am zweiten Weihnachtstage in der „schönen Aussicht" gegessen werden. Aber eine war zu wenig. Es bildete sich sofort eine kleine Gesellschaft, und privatim wurden zum gleichen Zweck noch drei Gänse ausgekegelt.

„So", dachte der Jörg-Adam, „hat sie ihr Christkindchen. Kann sie morgen Gänse rupfen, statt mit dem Steckenreiter zu poussieren."

Er drückte sich auf französisch, überwand sich auch, noch mal durchs Fenster in die Wirtsstube zu gucken, rieb sich vergnügt die Hände wegen des Christkindchens, das er der Dorth eingebrockt hatte, und stachetelte ins Dorf hinein. Niemand hätte ihn jetzt am Tritt gekannt, so unbestimmt war der. Auf einmal packte ihn aber wieder die Wut, die doppelte, wegen der Dorth und wegen dem Kegeln, woran sie ja auch Schuld hatte, und der Boden dröhnte wieder unter seinen Tritten. Die Knechte in Kretzers Hof, die schon zu Hause waren, guckten rasch noch einmal in die Ställe, als sie den Verwalter so scharf über den Hof gehen hörten. Gnade dem, der's heute an was hatte fehlen lassen, wenn er noch revidierte! Und wenn der Verwalter einen solchen Tritt hatte, revidierte er immer noch mal, darauf konnte man Gift nehmen.

Also war's mal wieder Bündelchestag. Es war helles, klares Wetter und der Frost so hart, daß er krachte.

Die Dorth hatte wieder die ganze Nacht nicht geschlafen. Sie hatte auf das Frostknacken in den Bäumen vor ihrem Fenster gelauscht. In aller Frühe waren dann die Raben gekommen. Es mußten sehr viele sein, denn ihr Schreien erfüllte arg die Luft. Also gab's auch noch Schnee. Die Dorth drehte sich auf die andere Seite und versuchte einzuschlafen. Aber es gelang ihr nicht. Es war beständig dies arge Rabenschreien, das sie störte. Oder meinte sie nur, daß es das sei?

Als sie am Morgen zum Fenster hinaussah, war der Himmel nicht mehr frostklar, wie er das die ganzen Weihnachtstage über gewesen war, er war völlig bedeckt, richtig „schmuddelig“, und es fiel Tauschnee. Nach einer Stunde schneite es nicht mehr, es regnete. Ein richtiger trüber, trauriger Bündelchestag.

Die Dorth seufzte. Sie mußte es sehr verstohlen tun, denn wenn's ihr Vater merkte, war gleich Feuer unterm Dach. Zweierlei forderte er: Fröhliche Gesichter und lautloses Arbeiten. Konnte man's nur einrichten, daß ihm darin nichts quer kam, so konnte man sonst bei ihm machen, was man wollte, dann ließ er Gott einen guten Mann sein. Um fünf Uhr morgens stand er auf, hantierte im Hause herum, sah im Stall nach, machte den Tauben-

und den Hühnerstall auf und war so gegen sieben in der Stube am Kaffeetisch. Da mußte er gar nichts zu sagen und zu verlangen haben, es mußte alles fix und fertig bereit stehen. Wenn er seinen Kaffee getrunken hatte, ging er in den Keller und holte sich ein Krügelchen Wein. Nach dem ging sein Schaff los. Daheim oder im Feld, je nachdem, und da gab's kein Stillestehn bis zum Mittag, und nach dem Mittag bis zum Vesperbrot und nach dem Vesperbrot bis zum Feierabend. Dann ein paar Krügelchen Wein, ein Kartenspielchen, eine Unterhaltung, höchstens noch ein Ab- und Zugehen, dann ins Bett. Er war sehr fleißig. Sommer und Winter keine Ruhe. Das ist beim rheinhessischen Bauer so: er ist kein Winterschläfer. Das hat ihm die Wingertarbeit so beigebracht. Da gibt's kein Aussetzen. Außerdem kann er sich nicht auf die faule Haut legen. Er hat's Blut nicht dazu. Da hämmert zu viel Temperament drin, da kocht zu viel Wein drin. Ist denn ein Bauer vornehm und hat Winters keine Arbeit, dann geht er wenigstens auf die Jagd. Und sie sind famose Jäger und waren's immer. Den alten Schott mußte man gekannt haben, den Georg Greiner, den Tone Schemehl und den Bürgermeister Heitz von Hahnheim, was das für Nimrode waren. Am ganzen Rhein bekannt, von Oppenheim und Worms bis Bingen, von Alzey bis Mainz. Nicht ganz so eifrig, aber doch ein bißchen von ihrer Art, war der alte Rosenzweig. Nun hatte er auf heute gerade eine Jagdeinladung nach Wörrstadt. Es war ihm nicht ganz recht. Der Bündelchestag brachte viel Arbeit in der Wirtschaft. Und das Wetter war miserabel. Doch das geniert einen richtigen Jäger nicht. Einen Augenblick besann er sich: Geschäft oder Vergnügen? Er wählte das, was in diesem Falle ein echter Rheinhesse immer wählt: Das Vergnügen. 's ist keiner eine Flöhhaube, daß er sich vor einem verlorenen Tage fürchtete.

Da hörte er die Dorth ein wenig seufzen.

„Himmelsaker..."

Weiter kam er nicht. Der Jean Steinert stand in der Wirtsstube, das Gewehr über der Schulter, den Jagdmuff um.

„Alla, Rosenzweig!"

In diesem Augenblick hielt der Char-à-bancs vom Tone Schemehl schon draußen, und gleich darnach fuhr der Belmont von Mainz vor.

Der Rosenzweig rief der Dorth. Sie mußte einen Krug „Firnen" holen. Indessen machte sich der Alte fertig. Der dicke Belmont soff den Krug beinahe allein aus. Die Dorth mußte noch einmal laufen. Indessen kam der Rosenzweig mit Gewehr, Muff und Jagdhut zurück.

„Du", sagte der Belmont, „du, ist's bald Zeit zu einer Treibjagd bei dir?"

„Wieso?"

„Noch nichts in Aussicht – he?"

„Was willst du denn eigentlich?"

Die andern verstanden längst und lachten.

„Na, Dachskopp, mit deiner Kleinen da – scheinst mir auch der Richtige – du merkst erst, daß der Fuchs im Stall war, wenn die Gäns gefressen sind."

„Oh mein – halt dein Maul!" erwiderte der Rosenzweig geärgert, einmal, weil die Dorth gerade kam, und dann, weil er's nicht leiden konnte, gefoppt zu werden. Darin war er nicht artecht, denn das Foppen gehört hierzulande zum Leben wie das Weintrinken.

Der Rosenzweig pfiff seinem Hund.

„Treff – kusch!" Und er hieb ihm eine über den Rücken. Das war ein bißchen ungerechter Zorn gegen den Hund, weil ihn der Belmont gereizt hatte.

Nun stieg er in den Char-à-bancs vom Tone Schemehl, obgleich ihn der Belmont in seine bequeme Chaise eingeladen hatte. Ohne der Dorth eine Weisung zu geben, fuhr er mit der Gesellschaft ab.

Das Haus war bei ihr in guten Händen.

Aber daß sie geseufzt hatte? Er schielte noch einmal nach ihr. Sie trat gerade auf die Treppe. Und nun lachte sie und winkte Abschied. Wahrhaftig, der Belmont hatte recht, mit der Dorth fing's jetzt an brenzlig zu werden, und er mußte auf sie acht haben. Das beunruhigte ihn einen Augenblick. Dann fühlte er aber einen rechten Vaterstolz. Die Dorth war ein Prachtmädel geworden. Er wendete noch einmal den Kopf ganz herum, sie zu sehen. Aber da stand sie schon nicht mehr auf der Treppe.

Es lief nicht recht heute, die Dorth brachte nichts vor sich. Immer ging ihr der eine Gedanke im Kopfe herum, der sie schon quälte seit dem Gansessen gestern mittag: war's wahr, was die Burschen da gesagt hatten, daß der Jörg-Adam nicht auf dem Gut hier bleiben tät, und daß er als Verwalter von's Kretzers Weingut nach Nackenheim ging? Wie gern hätte sie gewußt, ob's wahr wäre, und doch hatte sie nicht den Mut gehabt, die Wahrheit zu erfahren. Sie hatte nicht zu fragen getraut. Sie hätte ja unauffällig fragen können. Sie waren alle so mit Essen und Trinken beschäftigt gewesen, es hätte gewiß keiner weiter drüber nachgedacht. Aber nein, daß ihr einer gesagt hätt: Ja, so ist's, und 's ist kein Ulk, den da einer gemacht hat, sie haben dich nit uzen wollen, Dorth, 's ist so – das hätt sie nicht ausgehalten. Lieber quälte sie sich mit dem Vielleicht herum. Vielleicht war's doch nit wahr. Vielleicht war ihr das nur zu Gehör gesagt, daß sie einen Schrecken kriegen sollt. Ein Trick vom Jörg-Adam, den er mit seinen Freunden ausgemacht hatte. Zwar – der Jörg-Adam war nicht zum Gansessen gekommen. Sein „Aha!" – sein schlechtes Kegeln – und daß er die Gans zum „Rabsch" geworfen hatte – es war bestimmt etwas los.

Und sie spürte auch, daß es mit ihr zusammenhing. Nun mußt sich's ja aber heute zeigen. Wenn's wahr war, daß ihm der Kretzer den Posten in Nackenheim gegeben hatte – und warum sollte es nicht wahr sein, der Jörg-Adam war ein tüchtiger Kerl – dann mußte er geradesogut heute „wandern", wie die Knechte und Mägde. Dann entschied sich's also heute.

Sie wünschte, der Tag wäre herum. Nicht wegen der vielen Arbeit – die machte ihr nichts aus – aber es lag so was in ihr. Die Raben schrien ihr beständig in die Gedanken hinein. Warum waren die aus dem Feld hereingezogen – es war nicht kälter geworden, im Gegenteil, das Wetter war plötzlich umgeschlagen – und es hatte auch keinen Schnee gegeben.

Der Äges Schmidt kam. Er verlangte einen Tisch für sich allein.

Warum, wozu er einen ganzen Tisch für sich allein haben wollte?

„Das wirst du schon sehen. Aber welchen Tisch kann ich haben? Den am Fenster, ich muß gut Licht haben."

„Seid Ihr verrückt, Äges?"

„Verrückt – nein nit – aber durstig. Guck mal zum Fenster hinaus, da kannst du's sehe – mit 'me Wägelche hab ich's herausgefahre – und nun hätt ich gern en halbe Schoppe."

Draußen stand ein Schreinerwagen – und darauf war ein merkwürdig geformtes Ding aufgeladen, das man nicht erkennen konnte, weil es ganz zugedeckt war.

Der Äges trank seinen halben Schoppen rasch hinunter.

„So, Dorth, un jetzt kannst du mir helfe. Schwer ist's so arg nit – aber Vorsicht!"

Was er hatte, war ein großes Modell des Kölner Doms, wie er einmal vollendet aussehen sollte. Der Äges hatte einen Winter lang mit der Laubsäge dran gearbeitet – alles fein getiftelt, das Allerkleinste, nichts vergessen –

und groß! Es nahm einen ganzen Tisch ein. Die Dorth fand vor Erstaunen keine Worte. Man wußte ja, was der Äges für ein geschickter Kerl war – schade, daß er vom Saufen nicht lassen konnte und von Zeit zu Zeit seinen „Stuß" kriegte – aber daß er so was fertig bringen könnte – nein, das war doch nicht zu begreifen.

Der Äges wollte das Modell verlosen. Heut sollten die ersten Lose ausgegeben werden – und da am Bündelchestag besonders viel Leute in die „schöne Aussicht" kamen, so hatte er's hier herausgebracht. Und die Knechte und Mägde hatten heut Geld – hatten erst ihren Lohn ausgezahlt bekommen, da besannen sie sich nicht erst lange, ein Los zu nehmen, denn was kam es da auf einen halben Gulden mehr oder weniger an!

Nein, es war ein wahres Wunderwerk, was der Äges da gemacht hatte. Jetzt, wie der Dombau auf dem Tische stand, vom Fenster aus das Licht hineinfiel, da konnte man's so recht sehen: die farbigen Fenster, die durchbrochenen Türme, die so fein in Holz waren wie gehäkelte Spitzen, die Glocken, die dazwischen hingen, die feinen Türmchen und Figuren, die roten Schweizer auf der Treppe, die Wasserspeier, die kleinen Kapellchen und die paar angebauten Häuser mit den Läden und Schildern, die der Äges ganz bunt gehalten hatte, so naturgetreu, als wär er selbst in Köln gewesen – und deutlich konnte man auf dem einen den Namen lesen: „Johann Maria Farina", mit einem großen Schnörkel drunter.

Bald füllte sich die Wirtsstube. Fremde Knechte und Mägde, die nun ins Dorf kamen. Sie besannen sich nicht lange und kauften Lose. Und da ihnen beim Anschauen der Dombau immer mehr gefiel, kauften sie noch weitere hinzu, ohne daß der Äges extra Lust zu machen brauchte. Er saß nur da, trank seinen Wein und schrieb die Namen in die Listen.

Von zwölf Uhr an begann der Aufbruch. Es mußten die „wandernden" Knechte und Mägde aus dem Dorf geholt werden, und so gerne auch mancher sitzen geblieben wäre, man konnte doch nicht das neue Dienstjahr mt einem „Blauen" anfangen.

Der Äges hatte nun schon „einen sitzen". Er nockelte ein bißchen ein. Da nahm die Dorth die Liste und die Lose an sich und besorgte das Geschäft für ihn. Sie war froh, ihre Pausen ausfüllen zu können. Sie hätte noch zehnmal mehr arbeiten mögen. Denn wenn sie einen Augenblick stille stand, dann fühlte sie ordentlich, wie ihr das Herz aussetzte. Das trieb sie in Schaff und Unruhe hinein.

Ein kleiner Char-à-bancs fuhr vor. An der Seite des Kutschersitzes war ein Schild: Weingut August Kretzer, Nackenheim am Rhein. Die Dorth unterdrückte einen Schrei. Sie mußte sich festhalten, nicht umzusinken. Und da kam der neue Verwalter herein. Er war noch einen Kopf größer als der Jörg-Adam, hatte tiefe, finstere Augen, einen langen, schwarzen Bart und sprach sehr wenig. Er bestellte sich Wein und einen Handkäse – in einem Dialekt, der ganz spitz und ungemütlich klang – und beachtete den Kölner Dom des Äges mit keinem Blicke.

Das war der neue Verwalter! Also war's wahr, daß der Jörg-Adam nach Nackenheim kam!

Der neue Verwalter war das! Dieser finstere, wortkarge Mann, der nicht einmal nach dem Äges seinem Wunderwerk hinguckte. Es war kein Zweifel mehr.

Ja, das war der neue Verwalter – und auf's Kretzers Hof begann von diesem Tage an das neue Regiment der kurzen Befehle und der ungemütlichen Schweigsamkeit. Es wurde nicht schlechter auf dem Hofe und die Leute hatten's nicht schlimmer; aber es war nicht nach der Art und Gewohnheit der Hiesigen, so wie es unter dem neuen Verwalter war, der etwas Unheimliches für sie hatte, etwas Fremdes und Kaltes, direkt etwas Feindliches, was sich auch in dem Spitznamen ausdrückte, der dem Verwalter schon gleich in der ersten Zeit beigelegt wurde: Der Höllenkretzer.

Nun saß er zum ersten Male in einer hiesigen Wirtschaft – und es war auch zum letzten Male. Er besuchte nie ein Wirthaus, so lange Jahre er auch im Orte blieb.

Die Dorth hätte ihn ermorden mögen. Sie suchte ihm den Handkäse heraus, der am wenigsten faul war, den Laib Brot, der am trockensten war – und wenn sie einen geringeren Neuen gehabt hätte, hätte sie ihm auch den vorgesetzt. Aber sie hatte keinen – und es hätte auch nichts gewirkt, denn der Verwalter rührte den Wein kaum an – er hatte ihn nur pro forma bestellt. Dann ging er – und eine Viertelstunde war die Dorth allein – nur der Äges war als Gast da – und der duselte.

Die Dorth hätte gerne geweint. Aber die Tränen kamen nicht. Sie hätte davonlaufen mögen – immer laufen – hinaus ins Feld – meilenweit – bis ans Ende der Welt. Sie hätte in den Rhein laufen mögen. Aber sie konnte nicht hinter der Einschenke weg. Diese Kleinigkeit Pflicht hinderte all ihre großen Vorhaben. Sie mußte hier aushalten. Das nahm sie ganz groß und wichtig und als eine Riesenaufgabe, die ihr bei ihrem inneren Zustande jetzt aufgeladen war, als einen unzerbrechlichen Zwang, dem sie nicht entrinnen konnte. Und sie lachte nicht darüber – sie nahm es in einem tödlichen Ernst.

Es kamen wieder Gäste. Ein paar wenige aus anderen Dörfern, Neuankommende – aber nun fing's auch schon mit den Fortziehenden an, und sie waren bald die meisten. Es waren ein paar junge Burschen dabei, mit denen die Dorth ganz gut freund war. Sie ließ sie ziehen, ohne viel dabei zu empfinden. Ein Händedruck – ein Blick in die Augen – was bis jetzt nicht ausgesprochen war, nun wurde es nie mehr ausgesprochen – und was Augen jetzt verrieten, das verstanden der Dorth ihre Augen nun nicht – es war alles Gleichgültigkeit in ihr geworden, allen gegenüber. Ihre Gedanken und Empfindungen waren auf eines gespannt, drehten sich um eines: „er“ zog heut auch weg – und würde er noch mal kommen? Das war so arg und fürchterlich, als müßte alles in ihr zerreißen. Von Zeit zu Zeit mußte sie nach Luft schnappen. Aber seufzen tat sie nicht mehr – auch die Seufzer staken ihr nun in der Brust fest und waren so scharf und spitz darin, wie lauter kalte Eisen und wie unzählige feine Nadeln, die sie schon stachen, wenn sie nur die Brust ein wenig hob.

Gegen drei Uhr kam der Nackenheimer Char-à-bancs von Kretzers Weingut zurück. Er war leer, nur eine große Kiste stand zwischen den Bänken. Eine Stunde später kam der Jörg-Adam mit seinen Freunden. Er hatte erst nicht in der „schönen Aussicht“ einkehren wollen, aber schließlich hatte er nachgegeben, halb, weil ihm heimlich doch das Herz dran hing, halb, weil er sich nicht vor den Freunden verraten wollte. Es dachten sich's wohl alle, daß etwas zwischen den beiden vorgefallen sein müsse, zwischen der Dorth und ihm, aber was es war und wie es mit ihnen stand, das wußten sie nicht. Der Jörg-Adam war keiner, der sich leicht beklagte. Der war eher doppelt übermütig, wenn ihn etwas bedrückte.

Als die Freunde in die Wirtsstube traten, stand die Dorth gerade hinter der Einschenke, der Tür fast direkt gegenüber. Als sie den Jörg-Adam sah, war das erste, das sie empfand, nicht Freude, sondern ein Schreck. Von dem Jörg-Adam ging ihr Blick auf die Uhr im Kasten, die neben dem Äges seinen Dom stand.

„Jesses!“ dachte die Dorth, „nun wird auch gleich der Schullehrer kommen!“

Als sie dann wieder den Jörg-Adam prüfend angesehen und es ihm auf dem Gesichte abgelesen hatte, daß er schon seine paar Schoppen heut gebechert haben mußte, mußte sie wieder an den Schullehrer denken:

"Jesses! er wird doch dem Schullehrer nit etwas antun wollen, weil er grad jetzt gekommen ist!“

Dieser Gedanke schnürte ihr die Brust, und sie mußte zu beiden Seiten mit den Händen gegen ihre Brust drücken, ums nur aushalten zu können. Als sie grad wieder einen freieren Atem spürte, ging die Tür auf, und der Vetterlein trat ein. Da ergoß sich ihr eine Blutwelle in die Wangen, und es war ihr, sie könne nicht mehr aus den Augen sehen, so angeschwollen fühlte sie die Backen. Einen Moment lang mußte sie die Augen zumachen. Sie hatte Angst um den Vetterlein, und in diesem Augenblick wünschte sie, der Jörg-Adam wäre lieber so ohne weiteres fortgegangen und wäre nicht noch einmal in der „schönen Aussicht“ eingekehrt. Doch als sie den Jörg-Adam jetzt mit den wiedergeöffneten Augen ansah, war sie doch froh, ihn so leibhaftig vor sich zu sehen.

Sie schenkte dem Vetterlein einen halben Schoppen Wein ein und stellte ihn stillschweigend vor ihn hin. Nicht mal das übliche „Wohl bekomm's!“ konnte sie heute sagen. Scheu ging sie hinter die Einschenke zurück.

Der Äges war wieder nüchtern geworden und erklärte dem Jörg-Adam und seinen Kameraden den Dom. Dabei fiel es auf, daß er immer „Herr Verwalter“ sagte. Der Äges war aber ein Schlauer. Er hatte den Schullehrer sitzen sehen, hatte einmal hinüber zu ihm und zur Dorth geblinzelt und wußte nun schon, wie die Hasen liefen. Er betonte den „Verwalter“, der Dorth zum Gehör – im

Gegensatz zum Schullehrer – und dem Jörg-Adam zu Gefallen.

Der Jörg-Adam hörte gerade jetzt das „Herr Verwalter" gerne. Jedesmal, so oft es der Äges sagte, rief's höhnisch in seinen Gedanken: „Der Schulmeister!" Es spielten sich die beiden Titel gegeneinander aus – Herr Verwalter, darin das Befehlende, Beherrschende lag, – der Schulmeister, das seinen lächerlichen Beigeschmack hatte, und darin Gedrücktheit und Unterdrücktheit enthalten war.

Auch die Dorth hörte es so – und jedesmal ging ihr Blick zu dem Vetterlein hinüber, so oft der Äges das „Herr Verwalter" aussprach.

Der Vetterlein war der einzige, der nichts von dem hörte, was die anderen vernahmen. Er saß still an dem kleinen Tischchen, das ein bißchen abseits zwischen den beiden Türen stand – die eine ging in die Wohnstube, die andere auf den Gang nach der Kegelbahn – und die immer, wenn nicht verschlossen, so doch zugehalten wurden. Es war der bequemste Platz nicht, aber er hatte ihn einmal für sich ausgesucht, und deshalb behielt er ihn bei. Wollte er an dem teilnehmen, was in der Wirtsstube vorging, so mußte er seinen Stuhl seitlich rücken und konnte nicht gerade am Tischchen sitzen. So saß er auch, wenn die Dorth mit ihm sprach, nur daß er den Stuhl dann nach der anderen Seite herumschob und die Wirtsstube hinter seinem Rücken hatte. Das machten seine Gespräche mit der Dorth vertraulicher – er konnte dann so ganz allein zu ihr reden. Und sie konnte dabei die Wirtsstube übersehen, wie es zur Führung der Wirtschaft notwendig war.

Heute saß der Vetterlein so, daß er in die Wirtsstube sah. Er betrachtete aus der Entfernung den Dom vom Äges. Die Frage schwebte ihm auf der Zunge: Wie lange haben Sie daran gearbeitet? Er fand aber den Mut nicht, sie zu stellen.

Wie viel Fleiß und Geschicklichkeit gehörte dazu! Und daß gerade der Äges beides für eine solche Arbeit vereinigen konnte! Der Vetterlein hatte ihn wiederholt gesehen, daß er seiner fünf Sinne nicht mehr mächtig war. „Aber", dachte er, „'s ist ja oft so, die größten Lumpen sind die beanlagtesten Kerle."

Die Erklärungen, die der Äges dem „Herrn Verwalter" gegeben hatte, wurden nun von Erfolg gekrönt: der Jörg-Adam nahm zehn Lose auf einmal. Fünf blanke Gulden warf er auf den Tisch.

Die Dorth hatte unaufgefordert und stillschweigend jedem schon seinen Schoppen hingestellt. Der Jörg-Adam und seine Freunde nahmen nun ihre Plätze ein.

„Wollen Sie nicht auch ein Los nehmen, Herr Lehrer?" kam der Äges zum Vetterlein heran.

In diesem „Herr Lehrer" kicherte jetzt etwas mit, das hörte die Dorth und hörte der Jörg-Adam und hörten alle Gäste, nur der Vetterlein hörte es nicht.

Der Vetterlein machte eine abwehrende Handbewegung, wie sie Schullehrer leicht an sich haben: ein bißchen von oben herab und ein bißchen dozierend auch.

„Na na", sagte der Äges, „tun Se nit so, Herr Lehrer."

Das machte den Vetterlein ernst.

„Nicht, daß ich Ihre Arbeit verachten würde, Herr Schmidt. Ich bewundere sie schon die ganze Zeit."

Da schlug der Jörg-Adam einen lauten Lacher an, und sein ganzer Tisch brüllte mit.

Der Vetterlein merkte nichts.

„Herr Lehrer", sagte der Äges, „sehn Sie mal, wann Se mal e Frau hawwe – denke Se nor, was die e Freidche dran hawwe werd. Unn dann e doppelt so groß Freidche an Ihne, Herr Lehrer, wann Se den schöne Dum gewunne hätte."

Der Vetterlein wurde jetzt rot. Die ganze Wirtsstube brüllte. Die Dorth biß sich auf die Unterlippe.

„Ich habe ja aber gar keine Frau", suchte er dem Äges auszuweichen.

„Nein", ahmte jetzt der Äges seine Sprache nach, „Sie habe keine. Aber Sie könnte eine kriegen – wann Sie eine wollte – oder wann eine Sie wollt – je nachdem, denn wisse Se, Herr Lehrer, das Lewe hott allemol zwa Seite – gewöhnlich is es so: was mer will, des krieht mer net, und was mer krieht, des will mer net."

Er wartete ab, bis der Witz belacht war.

„Nun also, weil Se den Dum gern wolle, do wern Se 'n aach net kriehe, awwer deshalb kenne Se doch e Losche nemme."

Es wurde wieder gelacht. Der Äges sonnte sich in den Lacherfolgen. Sein Gesicht wurde immer verschmitzter.

„Herr Lehrer, sehn Se, so 'n Schullehrer, der hot doch immer Geld. Schafft nix unn werd bezahlt defor. Des bißche Schulhalte is net grade Arweit – na ja, unn sehn Se, do ist so e Losche gar nix für Sie. Nemme Se gleich zwaa, Herr Lehrer!"

Wieder eine Lache.

Der Vetterlein nahm ein Los.

Der Äges fühlte sich, er wurde immer frecher und anzüglicher:

„Ein Los nimmt der Herr Lehrer, ein ganzes" – er ahmte wieder die vornehme Sprache nach – „unn der Herr Verwalter hot zehe genumme. Ja, die reiche Schullehrer, wer des meiste Geld hot, gibt am wenigste devun her. Wann Sie erst emol e reich Fraa hawwe werde!"

Der Äges kratzte sich hinter den Ohren, dann stellte er sich mit eingebogenen Knien hin und hielt beide Hände auf seine Hosentaschen, um damit auszudrücken, daß der Vetterlein die Taschen dann erst recht fest zuhalten werde und nichts mehr heraus gäbe.

Keiner, der nicht gelacht hätte. Aber über allen Stimmen war die des Jörg-Adam.

„Der Herr Verwalter hot zehe genumme, der Herr Lehrer nimmt aans! An ganzes!"

„Äges, geht an Euren Dom und laßt die Gäst in Ruh, oder Ihr könnt anderswo sehen, wo Ihr Eure Lose verkauft!"

Barsch und mit einer festen Stimme, in der kein leisestes Schwanken war, hatte es die Dorth von der Einschenke aus gerufen. Der Äges war emporgeschnellt – dann, als er noch einen Blick auf die Dorth geworfen hatte, schlich er zu seinem Dom hin. Mit der war nicht zu spaßen – die konnte einem zeigen, wo Bartel den Most holt.

„Aha!" dacht der Äges, „so steht's!"

Der Vetterlein aber machte wieder seine Handbewegung und lächelte.

„O, lassen Sie ihn doch, Fräulein Rosenzweig."

Einen Augenblick hätte man ein Mäuschen können pfeifen hören, so stille war's in der Stube. Aber dann brach wieder eine Lachsalve los, und vom Tisch des Jörg-Adam hörte man rufen: „Fräulein Rosenzweig!" Es war der Jörg-Adam selbst, der so höhnte. Die Dorth hörte es wohl, aber sie verzog keine Miene. Und auch, als ihr zugerufen wurde:

„Fräulein Rosenzweig, noch einen Schoppen für jeden von uns und einen für den Äges auf unser Rechnung!" führte sie den Auftrag aus, ohne mit einer Wimper zu zucken.

„Der Jörg-Adam zeigt sich jetzt", dachte sie, „wie er wirklich ist."

Der Vetterlein saß an seinem Tisch und zeichnete aus den Weinringen, die sein Glas auf der Platte gelassen hatte, Verwandlungsfiguren. Er konnte es nicht wissen, daß für die Dorth jeder Ruf, der vom Tisch des Jörg-Adam kam, ein Peitschenschlag war, und wie hätte er's wissen sollen, daß sie seinetwegen aushalten mußte. Er hatte noch nie etwas davon gehört, daß zwischen der Dorth und dem Jörg-Adam ein Verhältnis bestehen sollte. Außerdem war er nicht aus dem Dorfe und hatte also kein Ohr für die Untertöne, die hier die Worte annehmen konnten. Daß man vorhin zum Geschwätz des Äges gelacht hatte, das hatte er nicht begreifen können und hatte es einfach dumm gefunden.

Es war ein großer und andauernder Tumult in der Wirtsstube. Der Jörg-Adam lärmte mit seinen Freunden, der Äges führte Stichelreden, und gebieterisch-spöttisch – oder spöttisch-bittend – rief's oft: „Fräulein Rosenzweig, einen Schoppen!"

Der Äges blinzelte die Dorth jedesmal mit einem frechen Grinsen an, das sagte: „Du hast mich zurechtgewiesen in deiner Wirtschaft, das kannst du, aber wo ich dir was dafür antun kann, du siehst, heut schon, da tu ich dir's an."

Die Dorth blieb äußerlich ganz ruhig. Aber in ihr stürmte es. Sie hatte Mitleid mit dem Vetterlein und ängstigte sich um den Jörg-Adam. Ja, sie ängstigte sich so sehr um ihn, daß der Zorn, den sie auf ihn hatte, ganz in der Angst unterging. Sie hätte ihn hinauswerfen mögen – und hätte ihn doch mit zehn Armen festhalten mögen. Sie fühlte, so wie er jetzt war, das war nicht seine eigentliche Natur, wie sie's vorhin von ihm gedacht hatte – es bohrte etwas in ihm – es war ein Gift in ihm, das ihn zur Raserei brachte. Ja, ja, er raste, das war ja das Verzweiflungsvolle für sie. So roh wie er lärmte, und wie er soff – rein nicht mehr menschlich, sondern wie ein Stier – das war keine Natur, das war die reinste Unnatur. Wenn sie ihm nur helfen könnte! Aber für gut Wort war jetzt kein

Ort bei ihm. Er würde sie auslachen. Er würde es nur noch toller treiben, würde sich noch unmenschlicher gebärden; denn er würde spüren, daß es ihr wehe tat. Und 's war ja alles wegen ihr, und alles, um ihr weh zu tun.

Ihr Blick ging nun zum Schullehrer hinüber. Wie still und unberührt der dasaß. Es mochte lärmen um ihn, er mochte aufgezogen werden, er bewahrte die Ruhe. Es war wie ein Schutz bei ihm. Und wenn ihre Gedanken um den Jörg-Adam so ganz und gar in Wirbel und Sturm geraten waren, dann flüchteten sie hin zum Schullehrer. Es genügte ein Blick zu ihm – und sie spürte schon ein Stillerwerden. Er war wie eine warme Stube in der Winterhälfte, es war der Dorth fast so friedsam in der Seele, wenn sie zu ihm hinblickte, wie wenn sie zum Beichtstuhle ginge. Es löste sich dann etwas ganz sanft von ihr, es wurde etwas weich und gut in ihr, sie stand keine Angst mehr aus.

„Noch einen!" rief jetzt der Jörg-Adam – „was liegt mir noch dran! 's kann alles die Kränk kriegen, ich pfeif drauf. Ich sauf! Und ich werd saufen, daß die Schwart kracht! Und drum hab ich mich auch nach Nackenheim gemeldet – und wenn ich ein Lump werd – und keiner weiß warum – ich weiß warum! Pfeif drauf! Und jetzt noch ein', Dorth!"

In diesem Augenblick fiel der Blick des Schulmeisters auf die Dorth. Ihre Augen waren ganz groß geworden – ihre Nasenflügel zitterten. Sie stand anscheinend ganz ruhig, aber man sah's ihr an, es mußte eine große Aufregung in ihr sein. Der Blick ging groß über den Jörg-Adam und ruhte schwer auf ihm, als seien ihre Augen Hände, die sich über jemand herabgesenkt haben.

Da begann ein seltsames Begreifen in der Seele des Vetterlein zu dämmern – da fing es langsam in ihm an, das Verständnis von Zwiespalt und Leid, von Angst und Zorn, von Liebe und Ungewißheit in ihrer Seele, da fing es langsam in ihm an aufzugehen. Da wurde alles fürsorglich Schulmeisterliche in ihm zu einem schützend Väterlichen, und es war ihm, er müßte seine Hand hinüberreichen zu ihr, daß sie sich an ihr halten könnte. Aber zugleich empfand er eine merkwürdige Scheu vor der Dorth: indem alles in ihm lebendig wurde und klaren Begriff annahm, was sie durchmachen mußte in diesem Augenblick, schien ihm das etwas so Großes und Hohes, daß er's kaum zu begreifen wagte, duckte er sich so klein davor, fühlte er sich so sehr wie zu Unrecht, daß er ganz erstarrt und unbeweglich dasaß.

Nun zogen die Vorgänge des Abends noch einmal vor seinem Geiste vorüber. Er verstand jetzt alles, er verstand, wie er die Ursache des maßlosen Lärmens und Trinkens, wie er die Zielscheibe des Spottes gewesen war. Da fiel alle Weltunberührtheit von ihm, und die Scham stieg ihm einen Augenblick ins Gesicht. Doch dann ward's wie ein freudiges Pochen in ihm – daß er so gelassen und unverstehend geblieben war, und daß, wenn er die Gegner auch dadurch gereizt hatte – ja, er hatte auf einmal Gegner – er sich doch nichts vergeben hatte. Er war ihnen gegenüber sicher, fein und vornehm geblieben.

Er prüfte den Blick der Dorth, der ihn einen Moment streifte. Es lag nichts gegen ihn darin – es war etwas Helles in ihrem Blick, meinte er, und sie war ihm gewiß nicht zürnend und böse.

„Dorth!" kommandierte der Jörg-Adam, „Fräulein Rosenzweig", lispelte er, „wenn du das lieber hörst, – einen Schoppen will ich!"

Er war nicht nur aufgestanden, er hatte sich voll zu ihr gewendet.

Sie hob sich ein wenig in den Hüften und gab ihrem Körper einen Ruck.

„Nein – ich geb dir nichts mehr!“ sagte sie.

„Du gibts nichts mehr?“

Sie maßen einander mit festen Blicken.

„Nein, du hast genug getrunken, Jörg-Adam. Pfui Teufel, schäm dich!“

Da sah der Jörg-Adam den Vetterlein an, und er knirschte mit den Zähnen, als habe er Glas dazwischen. Und doch war er ohnmächtig – diese Ruhe des Vetterlein machte ihn ohnmächtig.

„Du gibst keinen?“

„Ich hab's gesagt, nein! – und was ich gesagt hab, hab ich gesagt, da hilft alles nichts mehr!“ sagte sie mit einer besonderen Betonung.

„Dann gehen wir in ein ander Wirtshaus!“

„Gut, aber ich geb dir nichts mehr, nichts, nit einen Tropfen mehr!“

„Nit?“

„Nein!“

Und ihre Blicke hielten einander stand.

Nun kam gerade der Äges aus seiner Ecke hervorgekrochen und hielt dem Jörg-Adam sein Glas hin.

„Trink, Jörg-Adam – so lang sie dich noch nit unnerm Pantoffel hot, kannst du noch trinke!“

Die Dorth war hinter der Einschenke hervorgesprungen und hatte dem Äges das Glas aus der Hand gerissen. Mit einem kräftigen Schwung flog's in den Dom hinein und zerklirrte in ihm.

„Du sollst nit saufen, Jörg-Adam, tu's nit, ich bitt dich, tu's nit, sauf nit! Sauf nit!

Dann sank sie weinend in sich zusammen und schlug dem Jörg-Adam zu Füßen auf den Boden hin.

Der Äges hatte sich zeternd über sein Dommodell

geworfen. Der Vetterlein, als er den Herzensschrei der Dorth gehört hatte, war aufgestanden, hatte sein Geld auf den Tisch gelegt, und hatte stillschweigend gehen wollen. Nun er die Dorth hinsinken sah und keiner herbeisprang, sie zu halten und zu heben, denn die Burschen waren betrunken und verwirrt, da trat er zum Jörg-Adam heran und sagte mit seiner ruhigen Stimme in etwas dozierender Art und dem breiteren Tonfall seiner Sprechweise:

„Wir müssen sie doch aufheben, Herr Verwalter, kommen Sie, ich helfe Ihnen."

Der Jörg-Adam war aber wie erstarrt, er konnte kein Glied rühren. Der lange Vetterlein bückte sich tief über die Dorth, schob ihr die Unterarme unter die Achselhöhlen, verschlang unter ihrer Brust seine beiden Hände und hob sie auf. Er brachte sie in das anstoßende Zimmer durch die Tür neben seinem Tischchen, und hier fand sich die dicke Annelies Brabender ein und netzte der Dorth, die im alten Backensessel ruhte, die Schläfen mit Essig.

Als sie die Augen aufschlug, sah sie den Vetterlein. Er meinte ein Erstaunen in ihrem Blick zu sehen. Sie hatte rasch wieder die Lider gesenkt, als schäme sie sich. Gleich darnach aber hob sie sie wieder und lächelte.

Die Annelies Brabender fuhr fort, der Dorth die Schläfen mit Essig zu netzen.

„Sorgen Sie weiter", sagte der Vetterlein, „ich glaub, ich bin jetzt überflüssig."

Da schüttelte die Dorth ein wenig mit dem Kopfe.

„Noch ein bißchen!" hauchte sie.

Er blieb und traf noch ein paar Anordnungen.

Draußen wirrten Stimmen durcheinander. Ein Peitschenknall, Hufschlag und rollende Räder.

Die Dorth atmete tief aus und richtete sich auf.

Sie lauschte hinaus, gespannt, mit hochgezogenen Augenbrauen.

„Gehen Sie jetzt!“ sagte sie – und ihre Stimme kam wie aus einer Höhle.

Der Vetterlein ging. Die Wirtsstube war leer. Auf den Tischen lag Geld.

Der Vetterlein ging dem Dorfe zu. Er fand seine Gedanken jetzt nicht zusammen, er glaubte, alles existiere nur in seiner Einbildung.

Aber nun kam er am Äges vorbei, der seinen zertrümmerten Dom schimpfend nach dem Dorf zu fuhr.

„Ja, ja“, dachte der Vetterlein, „es ist alles wirklich – aber ich weiß doch nicht – ich weiß nur, daß ich daran beteiligt bin – und sie muß doch den Jörg-Adam sehr lieb haben – vielleicht hab ich doch Schuld, denn man soll die Augen nicht nach einer Frau erheben, die durch die Liebe geheiligt ist.“

Darüber sann er im Schreiten nach.

„Und ich tat's doch, bis zum letzten Augenblick – vielleicht fängt da erst das Unrecht an. Ich werde wieder gut zu machen suchen, so weit man so etwas überhaupt gut machen kann.“

Am Rathausbrunnen standen viele Mägde und holten Wasser – es waren wohl meist neue – und als er so lang und dürr mit dem wehenden Faltenrock daherkam, gab es ein lautes Auflachen.

Am Rathaus selbst standen Burschen in einer Gruppe.

„Fräulein Rosenzweig!“ riefs mit einer spöttisch-piepsenden Stimme aus ihrer Mitte. Dann mischte sich Männerlachen mit Weibergelächter.

Der Tag sah dem alten Golderjahn in die Stube. Grau stand er draußen vorm Fenster. Der Golderjahn löscht die Lampe, dann stand er vom Schreibtisch auf. Er war ganz steif gesessen, und jetzt erst, wie er ans Fenster trat, ein bißchen Morgenluft hereinzulassen, spürte er, wie müde er war.

Er betrachtete den Haufen Blätter, die er beschrieben hatte und murmelte vor sich hin:

„Ich muß für den Kalender eine alte Geschichte heraussuchen. Mit der hier wird's nichts, die wird so groß wie der ganze Kalender sein soll. Tut nichts – nun ist sie mal angefangen, nun soll sie auch fertig gemacht werden. 's ist auch 'was wert, so 'was mal vom Herzen zu kriegen – es hat mir immer ein bißchen in den Gedanken gestocken. Aber nun in aller Ruh – jeden Tag ein Stück, wie's möglich ist – und ganz gemütlich so lange dranbleiben bis zum Ende. Sitzfleisch sollt ich mir nun endlich genügend angeschafft haben. Nun aber ins Bett – die Knochen werden's so wie so büßen müssen."

Er kroch mit Ächzen in sein Bett hinein und schlief sich aus. Darnach schrieb er jeden Tag, wie's die Zeit zuließ und seine Stimmung es ihm eingab, ein Stück weiter, so lange, bis er eben zu Ende war, mit Ruhe, Geduld und Ausdauer und dem fröhlichen Willen, der zu jeder Arbeit von nöten ist. –

Während der ganzen Treibjagd war der alte Rosenzweig den Gedanken an die Dorth nicht losgeworden. Der Belmont hatte recht – wer weiß, ob nicht die „Treibjagd" schon angefangen hatte, ohne daß er etwas davon wußte. So ein Mädchen versteht's Versteckspiel, da ist nicht so leicht dahinter zu kommen. Aber wie er sich auch besann und alle Burschen des Dorfes Revue passieren ließ, es schien ihm doch, daß noch nichts Bestimmtes in der Luft lag. Vielleicht der Jörg-Adam. Der wäre der einzige, den er sich auf dem Pirschgang vorstellen konnte. Und er mußte sich sagen, er wär ihm nicht so unrecht gewesen. Der Jörg-Adam und die Dorth – so übel nicht.

Allerdings hatten sie in den letzten Tagen erzählt, er habe sich nach Nackenheim aufs Weingut gemeldet – und er käme auch hin. Bei den jungen Menschen ist's aber so: aus den Augen, aus dem Sinn. In Nackenheim fand der Jörg-Adam eine andere, da saßen die Bauern im Fett, besonders bei den guten Weinjahren. Ein Lappen Wingert war da jetzt mehr wert, als anderswo ein Weingut, die Nackenheimer und Laubenheimer Weinbauern, die konnten's ganz gut mit den Rheingauern aufnehmen. Und schließlich dachte der alte Rosenzweig an sich selbst. Er war ja wohl noch ordentlich „gerüst", aber die stärksten Bäume fallen allemal auf einmal um. So konnt's ihm auch gehen. Und er hatte nur die einzige Tochter. Ja, wenn er einen Sohn hätte! Dann brauchte er sich nicht zu sorgen – die Wirtschaft, die Äcker, die Wingerte – da könnt die Dorth einen Schulmeister heiraten, wenn sie so dumm sein sollt, auch die große Gamaschen im Kopf zu haben, wie die Dunseln sonst.

Und während der Jagd sah der alte Rosenzweig immer den Jean Steinert in seiner Nähe. Als Jäger war der noch besser, als es sein Vater gewesen war, dem er in der hohen Statur glich, und als Bauer gab er keinem was nach. Er würde mal Bürgermeister werden. Wen sollten sie wählen, wenn's einmal zur Wahl käm! Der Jean Steinert hatte das Plauderement, könnte einem vor die Kappe was hinsagen und hatte dann doch so eine Art, es nicht ganz mit den Leuten zu verderben. Er würde sich auch die Wahl etwas kosten lassen – und so konnt's nicht fehl gehen.

Der alte Rosenzweig arrangierte in seine Gedanken so ein wenig die Zukunft des Jean Steinert, der übrigens heute schoß wie ein Spitzbube, während der Rosenzweig viel daneben bleffte.

Er pirschte auf einer anderen Fährte. Er hatte ein

Plänchen – und wenn sich die Leute hier zulande mit einem Plänchen tragen, dann dreht sich gleich die ganze Welt da drum herum.

Mit seinem Plänchen, einem kleinen Räuschchen, ein paar Hasen und einem kleinen Lächeln im Gesicht kehrte der Rosenzweig mit den andern heim und kam tief in der Nacht erst in der „schönen Aussicht“ an.

Die Annelies Brabender hatte, die Redensart des alten Rosenzweig zu gebrauchen, „ihren dicken Hintern nicht geschont“ und hatte schon die Wirtsstube aufgeräumt. So fand der Alte soweit alles in Ordnung. Dann fand er aber die Dorth, krank, und die Annelies Brabender gab ihr Kamillentee ein, wärmte ihr das Bett mit heißen Krügen, lud Decken und Kissen auf sie, um sie zum Schwitzen zu bringen. Sie gab dem alten Rosenzweig ein bißchen was wie eine Erklärung, ließ auch einfließen, daß es grad am Bündelchestag doch ein bißchen zu viel Arbeit in der Wirtschaft wär für so ein junges Ding allein, und daß es ein bißchen mehr als unruhig geworden wär, daß man aber morgen den Doktor holen müßt, wenn's der Dorth nicht besser werd', denn sie hätt' Hitz und Frieren, und es scheine ihr so ein Fieberchen zu sein, mit dem nicht zu spaßen wäre.

„Ich hab mein Teil Kranke gepflegt“, erklärte sie dem alten Rosenzweig, „ich kenn das. So ein Fieber ist nie mit ganz allein, da steckt noch sonst was im Körper drin. Kömmt's heraus, ist's gut, bleibt's drinn, ist kein Spaß damit zu machen. Aber nun legt Euch nur mal ins Bett, Rosenzweig. Die Dorth is nit grad von Marzipan, und Ihr werd't müd sein. Man merkt Euch schon so was wie Müdigkeit an. Morgen wird man dann sehen mit der Dorth.

Freilich, grad wer so stark is, den nimmt's gewöhnlich am ärgsten mit.“

Der alte Rosenzweig überhörte den letzten Satz. Er war wirklich todmüde, in der freien Luft den ganzen Tag, über Schollen und Stoppeln kreuz und quer, das Jagdessen am Abend und der Wein – er schlief bald sehr fest.

Und die Dorth wurde kränker in dieser Nacht, trotz der Pflege der Annelies Brabender, und lag am anderen Morgen ärger im Fieber, so daß richtig der Doktor geholt werden mußte. Es wurde eine langwierige Krankheit, die auch noch deshalb so schlimm war, weil niemand nicht recht wußte, was es für eine war, und der Doktor sich auch nicht recht aussprechen wollte. Der alte Bezirksdoktor Engau hatte das so an sich. Man wußte, was er anpackte, packte er richtig und kräftig an, aber viel Erklärungen gab er nicht. Er untersuchte, fühlte den Puls, klopfte, horchte, fragte nach dem Appetit und dem Stuhlgang – machte dann nur „hm, hm!" und nickte ein paar Mal mit dem Kopfe dazu – dann schrieb er sein Rezept, gab der Annelies ein paar kurze Anweisungen und ging dann. Und immer sagte er, noch in der Türe:

„Sollt sie Hitze kriegen – oder sollt sie Schmerzen kriegen – oder sonstwie was, ich mein, daß sie schwächer wird oder phantasiert oder so was – dann lassen Sie mich gleich rufen, Brabenderschen!"

Das „Brabenderschen" vom alten Bezirksarzt Engau, das hörte die Annelies gar zu gerne. So hatte er auch immer zu ihr gesagt, als sie damals, wie seine Frau mit dem Fritz im Kindbett lag, die Wirtschaft für ihn besorgt hatte – die Frau hatte übrigens dran glauben müssen, das arme Wesen – und damals war sie, die Annelies Brabender, noch blutjung gewesen, hatte allerhand Stangen im Kopf und verstand noch nicht viel, weder von der Haushaltung, noch von den Krankheiten, noch von den Menschen überhaupt – aber „Brabenderschen" hatte er doch zu ihr gesagt, nämlich immer, wenn etwas recht Schweres zu geschehen hatte und was Besonderes auf dem Spiele stand. Sie hatte es gelernt damals – und sie wäre heut noch bei ihm, wenn er nicht seine Schwester zu sich genommen hätte, das Fräulein Lina Engau, die gegen die Armen so gut war, und mit der und dem kleinen Fritz er danach gehaust hatte, als er die arme Frau – gar so schwach und zart war sie gewesen – hatte begraben müssen.

„Herrgott, war er nun auch alt, der Engau!" dachte die Annelies. Kein Wunder – so bei Wind und Wetter auf all die Dörfer ringsum – jetzt schon länger als dreißig Jahr lang das „Praktlizieren" – und der Fritz war ja jetzt auch schon in den Zwanzig – und sie bald an den Fünfzig – und das Fräulein Lina hatte auch schon graue Haare. „Zeit vergeht, Leid besteht", seufzte die Annelies – und nun war die Dorth auch schon über die Zwanzig – und bald an die zwanzig Jährchen war sie hier im Haus und führte dem alten Brummbär, bei dem alles so schweigsam und am Schnürchen gehen mußte, die Wirtschaft.

Annelies Brabender – sie gehörte zum Hausmöbel wie der Tisch und die Stühle, und die Fässer im Keller, und schlechter wie die war sie auch nit, und ausgehalten wie die hatte sie auch. Nun pflegte sie die Dorth. Ihrer Lebtag, von Kindsbeinen an, war die noch nit krank gewesen. Und jetzt mußt sie's so anpacken!

Es wurde noch vor Jahresschluß ein Dienstmädchen genommen, das auch die Dorth in der Wirtschaft vertreten konnte. Dazu mußte es ein bißchen geschickt und anstellig, adrett und freundlich sein, ein bißchen mundgewandt, aber nicht maulfrech, kurz und gut, die Annelies wußte schon, wie es sein mußte, und der Rosenzweig konnte sie ruhig gewähren lassen.

Die Annelies nahm die Blume Marie. Sie hatte so

etwas ähnliches wie die Dorth: Sie war auch so wie „aus dem Äppelchen geschält". Nicht so stark – und auch nicht so schön, aber ein hübsches rundes Gesicht, freie Augen, die einen angucken konnten und einen roten – vielleicht ein bißchen großen – Mund, der lächeln konnte, nur beim richtigen Lachen sich bis hinter die Ohren verzog. Das schadete nichts. „Backen kann man sich so ein Mädchen auch nit", dachte die Annelies. Vielleicht hätte die Blume Marie etwas heller im Kopf sein können – aber wer das nit hatte, dem konnte man's nit geben – und das bißchen Wirtschaft, das konnte sie schon bewältigen.

Die Blume Marie war die Tochter vom Blume Friederich, der erst Glöckner gewesen war, dann einen dummen Streich mit den Wachskerzen gemacht hatte, dann Feldschütz geworden war. Dann, weil er so grob war und gegen den Bürgermeister den Stock erhoben hatte, war er auch hier wieder abgesetzt worden und hatte so ein bißchen herum getaglöhnert, bis sie ihn wieder so halbwegs in Gnaden aufgenommen hatten und jeden Herbst zum Wingertschütz gemacht hatten – bis er eines Tages elendiglich gestorben war, halb vom Hunger und halb vom Schnaps. Na ja, die Blume Marie hatt keine Seide zu spinnen gehabt, zu Lebtag nit – und wenn ihre Mutter nicht mit dem bißchen Lumpensammeln und dem kleinen Porzellanhandel, den sie damit verband, wenigstens fürs Gröbste gesorgt hätt, wär's ihr noch übler gegangen. Nun sollt sie's gut haben, nahm sich die Annelies vor – vorausgesetzt, daß sie's gut haben wollte. War sie verdorben und eine Flatter, dann zog sie Hand ab. Dann war's bei ihr aus. Fleißig mußte sie sein, willig und ordentlich. Petersilie auf alle Suppen – die Mädchen kamen schlecht bei ihr an. Bei ihr hieß es: erst die Ehr! Fehler hat jeder Mensch, und jeder Mensch macht mal einen Fehler – aber ein Fledderwisch ist ein Fledderwisch – und Spinnweben gibt's in der Annelies ihr'm Haus nit.

Das predigte sie der Blume Marie gleich, als sie sie mietete.

„Mein Dippe sinn immer aufgedeckt", sagte sie. „Verberge und verschlosse wird nix bei mir – aber ich hab auch die Auge überall, und wie mir nix entgeht, laß ich auch nix durchgehe. Nun weißt du's – und kannst dich richten darnach. So wie man sich legt, so schläft man, das ist die Wahrheit schon zu Lebtag."

Im Dienst hielt die Annelies keine Predigt mehr. „Was nit im Menschen drin ist, das kann man auch nit in ihn hineinreden", war ihr Grundsatz, und „was nit mit gutem Willen gut gemacht wird, das machen auch die besten Wort nit gut. Je mehr Worte gemacht werden, desto schlechter wird gearbeit."

So kam die Blume Marie in die „schöne Aussicht", putzte im Hause, arbeitete in der Küche und stand am Abend hinter der Einschenke, trocknete sich auch tagsüber ohne geheißen rasch die Hände ab und sprang von ihrer Arbeit weg, wenn es in der Wirtsstube klopfte und ein Gast eingetreten war.

Und es war fast nicht zu merken, daß die Dorth fehlte. Der Vetterlein richtete nun seine täglichen Gänge nicht mehr nach der „schönen Aussicht". Er hatte eine Scheu, da wieder hinzugehen. Es war überhaupt etwas Aufgerührtes in ihm, das er nicht zur Ruhe bringen konnte. Es war so eine gewissermaßen trostlose Stimme in ihm, der er am liebsten entflohen wäre. Er hatte keine rechte Ruhe mehr daheim, und auch wenn er spazieren ging, fand er nicht ganz den Frieden wieder, den er einmal in sich gehabt hatte. Nun war ihm, es war früher einmal still gewesen in ihm, wie in einem hochumzäunten Garten, der hinter einer Wand von Bäumen lag. Es lag alles still, es blühte alles ruhig, und die Luft war so verschwiegen und sanft. Geordnet und ordentlich die Beete, kein fremder Tritt auf den Pfäden, ein leiser und weicher Kies. Er konnte sich das so vorstellen, wie es einmal gewesen war in seiner Brust, und er hing so daran, schmerzlich und leidvoll. Denn nun war der Wind in den Garten gefahren. Die Pyramiden- und Kugelkronen der kleinen Bäumchen waren zerwühlt, die Beete waren zerstört, die hohe Baumwand war zerrissen, und viele fremde Füße waren über die Pfäde gelaufen. Und von außen konnte jeder hineinsehen, wer nur wollte, und viele hatten hereingesehen und hatten ihren Spott hereingeworfen, wie böse Buben Scherben und Steine über Mauer und Zaun in die Gärten werfen.

Er schämte sich vor allen Menschen und vor sich selbst am meisten. Er wurde vor sich selbst rot. Aber wenn er an die Dorth dachte, war's ihm zum Versinken. Klaftertief in die Erde. Die Dorth mußte er ganz vergessen, wenn er seine fünf Sinne beisammen halten wollte. Es war zum Verrücktwerden.

Aber er verletzte den Anstand nicht.

Er schickte hinaus in die „schöne Aussicht" – er gab dem Buben jedesmal einen Kreuzer für den Gang – und ließ mit einer schönen Empfehlung fragen, wie es Fräulein Rosenzweig gehe.

Der alte Rosenzweig nahm die Anfrage entgegen.

Er konnte es überhaupt nicht leiden, daß man fragte, wie es gehe. Er wollte kein Bedauertsein. Er meinte: „Geht's ei'm gut, brauch niemand darnach zu fragen, und geht's ei'm schlecht, wird man kein Esel sein, es jedem Aff' auf die Nas' zu hängen."

„Wer schickt dich denn eigentlich?" schrie er den kleinen Boten an.

„Der Herr Lehrer Vetterlein."

„So, der! Was geht's denn den an, was in mei'm Haus vorgeht!"

Mit diesem Bescheid wollte gerade der Bube fortgehen, da kam die Annelies durch die Tür der Nebenstube in die Wirtsstube.

„Was ist denn wieder?" fragte sie den Rosenzweig.

Laß dir's sagen", knurrte der sie an und ging murrend und weiter vor sich hinschimpfend hinaus.

Die Annelies Brabender ließ sich die Anfrage in ihrer ganzen wörtlichen Wohlgesetztheit noch einmal vortragen. Sie lächelte und fühlte sich Madam.

„Eine schöne Empfehlung an den Herrn Lehrer", erwiderte sie – und nun leckte sie ein wenig mit der Zungenspitze die Lippen, als seien sie mit Süßigkeit bestrichen – „und Fräulein Rosenzweig lasse dem Herrn Lehrer schön danken" – sie sprach „vornehm" deutsch – „und es ging noch nicht richtig besser. Kannst du das ausrichten?"

Der Knabe nickte.

„Na wart mal", sagte die Annelies. Dann griff sie tief unter ihren Oberrock, hob ihn auf und suchte die Tasche im Unterrock. Sie reichte dem Buben einen Kreuzer.

„So, und das ist für dich!"

Täglich schickte der Vetterlein – und die Annelies nahm immer die Ausrichtungen entgegen. Sie wußte immer zu sorgen, daß der alte Rosenzweig nicht zugegen war. Und als es der Dorth ein wenig besser ging, erzählte sie ihr dem Schullehrer seine Besorgtheit und ließ, wie die Besserung noch weiter fortgeschritten war, die kleinen Boten selbst ans Bett herein und ihren Spruch da aufsagen. Die Dorth lächelte ein wenig, matt und wehmütig, aber es tat ihr doch in der Seele wohl, daß jemand so an ihr Anteil nahm und sich jeden Tag erkundigt hatte von allem Anfang an.

Als eines Tages der Bescheid gegeben wurde – der halbe Januar war da schon herum – es gehe nun wieder ganz gut, da blieben die kleinen Boten aus. Die Dorth hoffte still, nun werde der Vetterlein selbst kommen und nach ihr sehen. Aber er kam nicht. Da fragte sie eines Tages die Annelies:

„War der Schullehrer nie da, solang ich krank war?"

Die Annelies nahm ihre Hand.

„Du weißt ja, er hat jeden Tag geschickt, aber selbst gekommen ist er nie nit."

Sie nahm die Hand der Dorth und sagte ihr tröstliche Dinge vom Anteil der Menschen, von Liebe und Gutsein, und nit so viel auf die Leute hören, und nit so viel auf die Leut vertrauen, und sich nit so viel an das hängen, was man möchte, weil doch so vieles anders käm, als man's vorausgesehen hätt, und weil's halt eben gut wär, sich immer drauf einzurichten, daß ei'm ein Strich durch die Rechnung gemacht werden tät, und daß man dann um so froher wär, wenn's einmal nit der Fall wär.

Die Dorth saß in dem hohen Backensessel und ließ ihre gebleichte Hand in den roten, festen Fingern der Annelies, die sie ganz zart hielten, und hörte ihren Worten vorbei, nickte und lächelte aber, als sei sie sehr aufmerksam. Die Annelies sah ihr nicht scharf in die Augen, sonst hätte sie gesehen, daß sie abwesend waren. Die gingen das ganze Erdenrund ab – rundum, soweit Gedanken nur führen können – und suchten, wo ein Halt und ein Ruheplätzchen wäre, aber das ganze Erdenrund weit fand sich keines – es war alles leer. Der Dorth war die ganze Welt leer.

Sie seufzte, und eine Träne trat ihr in die Augen.

„Wein nun nit, Dorthchen", tröstete die Annelies und strich ihr mit beiden Händen über die Haare, links und rechts vom Scheitel hinab – „nun ist das Schlimmste vorbei – und wann's Frühjahr kommt und die Hinkel wieder legen und die Tauben sich schnäbeln – und siehst du, wann's wieder grün draußen wird und der Wörrstadter Frühjahrsmarkt ist – dann ist auch bald Ostern, und der liebe Herrgott hängt wieder seine warm Sonn heraus – dann bist du wie ein Vögelchen im Hanfsamen, und kein Mensch tut dir's nit mehr glauben, daß du krank warst. Wein nit, Dorthchen! Der Vater will das Wirtsschild auch neu anstreichen lassen, und der Anderbach war schon da und will abs'lut goldene Buchstaben machen, und den Kranz, der heraushängt, grün mit roten Rosen, und das Glas mitten drin richtig ein Weinglas. Der Anderbach kann das, und es soll schön, arg schön werden, aber auch ein Heidengeld kosten, daß ihm dein Vater beinah an die Kehle gefahren wär. Aber gemacht wird's doch – man muß halt mit der Zeit geh'n."

Sie watschelte zum Nachtschränkchen hin und goß die Medizin ein, dann kam sie mit dem gefüllten Löffel zurück und sagte:

„Wann ich dir das erst ‚Biffsteck' mach, Dorthchen, dann wird's anders sein, als des Apothekerzeugs da – und das ist doch die best Medizin, so ein recht gut saftig zart ‚Biffsteck'."

Sie hatte eine so große Freude, daß sie die Dorth auf die Stirn küßte. Dann kamen ihr aber selbst die Tränen, sie schnüffelte ein paar Mal, daß ihr der Leib heftig wackelte, dann putzte sie sich aber resolut die Nase und wischte sich die Augen aus.

„'s wird alles wieder gut, Dorthchen, alles. Nix in der Welt, was nit zuletzt gut werd'n tät."

Danach wischte sie ihr mit dem Sacktuch über die Augen, strich ihr die Haare ein wenig glatt und setzte sich auf den Schemel neben dem hohen Backensessel. Es war nun wirklich friedlich in der Stube, und die Dorth blickte still und gelassen in die Weite, die ihr unendlich immer noch war, aber ohne Schmerz und Angst.

Das Schild „Zur schönen Aussicht“ prangte neu in goldenen Buchstaben, und der Kranz, mit den zwei Dreiecken drin, war frisch gemalt, saftig grün mit roten Rosen – und das Weinglas mitten, das war so „natürlich“, daß man grad hätte meinen mögen, man könnt's nehmen und austrinken, obschon's nur von Holz und angemalt war.

Es ging schon gegen die Fastnacht, als die Dorth ab und zu wieder in die Wirtschaft kam. Es wollte dies Jahr keine rechte Fastnachtsstimmung aufkommen. Erst war ein Zug geplant gewesen, nachher war aber keine rechte Stimmung mehr für ihn vorhanden, obgleich sich der Wein im Keller immer besser machte und mit jedem Tage geradezu voller und feiner wurde. Er war kein Blender, der nur als Neuer gut war, er würde einen Firnen geben, wie's kaum noch einen gegeben hatte. Nein, es lag anderes in der Luft. Österreich und Preußen kampelten miteinander, und wenn man auch nichts Bestimmtes hörte und bald so, bald so gesagt wurde, es war doch unbehaglich. Die einen schimpften auf Bismarck und erklärten, es wär noch zehnmal besser mit Rheinhessen, wenn es mit der Pfalz an Frankreich gekommen wäre oder gleich bei Frankreich geblieben wäre. Der Geldumsatz würde dann ein ganz anderer sein, und sie wollten überhaupt nichts wissen von der ganzen neuen Wirtschaft. Der einzige Trost war, daß der Großherzog Ludwig III. von den Preußen nichts wissen wollte, und daß man sich sagte, er halte fest zu den Österreichern.

In Mainz war's wie in einem aufgestörten Ameisenhaufen. Nicht nur die Weiber, die vornehmen Damen wie die Dienstmädchen, gingen für die Österreicher durchs

Feuer, das ganze alte Bürgertum, genau wie in der freien Reichsstadt Frankfurt, war auf der Seite der Österreicher. Zudem hörte Preußen nicht auf zu bohren. Seit dem Vierundsechziger Krieg hatte es noch keine richtige Ruhe gegeben. Der Norden oder der Süden in Deutschland? Die Waage des Geschickes begann schon zu schwanken – noch nicht deutlich, noch nicht so stark, daß der Aufschlag wahrzunehmen war, aber immerhin genug, die Gemüter zu bewegen und zu beunruhigen. Und da so viel Politik in der Luft lag, wollte es mit der Fastnacht nichts werden – wenigstens hier im Dorf. Man war nicht gerade sorglich, nein, dafür war noch nicht genug geschehen – oder vielmehr, es war noch gar nichts geschehen – aber man war doch mit allerhand Gedanken beschäftigt und konnte sich nicht ganz zur Fastnachtslustigkeit frei machen.

Die Wirtshäuser hatten gerade keinen Schaden davon. Es wurde viel politisiert an den Wirtstischen. Der Wein lockte, die Gespräche lockten, Nachrichten und Erzählungen lockten.

Nun, und dann ging's in den März – da war der Winter herum, das Wasser auf den Wiesen zog ab, in den Wingerten war wieder die Arbeit tüchtig losgegangen. Und es kam für die Dorth, wie es ihr die Annelies vorgesagt hatte, das Frühjahr kurierte sie vollends aus. Da die Blume Marie im Hause war, konnte sie sich gut schonen, konnte viel spazieren gehen, die Stadecker Chaussee hinunter durch die Bellenallee, und dann links an der Selz hin bis zum Steg, denn gerade hier blühten die vielen Veilchen, und hier, zwischen den Hecken, konnte sie suchen und alles mögliche denken und ganz Bestimmtes hoffen.

Dachte sie an den Vetterlein?

Denkt die Wiese an den Mai, wenn sie sich im März

schmückt, und denkt die Selz an den Rhein, wenn sie sich durch die Wiesen windet? Aber war's denn so bei ihr mit dem Vetterlein? Sie wußte es nicht. Sie wußte nur, daß es ihr leid tat, daß er nicht mehr gekommen war, wußte, daß sie sich jeden Nachmittag zu seiner früher gewohnten Stunde in der Wirtsstube zu schaffen machte, wußte, daß sie sich drauf stützte, daß er käme, und daß sie sich ausgedacht hatte, wie sie ihn begrüßen und ihm danken wollte.

Und immer war er nicht gekommen. Und immer wieder hatte sie gehofft.

Und hoffte sie nun wieder – jetzt beim Veilchensuchen? Er ging ja viel durch die Wiesen, er hatte ja auch früher hier seine Gänge gemacht, war's nicht möglich, daß der Zufall ihn hierher führte? Aber wenn das geschähe, – hatte sie nicht doch Angst davor? Sie würde ganz geniert sein, würde die Augen niederschlagen, würde sich schämen vor ihm. Vielleicht verachtete er sie. Sie war gewiß wild und unbeherrscht auf den Jörg-Adam zugestürzt – und der Schullehrer mußte ja auch gesehen haben, daß da was anderes im Spiele war. So komisch er ihr erst auch vorgekommen war: er war doch ein feiner Mensch, das hatte er gezeigt, so lange sie krank gelegen hatte. Wer hätt das noch getan im ganzen Dorf? Welcher von den Burschen? Keiner, auch der Jörg-Adam nicht! Und das war eben das Feine an ihm.

Allerdings – der Jörg-Adam. Sie durfte gar nicht an ihn denken. Da vergaß sie's, Veilchen zu pflücken – da blieb sie wie angewurzelt stehen und guckte leer ins Land. So waren sie voneinander gegangen – ohne Wort und Aussprach, ohne Abschied und Gruß, wie zwei wildfremde Menschen! Wenn sie auch kein richtiges und ausgemachtes Verhältnis miteinander gehabt hatten, gut freund waren sie doch immer gewesen, und auch mehr wie sonst zwei miteinander – da war's doch hart und bitter, so ein Voneinandergehen. Wenn er sich wirklich was antäte, wenn er wahr machte, was er angedroht hatte – und auf dem Weingut brauchte er nicht einmal erst ins Wirtshaus zu gehen – wenn er sich dem Suff ergeben würde! O, sie wußte es, sie hatte es viel wahrnehmen können, was das bedeutet, wie da der Mensch ruiniert wird und was das für eine Schand und für ein Elend ist. Wenn er das wirklich täte! Und die Tränen standen ihr in den Augen, und sie mußte heimgehen, denn das machte schwach. Und sie fürchtete sich jetzt vor der Schwäche. Nicht noch einmal zusammensinken, nicht wieder so schwach daliegen! Nein, das wollte sie nicht. Sie wollte kräftig und gesund sein. Das wollte sie – mit aller Gewalt.

Sie hatte etwas Zartes bekommen, die Dorth. Lag's in ihren Augen, waren ihre Wangen blässer, war ihre Gestalt schmäler? Wer wußte, was es war! Viele sagten, es sei noch die Krankenstube, die man ihr ansehe, andere aber sagten direkt: „Dorth, du bist wahrhaftig schöner geworden von deiner Krankheit – beinahe wie eine Stadtdam siehst du aus, so wie aus dem Puppenschränkchen."

Sie hörte es nicht ungern. Sie wollte schön sein. Nur wenn man sagte, sie sei noch blaß, das ärgerte sie. Sie wollte gesund sein, rotwangig und frischfarbig, und nicht wie aus dem Blumentopf.

Der Vetterlein kam nicht. Die Dorth wurde richtig ungeduldig. Sie ging gar nicht mehr ins Wirtszimmer, ihn zu erwarten. Dagegen stand sie oft oben am Giebelfenster und sah nach dem Dorfe zu und überblickte das Feld, so weit es zu sehen war. Das Dorf lag wie frisch gewaschen da, im Felde bildeten sich grüne Streifen die Hügel hinauf – das waren die Raine und Reche an den

Wegen – und die Sonne lag so wohlig milde auf allem. Und da war der Mühlweg – auf dem sie mit dem Jörg-Adam den Zank gehabt hatte. Quer herüber zog er nach der Stadecker Chaussee, und sie konnte ihn ganz übersehen. Er war nun wieder tief ausgefahren, wie immer im Frühjahr und im Herbst, denn er war nicht gesteint. Nun blinkten in der Sonne die Scherben, die in den Geleisen abgelagert werden durften, damit der Weg fester werden sollte. Es war wieder tüchtig viel Zeug hergefahren worden – in jedem Haus gab's ja ein bißchen was – und was nicht düngte, wohin sonst sollte man damit? Man fuhr's in den Mühlweg. Hier und da glitzerte Glas, dort lagen tiefrote oder grüne oder blaue oder blanke weiße Scherben von Küchentöpfen, alles bunt durcheinander mit Lappen und Papier, mit Blech und Büchsen und Holz, und je nachdem, wie gerade die Sonne darauf fiel, hob sich das Einzelne heraus und blitzte der Dorth in die Augen. Wenn sie nur den Weg gar nicht mit ihm gegangen wäre, dann hätten sie sich den Disput gespart, dann wäre alles nicht so gekommen, und vielleicht wär doch noch ein Verhältnis daraus geworden, wenn sie sich nur einmal richtig gekannt hätten – auch in ihren Fehlern – und richtig dann auch verstanden hätten und sich also vertragen gelernt hätten. Aber so – so war's zum Streit gekommen, bevor was Wichtiges zwischen ihnen gewesen war. Wären sie nur lieber nicht den vermaledeiten Weg gegangen!

Das stellte sich so in ihrem Kopfe ein, während sie oben am Giebelfenster Ausschau hielt, ob der Schullehrer nicht käme – und auf einmal biß sie sich auf die Unterlippe und wurde rot und lief wie gejagt durchs ganze Haus, ohne zu wissen, was sie anfangen sollte, und ohne sich entschließen zu können, etwas anzufangen. Den ganzen langen Tag.

Dann steht sie auf einmal wieder am Giebelfenster. Das ist jetzt ein Platz – hoch über der Straße, gerade gegenüber dem Dorfe, das sich ordentlich in die Ecke des Talkessels zu drücken scheint – zu beiden Seiten die Rebenhügel und drunten im Grund die Wiesen, durch die die Bellenallee hindurchschneidet. Nun steht die Sonne hinterm Kirchturm und sein Dach hat rote Streifen zu beiden Seiten – die Wolken, die in der Saulheimer Ecke aufziehen, sind auch ein wenig gerötet, nicht nur am Rande, sie haben überhaupt so einen Schimmer – und es sind noch nicht mal richtige weiße Frühlingswolken – und die paar Pfützen, die noch in den Wiesen stehen: nun sieht man sie. Den ganzen Tag über – vielleicht nur am frühen Morgen nicht – waren es blinde Spiegel gewesen, nun sind sie auf einmal blank und hell geworden. Das macht, es gleitet ein Schein über sie. Oder sind's Augen – die – die sich zum Himmel aufgeschlagen haben? Die Dorth sinnt nach, ob sie was bedeuten könnten, ob es was bedeuten könnte, daß sie sie jetzt so hell und blank und feierlich blinken sieht – und sie spricht vor sich hin – daran sie halten bleibt, das soll gelten: „etwas Gutes – etwas Schlimmes – etwas Gutes – etwas Schlimmes" – aber das könnt sie in alle Ewigkeit fortsetzen, sie würde nie halten bleiben. Also bedeuten sie nichts, nur daß sie schön sind – und daß es schön ist, hier alles, das Dorf und das Feld, die Wiesen und die Wingerte, so schön, wie sie's nie empfunden, obgleich sie's doch als Kind schon gerade so gesehen hat wie heute. Wenn das Stadecker Wäldchen nun noch etwas näher wäre, daß man's auf dem Neuberg sehen könnte! Oder wenn der Rhein da unten wäre, wo die Selz fließt. Aber die Selz ist doch auch schön, von der Eulenmühle bis zur Essenheimer Mühle, geschlängelt und lustig gewunden, zwischen den alten Weidenbäumen hin unter den drei, vier

Brücken her, von der weißen Brücke bei der Eulenmühle bis zur grauen Brücke bei der Wiesenmühle.

Das alles ist schön so von hier oben zu sehen – das Stück Himmel, das zwischen den Bäumen hindurchguckt, die Wolke, die auf dem Berg zu lagern scheint und sich dann langsam weiterwälzt, das Stück Weg, das hinterm Gebüsch wieder heraustritt, und da ein Teil und dort ein Teil – und ringsum alles, so weit die Augen gehn, das alles hat sie lieb!

Aber der Vetterlein kam nicht. Ein paar Wagen rollten die Straße hin, ein paar das Dorf hinein, ein paar vom Dorf heraus – drei Handwerksburschen, die vor der „schönen Aussicht" stehen blieben, das Schild lasen, dann zum Wegweiser hingingen und lasen: „Nach Mainz zwei Stunden" – und nach der entgegengesetzten Seite: „Nach Paris" rotgeschrieben – und darunter, in schwarzen Buchstaben: „nach Wörrstadt zwei Stunden". Da waren sie hergekommen. Nun den Querarm: „nach Bingen" rotgeschrieben – und dahinter: „nach Stadecken eine Stunde". Sie bogen die Stadecker Chaussee ein, nachdem sie sich kurz beratschlagt hatten. Die Dorth lehnte sich ein wenig zum Fenster heraus und sah ihnen nach. Nun hatte der Kirchturm schon keine roten Streifen mehr, und die blanken Augen der Wasserpfützen in den Wiesen waren dunkel. In den Bauernhäusern begann man schon das Getränk für das Vieh zu machen, denn die großen Schornsteine begannen stark zu rauchen. Beim Bäcker Frisch aber qualmte es mächtig heraus. Er heizte seinen Ofen für die Nacht.

Aber der Vetterlein kam nicht.

Die Dorth dachte darüber nach, was die Leute in der Wirtschaft jetzt immer sagten: vom „Eisen- und Blutmenschen", und daß die Preußen Frankfurt am liebsten nehmen wollten, und daß schließlich ganz Hessen-Darmstadt preußisch werden sollte, bis schließlich alles preußisch wäre. Jemand hatte einmal gesagt: und da gäb's noch Leute, die dem Bismarck auf der Seite wären, die wollten, daß das ganze Hessenländchen den Preußen in die Klauen käm. Ach, sie verstand davon nichts – aber es war so eine Unruhe in der Welt, so ein Hin und Her, ein Widersprechen und Besserwissen, und nur darin waren sich alle einig, daß es nicht gut ausgehen könnt, daß es was geben müßt, so oder so.

Nun kam der Vetterlein bestimmt nicht mehr. Die Sonne war untergegangen, und die Luft war kühl geworden. Sie schloß das Fenster und ging hinunter in die Stube. Sie streckte sich in den Backensessel und dachte gar nichts. Oder was sie dachte – immer wenn es Abend wurde und die Dunkelheit aufs Land fiel: wenn der Jörg-Adam nur nicht an den „Suff" geraten war! –

Der Vetterlein konnte seine Scheu nicht überwinden – und das Gefühl des Unrechts, obschon er sich klar sagte, daß er nichts Übles getan hatte. Was so plötzlich und stark in der Dorth ausgebrochen war, es war doch im Grunde etwas so Zartes und Feines und Verschwiegenes – ihr stilles, tiefes Mädchengefühl für den Herrn Verwalter – und er war's gewesen, der sie gewissermaßen gepreßt und vergewaltigt hatte, so daß es in einer förmlichen Wildheit zum Ausbruch kam. Nun wollte er sich fern halten, wollte nicht mehr an das rühren, was unter seiner Hand zerbrechen mußte, wozu er zu ungeschickt, zu unerfahren war. Konnte das ein Mann je wissen, was in so einer Mädchenseele vorging! War ein Mann je fein und zart genug, die ersten Keime der Liebesregung in einem Mädchenherzen zu behüten? Nein, nie – das sagte sich der Vetterlein mit Überzeugung. Der Mann denkt nur an sich, er ist ein grober, plumper Egoist.

„Ich hätte erkennen müssen, daß sie mir gut war –

aber ich hätte nicht zu viel gleich fordern dürfen – – ach, ich hab in meinen Gedanken ihre ganze Liebe, ihre Frische, ihre Jugend, ihre Schönheit gefordert! – – und ich hätte merken müssen, daß ihr der andere lieber war. Und wenn ich's wirklich gut mit ihr gemeint hätte – und nicht nur so an mich gedacht hätte – dann hätte ich ihr geholfen, wär ich ihr wahrhaft ein Freund gewesen. Aber ich habe nicht an sie, ich habe nur an mich gedacht. Was ist aber das Schönste, das man zu einem Menschen fühlen kann? Ist das die Liebe? Gott ja, am Ende ist's doch die Liebe. Aber es ist so etwas in mir – und es wird mir weich ums Herz dabei – das sagt mir: es ist doch nicht die Liebe – es ist die Freundschaft!"

Der Vetterlein fand sich in sich selbst nicht mehr aus. Das war zu schwer und verwirrt für seine biedere Einfalt und Unberührtheit und seine zage Schulmeisterlichkeit. Er hatte keine Erfahrung von sich. Er war Schullehrer geworden, wie alle Schullehrer werden: mit Gehorchen und Gehorsam, mit Folgsamkeit und Unterdrückung alles Eigenen. Nun stand er fremd sich selbst gegenüber – und es klangen ihm Worte und Sätze aus seinen Büchern und von seinen Lehrern auf, die er für unumstößliche Grundsätze eigenen Wachstums hielt – und die Welt war ihm feindlich, er stieß sich an allen Ecken und Enden an ihr – das Böse war das Prinzip in der Welt und nicht das Gute, das man ihn gelehrt hatte, und das Gute, das er nur wollte.

Der Frühling brachte ein wenig Gartenarbeit. Aber er hatte keinen starken Rücken – und er mußte sich zu tief bücken bei seiner Länge, so daß er sich immer mit Schmerzen erhob, wenn er etwas auf den Beeten hantiert oder gar gegraben hatte, und immer des Abends ganz steif war von der Gartenarbeit, die doch von allen Kollegen so gepriesen wurde, daß sie für den geistig arbeitenden Menschen wie eine Kur sei und die beste Erholung. Er konnte es nicht begreifen, bei ihm traf das nicht zu. Er war doch nicht von so einer feinen Herkunft. Seine Mutter war eine Näherin gewesen und hatte Tag und Nacht gearbeitet, so eifrig, daß sie zuletzt fast keinen Schlaf mehr brauchte – und sein Vater – seinen Vater hatte er nicht gekannt. Er sei früh gestorben, hatte ihm immer die Mutter gesagt – aber in einem runden Rahmen hatte seine Silhouette gehangen, wie er als Student ausgesehen hatte, das Cerevis über der Stirne – und breite Schultern, so daß man schließen mußte, er sei ein großer und kräftiger Mann gewesen. Daher müßte er eigentlich Kraft haben, von Vaters Seite – freilich, die Mutter, trotzdem sie so viel arbeitete und mit ihren feinen Fingern verdiente, was das Seminar gekostet hatte, trotz der Stipendien, die er genossen, sie war doch ein feines Frauchen gewesen, ein zartes, zerbrechliches, zierliches Figürchen, gar nett in ihrem Reifrock und ihrer dünnen Taille und ihrer schönen welligen Frisur; aber am allerschönsten, wenn sie das gefranzte Tuch umwarf, über den Kopf und die Schultern, daß die Schneppe sich so hübsch über den gebauschten Rock hinten schmiegte, genau in der Mitte, und wenn sie dann mit ihren kleinen Schrittchen zur Kundschaft ging. Die gute Mutter – wenn er sie jetzt bei sich haben könnte! Aber sie hatte gerade nur noch erleben dürfen, daß er sein Examen gemacht hatte – sie hatte ihm vor der öffentlichen Prüfung in Bensheim, auf der er die Abschiedsrede gehalten hatte: „Über die Bedeutung von Pestalozzis Schrift: ‚Wie Gertrud ihre Kinder lehrt' für die heutige Pädagogik" – sie hatte ihm auf dem Gange noch die schwarze Binde unter dem leinenen Hemdkragen zurechtgezupft, und die Binde und das Leinenhemd mit dem schönen Überschlagkragen, sie selbst hatte sie für ihn genäht. Dann hatte sie sterben müssen – ganz still in einer Mainacht, als der Kanarienvogel nicht hatte schlafen wollen und fortwährend gesungen hatte, weil der Mondschein so hell in dem Fenster lag, an dem sein Käfig stand. Nun jährte sich die Zeit bald wieder. Aber nun mußte er mehr noch als an die Mutter an die Dorth denken. Das war nicht recht.

Die Bücher ließ er aufgeschlagen auf dem Tische liegen – es war keine Befriedigung, keine rechte Ruhe mehr in ihnen zu holen – die Pfeife ließ er kalt in der Ecke stehen – und auf den Beeten im Schulgarten wucherte die Weide und der Stechapfel und der Nachtschatten – und er ließ wuchern, was wuchern wollte. Würde der Kirschbaum Kirschen tragen, mochten die Spatzen und Stare dran naschen, und die Schulkinder mochten sie pflücken. Er durfte ja der Dorth doch nicht ein Körbchen voll schicken, ohne sie zu beleidigen.

Im Efeu hinten an der alten Schloßmauer bauten die Hänflinge, und das Schwarzamselpaar flickte sein Nest aus. Und morgens um sieben mußte er läuten für den Schulanfang, um elf schloß er die Schule, um eins läutete er wieder, und um drei war dann die Arbeit getan. So jeden Tag – nur am Mittwoch und Samstag waren die Nachmittage frei, und am Sonntag um neun oder zehn, je nachdem es der Herr Pfarrer bestimmte, war das Hochamt. Er spielte die Orgel, und je nachdem, ob Predigt war oder nicht, war's um einhalbelf oder um elf aus, und um zwei spielte er die Vesper, die um drei Uhr aus war.

Nach der Vesper ging er jetzt ins „goldne Lamm". Da traf er den Tierarzt Kullmann und den Jean Döffchen, der die neue Erfindung für die Pumpen gemacht hatte und die ganze Gegend mit Pumpen versorgte. Der Tierarzt Kullmann hielt die „Neue Frankfurter Zeitung" und sprach nur über Politik – der Döffchen kannte alle Mädchen im ganzen Umkreis, die heiratsfähig waren, und erzählte nur Liebesgeschichten. Zu ihnen setzte sich der Vetterlein. Was sollte er anders tun! Die Politik interessierte ihn nicht, und die Liebesgeschichten vom Döffchen waren ewig die gleichen, aber es war doch eine Ablenkung, und er hatte ein paar Stunden, in denen er nicht an die Dorth dachte. Dann kam's auch so weit, daß ihn der Döffchen einlud, mit ihm über Land zu fahren – wenn er seine Pumpen stellte oder nachsah, was zu reparieren war oder gar auch nur zum Vergnügen ein bißchen herumkutschierte und in den Wirtshäusern etwas verzehrte, wie er das als Geschäftsmann mußte – und daß der Vetterlein auch mitfuhr und so unter Menschen kam und all die Mädchen kennen lernte, zu denen der Döffchen eine halbe Verliebtheit fühlte, sich aber für keine fest entschließen konnte, weil er immer noch auf eine bessere Partie rechnete. So war er ein wenig gefürchtet in der jungen Mädchenwelt, ein wenig begehrt und ein wenig zum Spott. Er machte allen den Hof, dienerte, streichelte, schmeichelte, komplimentierte, lobte, bewunderte und wußte für jede eine Anekdote, die sie zuerst lachend anhörte, bis sie den versteckten Sinn bemerkte und rot wurde, worauf der Döffchen hinten in der Kehle einen Lacher rollte, der hoch in der Kopfstimme endigte und unendlich komisch war. Von seinen Scherzen und „Sprenkeln", die er machte, nannte man ihn den „Sprenkelmajor". Fast alle Mädchen fühlten sich begehrt von ihm – und da er nirgends zugriff, fühlten sich fast alle genasführt, bis auf ein paar wenige, die ihr eigenes Begehren weniger gezeigt und ihm weniger entgegenkommend gewesen waren, so daß man nicht wissen konnte, wie sie's hielten – und daß ihr heimliches Hoffen ein noch viel festeres und begründeteres war als das der leichteren Vögel. Der Vetterlein, den alle zuerst mit einem deutlich oder schämisch unterdrückten Lachen ansahen, ließ seine verträumten Augen um und um gehen. Jede verglich er mit der Dorth. Und da ihm die Dorth auf ewig unerreichbar erschien, kein Mensch etwas von seinem Fühlen wußte und ihm also auch niemand einen Rat oder eine Aufklärung geben konnte, so geschah's bald, daß er in den anderen Mädchen, unkritisch, wie er von Natur aus war, vieles wiederfand, was er nur der Dorth zu eigen gewähnt hatte, und daß er im Herzen von Fall zu Fall immer ein besonderes Rühren verspürte, das ihm immer wie ein neues Verliebtsein vorkam. Vor jeder floh er innerlich – und zu jeder zog es ihn hin. Der Döffchen hatte Routine – und er hielt die Hand über ihn.

„Nicht zu rasch, lieber Freund, nicht gleich mit vollen Armen. Zart sein, ja – aber nicht zärtlich. Zärtlich, wissen Sie, das ist, wenn man den Faden loslöst. In der Liebe ist es so: man muß nie den Faden loslassen. Tut man's, so ist man gefangen. Die Weiber sind alle gefährlich. Sie müssen bei jeder denken, da steht wieder eine Falle aus. Aber man darf nur das naschen, was man haben kann, ohne daß die Falle zufällt. Wenn ich nicht wäre, Sie säßen nicht schon einmal, Sie säßen schon siebenmal drin. Immer außen herum – davon hat man das Vergnügen, aber keine Verantwortung." Für den Vetterlein waren das alles nur Worte, die er gar nicht tiefer erfaßte.

Es gab fast jede Woche eine Gelegenheit, daß der Vetterlein mit dem Döffchen über Land karriolte. Und der Vetterlein wurde ein Don Juan. Er verliebte sich permanent. War's, um die Dorth zu vergessen? Er war ein Mensch der Gewissensbisse. Jedes warme Wort wog er zu Hause auf der Goldwaage, Blicke, die er gegeben, Blicke, die er empfangen hatte, er wägte und richtete. Er richtete über sich als einen Menschen voller Falschheit, Genußsucht und Sünde. Es kam ihm bald vor, daß er

Küsse auf dem Gewissen hätte, Küsse und Händedrücke – und es war furchtbar in seinen Nächten. Der Döffchen war ein Verführer. Aber warum war er willig und schwach? Warum widerstand er nicht? War's, um die Dorth zu vergessen – oder war's, weil er in allen die Dorth nur liebte? Und immer mehr liebte – und weil sie ihm aus jeder Verliebtheit, die er überwunden hatte, größer in der Liebe zur ihr entgegengetreten war?

Er war zum Gespött geworden – der „Don Juan" hieß er und der „Don Juan und der Sprenkelmajor", das war in allen Gesprächen in einem Atemzug. Kollegen warnten ihn, den Verkehr mit dem Döffchen aufzugeben. Er war allen Vorstellungen taub. Im Grunde verstand er sie ja nicht. Wenn er sich's auch vornahm, er führte seinen Vorsatz nie aus. Es gelang ihm nicht. Er war immer auf der Flucht vor sich selbst.

Und dabei, ganz richtig genommen, hatte er gar nichts Übles getan. Blicke, Erröten und Ungeschicklichkeit, Verlegenheit und Stammeln und Stottern, das waren die einzigen Ausdrucksmittel seiner heimlichen Verliebtheiten gewesen – nicht einmal Worte, nicht einmal ein Wörtchen hatte er für sie gefunden. Nie hätte er eins zu finden gewagt. Dennoch galt er vor den Leuten als „Don Juan". Denn er galt's vor sich selbst. Er war nur das vor den Leuten geworden, was er sich vor sich selbst fühlte, wie immer der Mensch vor den Leuten wird, was er selbst von sich hält.

So verging Ostern und verging der April und war der Mai im Land – und alle Blumen fingen an zu blühen, und alle Vögel sangen. Die Eisheiligen zeigten sich nicht gnädig – aber man sagte, es sei an den Wingerten gut abgegangen, und die „Gescheine" hätten nicht gelitten, aber die Kinder hatten den blauen Husten, und die großen Leute brauchten die Sacktücher nicht aus der Hand zu nehmen, so liefen die Nasen. Dann machte aber nach und nach der Mai wieder alles gut.

Da saß einmal der Äges in der „schönen Aussicht" und tat dasselbe, was der Vetterlein immer getan hatte: er zeichnete Figuren aus den Weinringen, die sein Schoppenglas auf der Tischplatte gelassen hatte. Er saß lange so. Es war das erste Mal wieder, daß er in der „schönen Aussicht" war. Seinen Dom hatte er längst wieder repariert, und er war nun ausgespielt: der Konrad Müller hatte ihn gewonnen und in seiner Gartenwirtschaft aufgestellt. Das war nun vorbei. Erst zu Weihnacht würde er wieder was bosseln, ein Krippchen. Vorläufig hatte er Geld – und konnte Gott einen guten Mann sein lassen.

Die Dorth trat hinter die Einschenke.

Der Äges schielte einmal zu ihr hin. Dann zeichnete er weiter. Und nach einer Weile pfiff er ein wenig und trat den Takt dazu. Die Dorth sah nicht zu ihm hin. Da schielte er wieder zu ihr und machte ein spitzbübisches Gesicht.

„Dorth, soll ich dir was sagen?"

„Nein – will nichts wissen."

„Könntst's bereuen!"

„Nein!"

Er pfiff wieder.

„Dorth, 's ist was, was dich angeht."

„Laßt mir mein Ruh, Äges!"

„'s ist was."

Die Dorth kreuzte die Arme und sah von ihm weg.

„Geb mer noch en Schoppe, Dorthche!"

Sie bediente ihn, ohne ihn nur eines Blickes zu würdigen.

„Dorthche, mir kann's egal sein – aber dir kann's net egal sein."

Die Dorth wurde ungeduldig.

„Odder weißt du's schun?"

„Was?"

An seinen Augen gab's tausend Fältchen. Er bückte den Kopf ein wenig über sein Glas, dann schob er von unten seine Rechte an seinen Mund, küßte seine Fingerspitzen und schnellte die gespreizte Hand gegen die Dorth hin.

„Dorthchen, was krieg ich, wann ich dir's sag?"

„Nichts!"

„Umsunst is der Tod."

„Was wollt Ihr denn?"

„Na – weil du's bist – für en Schoppe."

„Pah! – Zwei, wenn Ihr sie haben wollt!"

„Na – siehst du! Gelt, mit dem Schullehrer, das weißt du? Wirst's wisse, die Spatze peife's uff'm Dach. Der kutscht und rutscht mit dem Sprenkelmajor in der ganze Gegend herum – spielt Dachkater."

Die Dorth hielt den Atem ein. Sie spürte, daß ihr die Augen groß wurden; sie zwängte die Lider herunter und preßte die gekreuzten Arme fester gegen ihre Brust.

„Und?" fragte sie gespannt, aber mit einer scheinbaren Gleichgültigkeit um den Mund.

„Und?" ahmte der Äges nach. – „Nix! Hehehehehehehe! Nix – wann ich dir sag: Dachkater, willste dann noch was?"

„Simpel!" fauchte die Dorth.

„Gelt? Ja, er is en Simpel, ich wollt's nur net selbst sage."

Die Dorth drehte sich von ihm weg.

„Dorthche! – Aber noch ebbes!" und dabei war er zur Einschenke hingeschlichen und flüsterte nun dicht an ihrem Ohr: „Dorthche – und der Jörg-Adam säuft."

Er saß schon wieder auf seinem Platz.

„Säuft!" sagte er vor sich hin.

Die Dorth beherrschte sich. Sie drehte sich ganz langsam nach ihm um.

„Was?“ fragte sie mit einem tiefen, hohlen Ton.
Der Äges nickte nur.
Sie sah ihn scharf an.
„Ihr lügt!“
„Ich lüg?“
„Ja.“
„Uff Ehr!“ versicherte er.
Sie blickte ins Leere.
„Was geht das mich an“, sagte sie ruhig aber schwer, und gleich darnach, ganz leicht und obenhin: „Was das mich angeht!“
Der Äges blieb still. Nach einer Weile sagte die Dorth:
„Äges, Ihr könnt heut trinken so viel Ihr wollt.“
Dann schlüpfte sie hinaus. Er pfiff durch die Zähne und trat den Takt dazu. Sein ganzes Gesicht war ein Grinsen.
Stechhagelvoll wurde er an dem Abend.

Der alte Rosenzweig hatte die beiden Futterkrippen, die zwei Mainzer Karcher fast mitten auf der Straße hatten stehen lassen, wieder hübsch gerade und ordentlich zu beiden Seiten seiner Haustür gerückt. Es war immer so mit den Karchern, und keiner machte es anders: wenn sie anfuhren, holten sie die Krippen zu ihren Pferden herüber und schimpften womöglich schon drüber, daß die sie geringe Mühe hatten; wenn sie abfuhren, ließen sie sie stehen, wo sie standen, nur ein bißchen auf die Seite gerückt, damit sie vorbeifahren konnten. Und obgleich der alte Rosenzweig das seit Jahren so gewohnt war, machte er's doch gerad wie die Karcher auch: er schimpfte regelmäßig, wenn er die Krippen herüber ans Haus rücken mußte, und verhieß sich, daß das heute zum letzten Mal wäre und daß er in Zukunft die Krippen stehen lasse, wo sie die Kerle stehen ließen.

Aber dafür war man Wirt, daß man sich seinen Gästen gegenüber nicht so genau ans Wort hielt und doch immer wieder tat, was man sich schon tausendmal verschworen hatte, nicht mehr zu tun.

„Kränkskerl, dieses Karcherviehzeug!"

Dann nahm er den Reiserbesen und kehrte den Hafer auseinander, den die Pferde beim Futtern zerstreut hatten und stellte den Besen wieder neben die Haustür. Es war wahrhaftig nicht leicht, Wirt zu sein – und die Menschen waren wie das Vieh: ohne Ordnung.

Die Spatzen, die er verscheucht hatte, flogen nun wieder herbei, ließen sich die Haferkörner schmecken und pickten im Pferdemist – und langsam schlüpfte ein Huhn nach dem andern unter dem Hoftor heraus und ließ sich's auch gut schmecken.

Am Kratzeisen putzte sich der Alte die Schuhe ab, dann ging er durch die Wirtsstube und warf die Augen herum, ob nichts fehle, schenkte sich ein Gläschen ein – er trank nur Firnen – und kaute eine Brotkruste dazu. Dann ging er in die Nebenstube. Da saß die Dorth im Backensessel.

Den Alten drückte schon die ganze Zeit sein Plänchen, umsomehr, als es ihm nie möglich gewesen war, bei der Dorth davon anzufangen. Er betrachtete sie verstohlen von der Seite. Sie gefiel ihm nicht. Es war nichts Rechtes mehr mit ihr seit ihrem Kranksein. Und in letzter Zeit ließ sie erst recht wieder den Kopf hängen. Wenn er zu der Annelies Brabender was gesagt hatte, so hatte die ihn immer angeschnauzt und gesagt:

„Laßt das Mädchen in Ruh und kümmert Euch nit, Rosenzweig, das kommt all von selbst – das Frühjahr ist besser als Euer Gered, und 's ist bei allen Menschen so: man ist rascher krank, als man wieder gesund ist."

Nun ja, das Frühjahr hatte ja auch ein bißchen was

geholfen, und die Annelies hatte ja auch recht, daß das Gesundwerden nicht so rasch geht, besonders bei einer Krankheit, von der kein Mensch so recht weiß, was es für eine ist. Aber ganz werden wollte es doch mit der Dorth nicht, und am Ende mußte er doch reden.

Er warf wieder einen streifenden Blick zu ihr hin. Sie rührte sich nicht.

Ihre Mutter war doch gesund gewesen – und wenn er beim zweiten Kindbett den Doktor Engau geholt hätt, statt sich auf die Hebamm zu verlassen, könnt sie heut noch leben. Nun hatte aber die Dorth so was wie die Mutter in der letzten Zeit: man sah auch so auf den Wangen die feinen roten Äderchen obenaufliegen – und die Ohren waren so blaß und durchsichtig. Der alte Rosenzweig verstand sich aufs Vieh und sah ihm immer gleich das Kranksein an – und nun gefiel ihm auch die Dorth nicht.

In Wiesbaden hatte er eine Schwester wohnen – die hatte da auch eine Wirtschaft – ob's am Ende gut wär, wenn die Dorth auf eine Zeitlang nach Wiesbaden ginge und die Kur da gebrauchte?

Er wollte nun doch einmal reden.

„Du simmelierst zu viel, Dorth – das ist nit gut, besonders wann eins krank war."

„Meint Ihr?"

„Ja, ich mein. Du gefällst mir nit. Wie wär's, Dorth, du gingst zu deiner Tant nach Wiesbaden und tätst die Kur brauchen? Am End tät dir das helfen."

„Wer hat Euch denn das geraten?"

„Niemand, ich selbst. Ich mein, batt's nix, so schadt's nix. Und es kann ja nit so weiter gehen mit dir – es fehlt dir nix, und du bist doch krank – das ist meiner Seel kein Zustand."

Die Dorth schwieg. Sie überlegte. Sollte sie ja sagen?

Es war schon etwas in seinem Vorschlag, das sie lockte. Hier weg, auf eine Zeitlang unter ganz andere Menschen – an der Kur lag ihr nicht viel, und sie gab auch nicht viel drauf – aber Wiesbaden war jetzt schön, und es könnt ihr schon gefallen, hinzugehen. Doch da war etwas, das sie festhielt. Sie konnte doch nicht hier weg.

„Jetzt, wo mit den Preußen der Kram ist!" sagte sie und wußte eigentlich gar nicht recht, was sie sagte.

„O mein! Was geht das dich an! Deshalb geht die Welt doch weiter. Und meinst du wirklich, 's tät losgehen? Ich halt das all für Gekrisch! Preußisch werden, das tun wir doch nit, und wann noch sieben Bismarck kommen täten."

Die Dorth sagte nichts dazu. Preußen war ihr ganz egal – und Bismarck der Name eines Fürchtemannes – sie hatte gar keine Luft, näher darauf einzugehen, und hatte ihre Bemerkung nur so hingeworfen, um dem Vater auszuweichen.

Aber der Alte kam nun in sein Plänchen.

„Du willst nit nach Wiesbaden gehn?"

„Nein", sagte die Dorth kurz abknappend.

„Du, Dorth, weißt du was – und das tät dich kurieren – ich hab dir ja gesagt, du simmelierst zu viel – wann du – –"

Die Dorth war ungeduldig geworden.

„Na, was denn?"

„Wann du heiraten tätst!"

Nun war sie verdattert. Sie schloß einen Augenblick die Augen und sank in sich zusammen. Was würde er noch weiter sagen? Würde er den Jörg-Adam meinen oder den Schullehrer nennen?

Sie wartete, sie gab keinen Laut von sich – und einen Augenblick war es ihr, es müßte etwas ganz Furchtbares über sie hereinbrechen. Dann fand sie die Angst aber einfältig. Mochte es kommen. Es fiel ihr ein, wie die Leute sagen: „Hannes, duck dich, er worft!" Sie duckte sich.

„Und ich wüßt dir auch die richtig Partie – und du

kannst mir's glauben, Dorth, wenn ich nit denken tät, daß es die richtig Partie für dich wär, tät ich dir's gar nit vorschlagen. Du mußt bedenken, Dorth, es kann doch mit dem Kranksein nit so weiter gehn, 's muß alles mal en End nehmen – und das ist gewiß, eine Heirat wär die best Arznei – 's wird bei jedem Menschen mal Zeit dafür – 's ist auch bei dir die Zeit dafür gekommen. Denn dein Kranksein – nit Doktor und Apotheker und auch die Annelies nit – kein Mensch weiß, was dir fehlt."

Er machte sich etwas an der alten Kommode zu schaffen, die hinten an der Wand ganz im Dunkeln stand. Er kramte in einer Schublade und war von der Dorth abgekehrt. Die hob den Kopf ein wenig und drehte ihn zu ihm hin. Als sie sah, daß er ihr den Rücken wendete, sank sie wieder tiefer in den Backensessel und blieb weiter still. Sie hatte nicht den Mut, etwas zu erwidern oder zu fragen. Dem Alten war es auch ungemütlich, daß die Dorth gar nichts einwarf und daß er so gewissermaßen ganz allein die Sauce austunken mußte, die er sich eingebrockt hatte.

„Hast du denn selbst noch nit so weit gedacht?" fragte er.

Schon schwebte es der Dorth auf der Zunge, nein zu sagen, aber da hielt sie's zurück und schwieg.

„Ich habe gedacht, wenn du den Jean Steinert nehmen wolltst, er ist ein richtiger Kerl, nit mehr so ein junger Springer, ein bißchen in den dreißig, versteht sein Landwirtschaft und ist einer von den besten Jägern in ganz Rheinhessen. Daß er noch mal Bürgermeister wird, so gewiß ist das, wie Amen im Buch steht."

Die Dorth war wie erlöst. Daß der Vater den Steinert im Auge hatte, das war ihr weiter nichts Schlimmes. Was ging sie der Steinert an. Der hatte schon überall freien wollen, und ein paar Mal war's schon so weit gewesen, daß es hätt zum Versprechen kommen sollen, aber da hatt's immer an der Mitgift gehabert. Der mochte sich eine backen lassen. Und der war ihr auch ein viel zu eingebildeter Aff. Der tat jetzt schon, als wär er der Bürgermeister, und wenn er in die Wirtsstube gekommen war, hatte er sie von oben herab behandelt, als wär sie nur die Dienstmagd im Hause. Den!

„Was du mitkriegst, brauch ich dir nit extra vorzurechnen – du wirst's wissen, daß es nit zu wenig ist. Dein mütterlich Anteil kriegst du bar mit – außer den Wingert und den Äckern – und wenn's sein muß, so soll's an mir nit fehlen."

Aha, dachte die Dorth, er kennt den Steinert.

„Hat er bei Euch um mich angehalten?"

„Das nit, aber ich hab gedacht, du könntst kein schlecht Aussicht bei ihm haben und er kein schlecht Aussicht bei dir."

Die Dorth hatte sich aus ihrem Sessel erhoben und war hin zur Kommode getreten:

„Vater", sagte sie, „gebt Euch kein Müh – ich will den Steinert nit. Ich will ihn nit. Und zudem – laßt ihn erst mal selbst kommen. Bis dahin hat die Sach noch gute Weg. Ihr braucht ihn nit herbeizuzackern. Und kommt er dann selbst, dann wird man ja sehen. Ich werd auch gesund werden ohne den Steinert zu heiraten – und ich weiß nit, ob ich nit erst recht krank werden tät, wann ich ihn heiraten tät."

Der Alte hatte Widerstand erwartet, er hatte gedacht, er müßte vielleicht ein wenig überreden, denn die Dorth hatte ihren Kopf – gestohlen hatte sie den nicht – aber auf das und auf die Art war er nicht gefaßt. Er war aus dem Konzept gebracht, er wußte nicht, was entgegnen, und er wußte auch nicht, wie er sich jetzt anstellen sollte. War das so, daß man schimpfen mußte, oder war's zum Gute-Worte-geben?

Er knurrte erst etwas Unverständliches.

Dann sagte er:

„Meinst, er müßt erst selbst zu dir kommen? Das tut er aber am End nit, da kannst du lang warten."

„Dann soll er's bleiben lassen! Was der ist, bin ich auch. Und wann er käm, meint Ihr, ich tät gleich so mir nichts dir nichts ja sagen? Ich tät mich nit nur besinnen, ich tät nein sagen. Ich will ihn nit. Ich werd mich fein bedanken, den Lückenbüßer zu machen, denn wann er auch sagt, er hat's immer gewollt, daß es zu nichts geworden ist bei seinen Freiereien, so könnt Ihr das glauben. Ich glaub's nit – er hat einfach den Laufpaß kriegt, weil er mit Rechnen nit fertig geworden ist. Merci! Ich will ihn nit! Merci!"

Das war nun so bestimmt und scharf, daß der Alte alle Worte verlor, die er möglicherweise noch hätte sagen können. Nun war er ganz verdutzt. Er kramte nicht mehr, er ging langsam zur Türe, den Rücken noch ein wenig eingebogen vom Bücken. Die Dorth saß wieder im Sessel.

„Du wärst vielleicht noch froh und tätst die Finger nach ihm lecken. Mir soll's recht sein. Aber Hochmut kommt vorm Fall."

Damit ging er hinaus. Die Dorth lächelte vor sich hin.

Ob er noch einmal damit anfangen würde?

Sie streckte sich ein wenig. Dann stand sie auf und war sehr vergnügt.

Bevor die Mainzer Straße das Wirtshaus „Zur schönen Aussicht" erreichte, machte sie zweimal ein Knie, das erste Mal, als sie aus einer tiefen und breiten Mulde sich erhob, das zweite Mal, als sie sich zu der Richtung wendete, die sie von nun an, an der „schönen Aussicht" vorbei bis zu den ersten Häusern der Dorfstraße und durch das Dorf selbst, nur mit geringen Biegungen verfolgte. Diese Biegungen waren durch das Terrain bestimmt. Das rheinhessische Hügelland in seinem beständigen Auf und Ab eignet sich nicht besonders gut zum Straßenbau, zumal der fette Boden und der Mangel an festen Steinen nicht helfen, die Formationsschwierigkeiten zu überwinden. Aber Napoleon I. war ein glänzender Straßenbauer, und die Straße von Mainz nach Paris ist so vortrefflich angelegt wie nur die alten Heerstraßen, die einst die Römer durch Germanien gezogen haben.

Am zweiten Knie, ehe die Chaussee auf die „schöne Aussicht“ hin führte, stand die Ziegelei vom Cyriak Goschel. Sie war nicht groß, war nie groß gewesen. Denn so geeignet der Letten hier für Ziegel und „Plotzer“ war, so ungeeignet war die Stelle des Wassers wegen. Wo man bohrte, gab's wohl einen Brunnen, aber wenn es regnete, so ging der ganze Ablauf von dem „Berg“, dem Rebenhügel, der sich auf der andern Seite der Chaussee der Ziegelei gegenüber mählich erhob, über das Gebiet des Cyriak Goschel hinweg. Nach jedem Gewitter gab's nicht nur Schaden an Steinen und Ziegeln, sondern auch Ausbesserungen. Der Goschel mußte immer Röhren legen, das Wasser zu fassen, und Mauern aufbauen, es abzuleiten. Das war der Nachteil der Ziegelei, die sonst im Rufe stand, den besten Lettenboden zu besitzen, der die Eigenschaft hatte, hart zu brennen, ohne sprüngig und glasig zu werden.

Vor ein paar Jahren war dem Goschel die Frau gestorben. Er hatte zwei Mädchen von ihr, die im Alter von vierzehn und fünfzehn Jahren standen und schon anfingen, ihm die Wirtschaft zu führen, die übrigens ziemlich einfach war, weil der Goschel außer Hühnern und Enten kein Vieh hielt. Nicht mal eine Geiß – seine Milch ließ er in der „schönen Aussicht“ holen. Nach dem Tode seiner Frau hatte er die Ziegelei brach liegen lassen, hatte sich in seinem Garten ein Bienenhaus gebaut und war ein eifriger Bienenzüchter geworden. Man sagte: aus purer Trauer um seine Frau. – Er habe sich von der Welt zurückgezogen. Ältere Leute waren nicht recht gläubig dieser Trauer gegenüber, denn sie kannten die Jugend des Cyriak Goschel. Sie sagten: er war zu Lebtag ein Scharwenzeler. Es war kein schön Mädchen in der Gegend gewesen, dem er nicht die Kur gemacht hätte. Und man sagte auch, es trügen heute ein paar Leute nicht den Namen Goschel, die ihn eigentlich tragen müßten. Es gab ein paar Gesichter – besonders in den umliegenden Dörfern – deren Ähnlichkeit mit dem Cyriak Goschel man bemerkte, von der man aber nicht sprechen durfte. Nun sollte er ganz und gar ein Einsiedler geworden sein? Er war zwar grau, auch schon stark welk; aber man mußte nur seine Augen sehen. Und seine dürren Hände. Freilich, wenn sie über den Napoleonsbart strichen – er hatte dabei so eine besondere, langsame Bewegung – dann waren sie wie mit Buttermilch gewaschen, so weiß und zart und sogar rund. Es lag nur an der Haltung, die richtigen Schwerenöterhände. Wer aber so Augen hat und so Hände, der hat der Welt noch nicht valet gesagt. Freilich, 's gibt ein Wort von den alten Betschwestern – am Ende könnt das auch auf die Männer zutreffen – und der Goschel hatte dazu schon große Kinder.

Immerhin, es gab ein paar Leute im Dorfe, die verhielten sich abwartend und trauten der Stille und der Bienenzüchterei nicht. Der Goschel war noch lebenslustig – und auf der Sörgenlocher Kirchweih hatte er im Spätjahr wieder getanzt. Erst mit seiner Tochter - um einen Übergang zu haben – und dann mit allen Sörgenlocher Mädchen von der dicken, runden Krämerssophie bis zur langen, dürren Batzeträud – und er hatte noch Beine gemacht, der alte Geißbock, trotz den Jungen. Er tanzte heute noch besser wie sie alle, denn er hatte noch was von früher her, das sich immer mehr verlor, etwas Feines, Leichtes, Zierliches, das die Franzosen einmal ins Land gebracht hatten. Er sah ja übrigens aus wie ein Franzose, und es war auch französisch Blut in ihm. Wer hatte das aber nicht im Mainzerland – doch wirkte es bei keinem so wie beim Goschel.

Mit dem neuen Frühjahr hatte der Goschel wieder langsam Arbeiter in seine Ziegelei eingestellt. Es waren nicht mehr die Bienen allein, die ihn beschäftigten. Er brannte wieder Kalk und formte wieder Ziegel, und bald hatte er das Geschäft wieder im Betrieb, als habe es nie stillgestanden. Er kutschierte wieder auf den Dörfern herum, hatte die kleine schwarze Geldtasche umhängen und rückte das Hütchen auf ein Ohr, wenn's heimwärts ging, denn er war auch einem guten Schoppen nicht abgeneigt, als sei er nicht hoch in den Fünfzigern, als habe er kaum die Dreißig auf dem Buckel. Er sang auch: „Schein ist die Jugend, sie kommt nicht mehr" – immer nur diese selben Worte, weil er nicht weiter wußte, und immer statt „schön" „schein", weil er beim Singen das „ö" wie ein „ei" aussprach.

Der Goschel kam täglich neuerdings in die „schöne Aussicht". Die Annelies Brabender sagte: „Ich kenn ihn von früher her, für nix kommt er nit." Sie schimpfte auf ihn, was das Zeug hielt. Heimlich dachte sie: wenn er am Ende käm und wollt mich doch noch heiraten! Ich hab lang genug Brabender geheißen, ich könnt auch noch ein paar Jahr lang Goschel heißen – und riskieren tät er nix. Er hätt eine Frau und hätt sein Ordnung und wüßt, daß ihm sein Sach zusammengehalten werden tät – na und kurzum. Dann sagte sie laut: „Er ist ein alter Bock, hör nur, wie er wieder meckert. Wenn man den in die Brennnesseln hockt, vergeht ihm auch die Lust noch nit."

Die Blume Marie hörte das an, ohne etwas zu sagen. Sie nickte nicht einmal, sie wurde nur manchmal rot.

Die Annelies Brabender war wiederholt in dem Goschel seiner Wohnung gewesen, und sie konnte sich ganz gut vorstellen, wie sie angelegt und eingerichtet war. Man ging zur Tür hinein und kam in den Gang – dann war gleich rechts eine Tür, die ging zum Wohnzimmer, da stand das Kanapee an der Wand und der runde Tisch davor, die Kommode in der einen Ecke und in der anderen der Sekretär – und hinter dem Wohnzimmer lag das Schlafzimmer – und vom Schlafzimmer kam man noch einmal in ein Zimmer, da schliefen wohl die beiden Mädchen, direkt vom Gang aus aber kam man in die Küche. Es fiel ihr immer so ein, wie das war beim Goschel, so oft sie wußte, daß er draußen im Wirtszimmer saß – und eine Zeitlang mußte sie dem auch nachhängen, bis sie sich selbst dabei ertappte, ärgerlich wurde und zu sich sagte: „Ich altes, dummes Mensch – ich könnt mir grad selbst aufs Maul schlagen. Noch so Fisematenten im Kopp, als tät ei'm noch der Hintern jucken, von sei'm Mann durchgeprügelt zu werden, als wär man noch mal zwanzig. Alt Annelies, schlag dir die Possen aus dem Kopp – wer sich nit satt 'gessen hat, der nascht sich auch nit satt – 's gibt nix mehr für dich, die Zeite sin vorbei."

Dann fuhr sie über die Blume Marie her, weil die auch wie die heilige Euphrosine in einer Ecke stand und keine Hand rührte.

„Wo ist denn das Fräulein Dorthchen?" fragte der Goschel, immer in seiner gespreizten Art, als wär sein Vater in Mainz am Dom Prälat gewesen.

Der alte Rosenzweig rief die Dorth.

Der Goschel dienerte und zog den Mund wie ein Hase, wenn er ein „Männchen" macht.

„Guten Tag, Fräulein Dorthchen. Wie steht's Befinden? Ich wollt mir nur die Nachfrag erlauben. Fräulein von Rosenzweig würde man in Wien sagen. In meiner Jugend bin ich mal in Wien gewesen – fein, sag ich Ihnen – der Stephansdom und der Prater und die Musik. Die Musik, sag ich Ihnen – und die Walzer! Gott, Fräulein Dorthchen, wenn wir das mal zusammen machen könnten!"

„Da müssen Sie sich eine andere suchen, Herr Goschel."

„Na na – jemand was Schönes zeigen – und auch was Schönes sagen – das ist immer erlaubt. Das nimmt kein Mensch übel – und ein schönes Mädchen –"

Die Dorth wollte sich zum Gehen wenden. Der alte Rosenzweig konnte den Goschel überhaupt nicht ausstehen – aber der guten Nachbarschaft zuliebe – er hatte sich schon stillschweigend gedrückt.

„Fräulein Dorthchen, ein Schöppchen, wenn ich bitten darf. Neuen! Ist das nicht dumm in der Welt – die Jugend trinkt Neuen, und die Alten trinken Firnen. Die Jugend hat doch schon Feuer genug – der Neue macht Feuer - die Alten aber, die nicht mehr genug Feuer haben – und was ist das Leben, wenn man kein Feuer mehr hat! – die trinken Firnen, der kein Feuer gibt. Ich mach das nicht mit, ich trink Neuen. Sehen Sie, Fräulein Dorthchen, das ist die Lebenskunst. Lebenskunst nennt man das – und wer die nicht hat, ist ein armer Teufel. Er quält sich durch die Welt und ist ein Sauertopf und hat nichts von dem, was schön und gut in ihr ist."

Die Dorth hörte nicht auf sein Geschwätz. Ihr war das zuwider.

„Ich fürchte, Fräulein Dorthchen, Ihnen fehlt es an der Lebenskunst."

Da fuhr sie auf.

„Ach, was wissen denn Sie!"

Sie hatte sich neuerdings angewöhnt, da sie gemerkt hatte, daß es der Vater nicht gerne sah, wenn sie im Backensessel ruhte, daß sie sich mit einer kleinen Handarbeit in die Wirtsstube setzte. Da der Vetterlein doch nicht mehr gekommen war – und sonst Gäste sich nicht gerne an diesen Platz zwischen den beiden Türen setzten – so hatte sie seinen Platz für sich gewählt. Es war nichts Richtiges, was sie arbeitete, nur so ein bißchen Herumgestichel, aber dem Vater war der Willen getan, und obschon die Blume Marie da war, die ja recht anstellig in der Wirtschaft war, konnte sie doch die Wirtsstube nicht ganz meiden, so sehr sie sich innerlich gegen den Aufenthalt in ihr sträubte. Aber jetzt, seit der Goschel jeden Tag kam, jetzt war's ihr rein zum Fortlaufen. Aber nun durfte sie's erst recht nicht. Der Vater sagte: „Du hast zwei Ohren – und Nachbarschaft muß man halten." „Da gibt's nix – und Wirt ist Wirt. Wer sich nit überwinden kann, ein Aug zuzudrücken und was durch die Ohren hindurchgehen zu lassen, der hätt nit sollen in einer Wirtschaft auf die Welt kommen – oder müßt halt das tun, was man ja in allem Guten geraten hat. Aber wer sein Kopp hat, muß auch für sein Kopp büßen."

Er zeigte nicht weiter seinen Ärger, daß es ihm mit seinem Plänchen nicht geraten war, aber wenn die Dorth sich beklagte oder ihr irgend etwas quer ging, dann ließ er seine Stichelrede einfließen. Dafür aber hatte die Dorth ihre zwei Ohren.

„Was ich weiß?" sagte der Goschel auf ihren Anschnauzer und kam dabei näher. „Fräulein Dorthchen, was ich weiß! Wissen Sie, was die Liebe ist?"

„Ach, lassen Sie mir mein Ruh!"

„Na ja, da hapert's eben. Wer nicht weiß, was die Liebe ist, weiß nicht, was das Leben ist, weiß nicht, was die Jugend ist, weiß also auch nicht, was Lebenskunst ist, sag ich Ihnen, der alte Cyriak Goschel, der aber nie alt wird. Sehen Sie, Fräulein Dorthchen, und das ist die Lebenskunst, ich freue mich noch an einem schönen Kind, als wär ich zwanzig, und ich liebe noch das Leben, als wär ich fünfundzwanzig, und ich fühle mich noch zur Liebe fähig, als wär ich dreißig. In diesen Jahren muß man sein Lebtag bleiben: zwanzig, fünfundzwanzig und dreißig – nur nicht drüber. Über die Dreißig, da fängt's schon an, wackelig und ranzig zu werden. Aber wer immer in den Zwanzig, Fünfundzwanzig und Dreißig bleibt, der kann nie alt werden, und wär er grau wie ein Esel und welk wie Sommerklee nach einem Nachtfrost. Sehen Sie, Fräulein Dorthchen, das ist die Lebenskunst. Der Mensch ist so alt, wie er sich selbst macht. Sagen Sie, ich hätt's Ihnen gesagt, der alte Cyriak Goschel."

Er strich sich dabei über seinen grauen Kopf und glättete seinen Zwickel. Während er in sich hinein lächelte, ging er an seinen Platz zurück. Siegerhaft, gleichsam mit jeder Bewegung sich selbst schmeichelnd.

„Sehen Sie, Fräulein Dorthchen, und so Menschen wie wir hier, in einem hellen Land und mit dem guten und vielen Wein, wir dürfen nicht alt werden, wir dürfen's nicht. Da hinten im Odenwald oder da oben im Buchfinkenland, wo's den ganzen Tag nicht Tag wird und der gute Wein nicht wächst, da ist's was anderes. Gucken Sie sich die Menschen von dort an – schwerfällige Trampeltiere, mit Verlaub zu sagen. Aber hier – nein! Und nun geben Sie mir, mit Verlaub, wenn ich bitten darf, noch ein Schöppchen! Sie lassen den Kopf hängen, Fräulein Dorthchen – lernen Sie die Liebe!"

Sie stellte ihm den Wein hin, und er strich über ihre Hand. Sie zog sie rasch zurück und sagte kurz:

„Ich verbitte mir das."

Er verneigte sich und bat um Entschuldigung. Sie

konnte ihm nicht böse sein, er war ihr viel zu unausstehlich dazu. Sie wußte nicht, war er lächerlich oder einfältig oder kindisch – oder hatte er recht in dem, was er sagte. Gewiß war er ein alter Sünder – und nicht alles war gerade dumm gewesen in seinem Geschwätz. Nur seine Art war so sonderbar – er mußte doch einen Sparren zu viel haben.

In der Küche sagte die Dorth einmal zur Annelies: „Er ist wie eine gequöllte Kartoffel, die ein Feldhinkel sein will."

Die Annelies lachte. Die Blume Marie aber wurde rot. Der Goschel kam jeden Tag. Bald fragte er nicht mehr nach der Dorth, denn er merkte es wohl, sie behandelte ihn jeden Tag ein bißchen kürzer und kühler – und ein paar Mal hatte er gerade noch gesehen, daß sie in der Tür verschwunden war, als er eingetreten war. Die Blume Marie bediente ihn. Und wenn die ihn bediente, trank er auch immer ein paar Schoppen mehr. Er war genau so höflich zu ihr wie zu der Dorth – nur manchmal sagte er ganz leise und leicht du – und wenn sie ihm den Wein brachte, streichelte er ihr die Hand oder tätschelte ihr die Wange, faßte sie unters Kinn – flüsterte „schönes Kind" – und tat dann wieder ganz feierlich und vornehm und hielt seine Reden.

Einmal äußerte die Annelies einen Verdacht bei der Dorth. Aber die Dorth sagte: „'s wird ihr einfallen – so einen Fisematentenmacher, so einen alten –"

„Na, was das anbelangt."

„Du mögst ihn am End – Annelies!"

Puterrot wurde die Annelies da, und sie wußte erst gar nichts zu sgen. Dann tat sie beleidigt – und nun wußte sie auch, daß sie ihn wirklich nicht wollte und daß es lächerlich wäre, wenn sie ihn wollte, – und sie sagte zur Dorth:

„Ich hab dir doch nie was Böses getan, daß du mich so

zum Spott hältst, Dorth.“ Die Dorth streichelte ihr die Wangen – und die beiden waren wieder gut. Da klang ein helles Lachen von der Wirtsstube her – die Blume Marie konnte sich fast nicht halten vor Lachen. Die Dorth und die Annelies öffneten ein wenig die Tür und lugten durch den Spalt. Sie mußten sich selbst auf die Zunge beißen, das Lachen einzuhalten. Dem Goschel war offenbar der Wein in den Kopf gestiegen. Er hatte den Hut auf ein Ohr gesetzt und tanzte „auf dem Strich“ – auf einer Fuge des Fußbodens. Er zeigte der Blume Marie, wie man tanzen müsse – und wie er's noch könne. Nicht zollbreit kam er vom „Strich“ weg, zierlich setzte er Fuß vor Fuß – der weiße Sand, der gestreut war, knirschte scharf – ungeheuer komisch sah es aus, wie der alte Mann den leichten und flinken jungen Burschen spielte. Er sang ein Lied, das gerade aufgekommen war, und tanzte nach seiner Melodie; den Text kannte er freilich nicht weiter als einen Vers lang: „Haste denn dein ritzerote Rock nit an . . .“

Als die Blume Marie die beiden im Türspalt sah, schlug sie sich die Schürze vors Gesicht. Sie schämte sich.

Der Goschel verbeugte sich höflich vor ihr und sagte: „Habe die Ehre!“ Da lief sie weg, spornstreichs in ihre Stube hinauf. Sie glaubte, weinen zu müssen – aber es schlug ihr in Lachen aus. Sie mußte furchtbar lachen.

Der Goschel war lieb zu ihr. Sie nahm den Spiegelscherben von ihrem Waschschemel und betrachtete sich darin. Sie gefiel sich. Sie hatte Augen, so rund wie Klicker, und Zähne, so weiß wie Porzellan. Sollte noch eine so aufweisen! Die Dorth, freilich die Dorth. Aber sie auch. Sie erhob sich und war sehr stolz.

Ihrer Lebtag war sie gestumpt und gestoßen worden – hier hatte sie's ein bißchen gut gehabt, obgleich die Annelies Brabender auch ihr Teil zu kommandieren verstand. Dem Alten wich man am besten aus, und wenn die Dorth gerade ihre Launen hatte, hatte man auch keinen Zucker zu lecken. Na ja – und – – na ja – und wenn er sie wollte – –

Hatte er sie die Liebe gelehrt? Keine Spur. Sie stellte sich ihren Mann ganz anders vor und hatte ihn sich immer ganz anders vorgestellt – aber wenn er sie wollte, sie war dann versorgt.

Sie tat ihm ein bißchen spröde. Er strich um sie herum wie eine Katze um den heißen Brei und überschlug sich förmlich in Liebenswürdigkeiten. Je mehr Geschmeichel und Gestreichel aber auf seiner Seite, desto mehr Sprödigkeit und Abweisung auf ihrer. Heut ein bißchen näher kommen lassen; morgen ein bißchen weiter weg von sich halten. Sie verstands. Ein Fingerheben, ein Drohen und ein bißchen Beleidigtsein und Barschheit, ein Augenleuchten und Schelmischtun ein andermal, neckisch die Zähne gezeigt, schmollend die Lippen geschürzt, nie ganz zu ihm hin, nie ganz von ihm weg: sie hatte für jede Gelegenheit, jede Bemerkung und Annäherung von ihm die richtige Art. Und er ging ihr um die Röcke, und er kroch ihr um die Gunst, mit jedem Tag mehr. Dann hatte sie ihn fest am Bändel. Heraus aus aller Armut und Gedrücktheit! Heraus! – und auch was haben vom Leben!

Es war am 13. Juni, als der Goschel den alten Rosenzweig um eine Unterredung bat. Er freite bei ihm mit allen Förmlichkeiten die Blume Marie – „das Fräulein Marie Blum“, wie er sich ausdrückte, und jedesmal schmatzte er ein wenig dabei.

Es schwirrten unruhige Gerüchte umher, und der Rosenzweig hörte kaum hin, was der Goschel schwätzte. Er sagte nur zu allem ja.

Krieg! Es war doch losgebrochen.

Die Bundesarmee war mobil gemacht.

Die Blume Marie sang wie ein Kanarienvogel. Sie sang von morgens bis abends, sie sang schon in aller Früh.

„Die Vögel, die so früh pfeifen, holt die Katz“, warf ihr der Rosenzweig hin.

Aber sie sang.

Ich gratuliere dir – nimm den alten Sägbock tüchtig unter die Fuchtel!“ hatte die Annelies gesagt.

Die Dorth war stumm und stand wie eine Salzsäule. Krieg! Der Jörg-Adam war schon unterwegs nach Darmstadt zu den Chevau-legers – es waren schon alle unterwegs, die ins Feld ziehen mußten oder wollten, und wer wußte, ob der Jörg-Adam nicht auch gewollt hatte. Er war doch nicht so ganz frisch mehr vom Militär.

Die Dorth betete zum lieben Herrgott. Sie ließ eine dicke Kerze am Hauptaltar aufstecken. Und sie tat, was alle taten: sie fluchte auf die Preußen. Sie hatte auf einmal ein Verständnis für alle die Worte, die jetzt fielen: Freiheit, Republik, Bruderkrieg. In der Wirtsstube hob sich's. Einer sprang auf einen Tisch und rief:

„Wenn's uns alle kost't – alle miteinander – preußisch werden wir net, lieber österreichisch! Oder lieber wieder französisch – und wenn das nit sein kann: es lebe die Republik!“

Sie sah den Äges kommen. Der hatte ihr noch nie etwas Gutes gebracht. Sie wollte ihn nicht sehen und ging drum.

Krieg! Man kann die Stunden nicht erwarten, in denen die Nachrichten kommen. Es dauert alles so ewig lang, und was man heut hört, das ist morgen nicht wahr. Es ist so schwer, etwas Gewisses zu erfahren. Die Posthalterei ist zu den Postzeiten ordentlich umlagert, die Wirtshäuser sind überfüllt. Die Dorth kann gar nicht hinhören, was an den Tischen gesprochen wird. Sie denkt beständig, es müsse ein Wort fallen, das sie treffen wird, das auf sie fallen wird wie ein Hammer. Sie hat Angst.

Dabei ist hier in der Gegend sonst nichts von Krieg zu merken. Gar kein Militär zu sehen. Keine Durchmärsche. Im Anfang sind ein paar Abteilungen Kurhessen durchgezogen. Die hatten gefragt: „Hann Se kenne Preiße g'sieh?" Das war dann so ein Witz geworden. Man sagte einander: „Hann Se kenne Preiße g'sieh, frage die Kurhesse." So wäre man eigentlich nicht am Kriege interessiert gewesen, wenn's nicht geheißen hätte, daß das Land preußisch werden sollte – und wenn nicht ein paar Leute draußen im Felde gestanden hätten, von denen man jeden Tag die Todesnachricht kriegen konnte.

Im „goldenen Lamm" sitzen in der Stammtisch-Ecke nur noch zwei: der Vetterlein und der Döffchen. Der Vetterlein ist abwartend, ein bißchen meinungslos, prophezeit nicht, sagt aber gerne, wenn eine Nachricht eintrifft, er habe sich's gedacht, daß es so kommen werde. Der Döffchen ist auffallend still. Manchmal setzt er an, einen Lacher zu rollen. Aber er bringt ihn nicht mehr heraus – gar nicht dran zu denken, daß er in der Kopfstimme ausklinge. Seine Sprenkel scheint er verlernt oder vergessen zu haben. Und warum denn nur? Er hat keinen Verwandten draußen, er ist nicht so arg interessiert, daß er so ganz und gar kopfhängerisch sein müßte – ja, manchmal ist's sogar, er nehme an den Ereignissen gar nicht teil. Das tun nun ja so viele, nachdem die erste Hitze verraucht ist. Sie geben sich schon wieder unbekümmert dem Leben hin. Aber der Döffchen ist abwesend, direkt abwesend.

Der Tierarzt Kullmann mit seinem großen Schlapphut fehlt. Er ist nicht mehr hier. Seine Preußenfeindschaft hat ihn aus dem Lande getrieben, ganz Deutschland werde jetzt preußisch, hatte er gesagt, darauf laufe es hinaus. Drei Tage lang hatte er ein Band mit den alten Freiheitsfarben Schwarz-Rot-Gold getragen – aber sie hatten nichts geholfen, die Preußen waren überall siegreich oder doch im Vorteil geblieben. Dann war am 3. Juli die Schlacht bei Königgrätz geschlagen worden. Niederlage der Österreicher. Da war er abgereist. Er hatte keinem Menschen ein Wort gesagt, dann war eine Karte aus der Schweiz von ihm gekommen: „Freier Bürger eines freien Landes! Es lebe die Republik!" Die Leute erzählten sich davon wie von einem großen Ereignis. Was die Reise gekostet haben mochte – und daß der Kullmann immer so „Speranzen" im Kopf gehabt hätte. Er war immer so halb verrückt gewesen – bei jeder Gelegenheit hatte er eine Rede gehalten, lang und hitzig, und hatte dabei gewettert und getobt und mit der Faust aufgeschlagen, daß die Schoppengläser auf den Tischen getanzt hatten – aber darin hatte er recht, wenn's so weiterging, war's vom Preußischwerden nicht mehr weit. An den Stammtisch im „goldenen Lamm" kam noch ein Brief von dem verrückten Kullmann: „Laßt Euch nur einsacken, Ihr mordsmäßiges Schlafenhaubenvolk. Die neue Schlacht auf den katalaunischen Feldern ist geschlagen, aber diesmal haben die Hunnen gesiegt. Und Eure ganze Vergangenheit, Euere Kultur, Euer gutes neues Recht – das Euch die Franzosen verliehen haben, Ihr Schwachmatiker – flöten geht alles. Laßt Euch ins preußische Joch spannen, laßt Euch vom preußischen Unteroffizier kuranzen, geht im Stechschritt und legt Euch knarrende Stimmen an, daß einem das Trommelfell kracht: werdet Borussen! Baden hat Euch schon verraten, treibt den Spaß weiter! Ein Großdeutschland haben wir geträumt, ein Preußendeutschland werden wir erhalten. Der Herr, der Euch verflucht hat, möge Euch beistehen, Ihr blinden Hessen und Untertanenspießer. Dr. Kullmann, der Republikaner, Bürger der freien Schweiz und Widersacher Bismarcks, des Junkers und Tyrannen."

Dann hatte er noch eine Nachschrift gemacht: „Gelt, die Kartätschen im Badischen, die habt Ihr vergessen? Ja, so seid Ihr, Ihr behaltet nur, was Euch in den Knochen stecken geblieben ist. Nun, vielleicht kommt auch Euch einmal die Zeit, wo Ihr genug gezüchtigt seid, um frei sein zu müssen. Alle Verachtung. Der Obige."

Der Brief ging von Hand zu Hand. Er lenkte wieder stärker das Interesse auf die Zeitereignisse. Sogar der Polizeidiener las ihn, und der Adjunkt Eckert war dafür, daß er im Kästchen am Rathaus ausgehängt werde. Dafür war er aber so tüchtig ausgelacht und aufgezogen worden, daß er froh war, wie er sich unbemerkt drücken konnte. Der Vetterlein hatte die Sache mit den katalaunischen Feldern erklären müssen, und der Martin Eifinger, der seines Aussehens wegen „der Napoleon" hieß, hatte den Brief zweimal abgeschrieben und las ihn immer vor, so oft er eine von seinen Freiheitsreden hielt, die zwar sehr verworren waren und französisches Kaiserreich und deutsche Republik als ein und dieselbe Sache erklärten – oder mindestens miteinander verwechselten – und jedenfalls voraussagten, daß Deutschland französisch werden müßte, eine Provinz des französischen Kaiserreichs – und so weiter in einem Atem die krausesten Dinge, die aber immer Beifall fanden, weil man sich drüber amüsierte und das, was man eben für ernst und wichtig genommen hatte, im nächsten Augenblick ins Lächerliche ziehen konnte. So kam's, daß in jeder Wirtsstube, wo der Eisinger sich nur blicken ließ, sogleich die Aufforderung erging:

„Eifinger, les dein' Brief vor!" eine letzte Nachwirkung des letzten Nachkommen der „Bassermannschen Gestalten".

Mag die Welt in Brüche gehen – es ist immer noch ein Humor bei der Sache. Lachen muß man noch können, sonst hol ei'm lieber gleich der Teufel bei lebendigem Leib.

Dann sagte eines Tages der Döffchen, mitten im Reden und Trubel zum Vetterlein, und es klang gar traurig und armselig:

„Ich bin ein geschlagener Briefträger."

Der Vetterlein hörte den Ton, verstand aber nicht den Sinn der Worte.

In letzter Zeit waren sie gar nicht mehr zusammen über Land gefahren. Er hatte gedacht, es sei des Krieges wegen. Nun stellte sich's heraus, daß es anders war. Der Döffchen hatte wohl überall noch Aufträge, neue Pumpen zu stellen und alte zu reparieren, aber er führte in letzter Zeit nichts aus – und da überall die Kriegsaufregung war, fand man den faulen Geschäftsbetrieb erklärlich. Außerdem konnte man nicht gut einen andern nehmen, einmal, weil keiner da war, und dann, weil man zu keinem anderen Vertrauen gehabt hätte.

„Die ganze Zeit liegt mir's schon im Magen", krächzte der Döffchen heraus, „und ich hab alles hängen und bambeln lassen deshalb. Es wird mich die ganze Kundschaft kosten. Die Kränksweiber – bei aller Vorsicht, man kann sich nie genug bei ihnen auskennen."

Nun wußte der Vetterlein so etwa, wohin's hinauslief, aber er fragte nicht. Es war nicht seine Art auszufragen, er wollte aus niemand etwas herauspressen, das der freiwillig am Ende nicht hergegeben hätte.

Aber dem Döffchen bedrückte es das Herz, und er mußte es erzählen.

Er saß in der Falle – er hatte genascht, daß die Falle zugeschnappt war. Es war das Reinharts Karlinchen. Sollte ein Mensch denken können, daß bei der Gefahr war! Sie war so fromm und lief jeden Tag in die Kirche, wagte keinen Mann anzugucken, ging stets in dunklen Kleidern und hatte das Gelübde getan, jeden Samstag den Muttergottesaltar zu schmücken. Dem lieben Gott und allen Heiligen betete sie die Füße ab. Die Leute behaupteten sogar, sie sei in einem Orden, der vorschreibe, daß sie einen Strick um den bloßen Leib trage. War das ein Vogel, bei dem man besonders vorsichtig sein mußte! Es wär doch nicht zu denken gewesen – und er hatte sich zu weit gewagt. Nun hielt sie ihn fest. Er hatte gezappelt und gezappelt, sich wieder freizumachen.

„Es ist ja sonst nichts gegen sie zu sagen, und das Beten vergeht gewöhnlich mit dem Kinderkriegen – es ist jetzt schon weniger geworden" – (hier setzte er einen kurzen Roller an, der in die Kopfstimme ausschlug, ehe er in der Gurgel vollendet war) – „sie wird auch ganz tüchtig sein, ehrsam und züchtig, ganz wie sich's gehört – und wenn sie das Muttergottesgesicht abgelegt hat, wird sie auch ganz hübsch sein, aber 's ist doch die Frau nicht, die ich gesucht hab und um die ich die halbe Welt ausgeschlagen hab."

„Muß es denn sein?" konnte sich der Vetterlein hier nicht enthalten zu fragen. – „Muß es denn sein, daß sie Ihre Frau wird?" Er war immer noch ein bißchen dumm und unschuldig in all diesen Sachen, obschon er selbst von sich meinte, daß er sich mit dem Döffchen Routine erworben hatte.

Nun wurde der Döffchen rot, und das war etwas, was ihm so gut wie nie passierte.

„Sie hat's schon dem Pfarrer anvertraut – und ich war schon ins Pfarrhaus bestellt – na und – überlegen Sie nur selbst: es gibt kein Entwischen mehr. Ich sitze fest in der Falle. Ach, du liebes Bißchen! – es wird ein Gelächter geben! Daß es mir gegönnt wird, ist mir schließlich egal –

aber das Gelächter, das liegt mir im Magen. Wenn ich mir das vorstelle, möcht ich mir grad den Kopf zwischen die Beine stecken, daß ich nichts mehr hören und sehen tät von der Welt. 's ist doch – daß gerade mir so was passieren muß –"

„Nun, das vergeht und vergißt sich", sagte der Vetterlein aus einer stoischen Ruhe heraus.

Der Döffchen sah ihn groß an.

„Das hätte ich Ihnen gar nicht zugetraut."

„Es läßt sich alles überwinden", betonte der Vetterlein.

„Kennen Sie das?"

„Ich glaub, ich kenne das."

„Aber Mensch!"

„Na ja – 's hat jeder was zu tragen."

„Stille Wasser gründen tief – – und ich hab immer gemeint, Sie freiten nur so überall herum, um die Mädchen an den Nasen zu führen."

„Ich? Ich freite überall herum? Ich habe gar nicht gefreit! Nie in meinem Leben. Ich habe nirgends dran gedacht – ich bin, ich versichere Sie – ich kann Ihnen heilige Eide schwören – wenn irgend ein Mädchen sich das einbilden sollte – ich bin unschuldig wie ein Lamm."

Nun gelang dem Döffchen der Lacher, in der Kehle und in der Kopfstimme.

„Mensch", sagte er – „ich kenne Sie doch nicht. Ist's denn eine – von früher her vielleicht – oder ist's die Rosenzweigs Dorth?"

Der Vetterlein wurde puterrot. Dann fühlte er, daß er den guten Ruf der Dorth zu wahren habe, und daß eben Gefahr für ihren guten Ruf sei. Er mußte sie verteidigen, es war seine Aufgabe und seine Pflicht. Aber leugnen – war das dann nicht die Unwahrheit? Doch es galt, sich nicht lange zu besinnen, das konnte Verdacht erwecken.

„Es ist nicht das Fräulein Rosenzweig", sagte er, und

er gab sich vergeblich Mühe, seine Stimme frei zu machen, „bestimmt nicht!“

Der Döffchen erwiderte nichts darauf, und der Vetterlein wußte nicht, wie er's aufgefaßt hatte, und sorgte sich, was er alles jetzt denken könnte. Es war so unangenehm, wenn so etwas einmal gesagt war. Es blieb ein Weilchen still zwischen ihnen.

„Nun“, sagte der Döffchen, „ich tröst mich, daß die klügsten Hinkel neben's Nest legen. Geh's wie's will. Suchen Sie mir ein schön Orgelstück zur Hochzeit aus, Vetterlein, daß ich mich wenigstens damit nicht blamier. Mein Renommee, das ich mir in der Liebe erworben hab, das ist ja doch hin – schmählich hin.“

Der Vetterlein versprach's. Das war dann die letzte Unterredung der beiden am Stammtisch vom „goldenen Lamm“. Der Döffchen kam nicht mehr, nach ein paar Wochen hing das Aufgebot im Kästchen. Der Döffchen mit der Karolina Reinhart. Erst ein Erstaunen – dann Hohngelächter. Der „Sprenkelmajor“ war hereingefallen – und mochten traurige und aufregende Nachrichten gekommen sein, soviel als wollten – das war doch das größte Ereignis. Es löste auch den Humor aus. Überall, in der Familie daheim und in den Wirtshäusern wurden Witze darüber gerissen. Der Döffchen durfte sich nicht blicken lassen. Im „Aufziehen“ sind die Rheinhessen Meister.

Das war aber zu der Zeit, als die Hauptschläge des Krieges schon vorbei waren.

Der Hauptschlag für das Dorf allerdings geschah am 13. Juli, als die Hessen bei Laufach geschlagen wurden. Noch spät am Abend war ein Reiter von Mainz gesprengt gekommen. Er wußte nichts weiter als: Schlacht bei Laufach, Preußen gegen Hessen, Wrangel gegen Prinz Alexander. Genauere Depeschen hatten, als er in Mainz weggeritten war, noch keine vorgelegen; auf der Posthalterei war keine Auskunft zu erhalten, denn ein Telegraph ging ins Dorf noch nicht. In der Nacht kamen die Depeschen an als Extrablätter gedruckt, am Morgen des 14. Juli wußte man Näheres. Der Posthalter, der „scheppe Koch", hatte in aller Frühe schon angefangen, sie verteilen zu lassen. Die Preußen hatten gesiegt, die Hessen waren geschlagen. Und bald kamen auch die Listen der Toten und Verwundeten heraus.

Die erste Morgenpost aus Mainz brachte sie, und ehe die Postkutsche recht ins Dorf eingebogen war und der Postillon auf seinem Horn geblasen hatte, war die Posthalterei umlagert, so daß der „scheppe Koch" beständig von seinem kurzen Beinchen auf das lange, und umgekehrt, vor lauter Aufregung hüpfte und von Zeit zu Zeit den Leuten drohte, er werde Wasser auf sie gießen, wenn sie ihm nicht aus dem Hofe blieben.

Seit der Stammtisch im „goldenen Lamm" nicht mehr bestand, war der Vetterlein wieder bei sich daheim. Er floh seine vier Wände nicht mehr, und er fand wieder zu sich selbst. Er hatte eine grüne Kiste mit aufgemalten Blumen und dem Spruch: „Tue Recht und dulde kein Unrecht", ein Erbstück seiner Mutter, geöffnet. Es war eine richtige hessische Kiste, wie sie auch die Dienstmädchen mit in den Dienst bringen und wie sie die Bräute haben für ihr Weißzeug. Der Vetterlein wußte, daß in seiner Kiste Papiere waren, und er hatte sich immer gescheut, sie zu öffnen. Nun er so allein war, so ganz verlassen von den Menschen, und so beiseite geschoben von ihnen, aber auch so unberührt von den Vorgängen in der Welt, da hatte er den Mut gefunden, in den alten Sachen zu kramen. Seine Kiste war angefüllt von Briefen und Liebeszeichen. Ein eigener Duft stieg aus den Papieren und Bändern auf, und ein starkes Gefühl überwältigte ihn. Er saß viele Abende vor der geöffneten Truhe, ohne etwas daraus anzurühren. Er sann alten Dingen nach, die ihm traumhaft erschienen, über die er sich nie so recht vergewissert hatte, und er kam mählich auch dahin, über sich selbst nachzudenken. Wohl hatte er ja seine Papiere, aber er hatte nie in ihnen gelesen. Er wußte, daß sein Vater tot war, und daß er der Sohn seiner Mutter war, und daß seine Mutter eine gute, liebe, ehrliche Frau gewesen war, die er über alles verehrte. Und nun lag da in Papieren und Liebeszeichen ein Stück Leben von ihr vor ihm – wie ein Buch, in dem man lesen kann, das man nur aufschlagen muß, um auch schon von ihm gefesselt zu sein. Mit ehrfürchtigen Augen mußte man Seiten und Zeilen lesen, an den Initialen sich erfreuen, von den Wendungen sich überraschen lassen, das Vergangene sich gegenwärtig machen und den Inhalt verehren. Es war auch Inhalt von ihm – und er wollte ihm Erinnerung geben. Süße und Weh, wie immer beides in vergangenen Dingen liegt, doch auch dieser Zauber des Verklärten, darin sich beide vereinigen und lösen. Eine andere Welt, in der jedoch alles lebt wie in der eigenen Welt. Matte Töne, die aber stark und frisch und kräftig werden im Widerklang der Seele, die sie zu vernehmen, zu pflegen, zu bewahren und zu ergänzen weiß. Darum behutsam sein. Sollte es am Ende zerstört werden, was da eingeschlossen lag wie Musik in Noten, sollte es zerstört werden, da er ihm nun das Instrument geben wollte, durch das die tote Sprache ihren lebendigen Geist erhalten sollte? War er am Ende ein Stümper für dies Instrument?

Er überlegte lange und kam nur schwer zu dem Entschluß, die Truhe auszukramen. Es sollte geschehen, wie man einen feinen Wein genießt – in kleinen Schlückchen – und mit allen Sinnen: mit den Augen – das Glas gegen den hellen Schein gehoben, daß der Wein in seinem Golde voll erglüht – mit den Händen in einer schönen und zurückhaltenden Bewegung, die das feine Kristall zu würdigen wissen – mit dem Geruche, der den ersten Duft des Firnen kostet und seine edle Blume prüft – und mit der Zunge, die schon wissend ist, ehe der erste Tropfen ihre Spitze näßt. War er ein Trinker?

Ja, er hatte etwas in sich von der Kunst des Trinkers, von der alten, langvererbten Genießerkunst der Rheinhessen, von all ihren Weichlichkeiten der Hingabe und des Versunkenseins in das köstliche, was ihr Land hervorbringt. Es war ein Teil der Schönheit in ihm, die hier Worte hat wie Rhein und Wein, im ganzen Umfang ihres Gehaltes und der ganzen Lieblichkeit und Feinheit ihres Sinnes.

Er griff in die Truhe und nahm das goldbestickte Cerevis auf, das obenan lag. Das Gold des Zirkels war dunkel geworden. Der Zirkel und die Farben der „Starkenburger" in Gießen – und darunter das Band – und wie er das Cerevis nun drehte, fand er die Locke, die mit einer Nadel drangesteckt war. Eine dünne, schwarze Locke, die ihren Glanz behalten hatte. War sie von seinem Vater oder von seiner Mutter? Er konnte sich nur erinnern, daß er die Mutter grau gesehen. Vielleicht aber war sie schwarz gewesen in ihrer Jugend. Aber vielleicht war's auch eine Locke seines Vaters, vielleicht hatte er so weiches Haar gehabt. Und der Zusammenhang war so: Der Vater hatte der Mutter das Cerevis geschenkt, und sie hatte seine Locke darangesteckt, um immer den Eindruck vor Augen zu haben, wie sich in jungen und schönen Tagen die Farben von seinem Haupthaar abgehoben hatten.

Er suchte in seiner Kommode die vererbte Silhouette des Vaters hervor, die noch genau wie bei der Mutter in dem Biedermeierrähmchen war, hängte sie auf, mitten über der Kommode und gegenüber dem Spiegel, der sie gleich in sich aufnahm, am Ehrenplatz der Stube. Darunter hängte er das Cerevis und umschlang es samt dem Bilde mit dem Bande der „Starkenburger", das noch merkwürdig frisch in seinen Farben war.

Und draußen ging die Zeit, und sie ging an seiner Stube vorbei, ohne einen Schein durch ihre Fenster zu werfen. –

Die Dorth hatte sich seit dem ersten Tage, der die Kriegsnachricht gebracht hatte, zusammengenommen. Es war ein Schlag für sie gewesen, und sie wurde die Angst nicht los, aber sie hielt sich aufgerichtet. Sie spürte, daß es sie nur schwächer machte, wenn sich der Gedanken nicht entschlug. Mit Bangen legte sie sich zu Bett, und mit Bangen begann sie den Tag, aber sie hatte sich nun einmal gesagt: was geschehen soll, das geschieht, da kann auch meine Angst nicht helfen! So galt's, sie zu überwinden.

Sie arbeitete. Sie war – es war nun auch viel zu tun – eifrig in der Wirtschaft tätig. Jedesmal, so oft an einem Tisch Neuigkeiten erzählt oder vorgelesen wurden, war's ihr, es führen ihr die Ohren zu, und einen Augenblick lang verschloß sich ihr die ganze Welt. Es war ihr zum Versinken. Aber dann hörte sie nur um so aufmerksamer hin. Die genauen Schlachtberichte wurden verlesen. Die Zahl der Toten und Verwundeten. Jeder ergänzte mit seiner Phantasie. Der eine malte den Lärm, den die Kanonenschüsse bei Königgrätz verursacht haben mußten, der andere hielt sich mehr an das Stöhnen und Wehschreien der Verwundeten, andere räsonierten auf den Krieg, auf die Preußen und auf Bismarck, andere begeisterten sich für den Kronprinzen und seine Heerführung. Er war die Lichtgestalt, man begann schon, die Idealgestalt aus ihm zu machen, die er später bei uns wurde. Dann waren da die Prophezeier und Schwarzseher und waren die Republikaner, die Stellen aus Kullmanns Brief auswendig wußten und einzelne Nummern der „Neuen Frankfurter Zeitung" in der Tasche trugen – und waren da die alten Achtundvierziger, deren Preußenfeindlichkeit auch jetzt von der Feindschaft gegen die Pfaffen übertrumpft wurde. Die Dorth verschlang all das, was sie eigentlich gar nicht hören wollte, und atmete jedesmal heimlich auf, wenn die Kunde nicht ausgesprochen war, die sie fürchtete. Aber sie wurde stärker und stärker dabei – sie war so eingestellt auf eine Unglücksnachricht, daß es ihr bald war, es sei besser, die komme, als daß es immer mehr daure und sie auf die Folter gespannt bliebe. So machte es ihr auch nichts mehr aus, wenn der Äges kam. Sie bediente ihn wie jeden anderen Gast – und wenn's ans Bezahlen ging, zählte sie ihm stets einen Schoppen weniger – Warum, das wußte sie nicht – aber es war doch wie aus einem erleichterten Herzen. Die Blume Marie ließ sie sehr wenig in die Wirtschaft. Wollte der alte Goschel sie sprechen, mochte er's anderswo tun, hier wurde sie jedesmal zum Gespött, wenn sie vertraulich mit ihm plauderte. Das mochte die Dorth nicht. Man konnte über den alten Goschel uzen, so viel man wollte – aber nun die Marie sich entschlossen hatte, ihn zu heiraten, war das etwas, das nur die beiden anging und worüber die anderen nicht mit ihren losen Mäulern herzufallen hatten. Übrigens mochte der alte Goschel selbst fühlen, daß es für die Marie besser sei, wenn er nicht in der Wirtsstube bei ihr säße, denn er kam seltener.

Die Dorth unterhielt sich viel mit der Blume Marie, so daß sogar die Annelies Brabender öfter darüber knurrte. Aber der Dorth war's so ein Bedürfnis, dem armen Ding zu helfen. Wenn sie so zusammen plauderten, lachte auch die Dorth manchmal. Es war ein bißchen übertrieben und laut, aber die Annelies Brabender freute sich doch. Das war das einzige, worüber sie sich bei der Dorth in letzter Zeit freute, es war der Anfang dazu, daß sie wieder die alte wurde.

Die Blume Marie hatte nun jeden Tag ein paar freie Stunden, die ihr die Dorth gemacht hatte, damit sie an ihrer Aussteuer arbeiten konnte. Die Dorth hatte gesagt: „Wenn auch nit viel, aber ein bißchen Aussteuer mußt du mitbringen, das gehört dazu und gibt dir gleich ein ander Verhältnis. Du bist gleich ganz anders die Frau im Haus. Und mach dir so ein paar schöne Sachen, die man gelegentlich einmal zeigen kann und mit denen du auch auftrumpfen kannst, wann's nötig ist, daß du nit geduldet im Haus bist, Marie, hüt dich davor. Denn denk, er hat schon die großen Töchter – und da mußt du achtgeben, daß dir's nit zu schwer wird. Nicht beiseite schieben lassen, Marie!"

Die Annelies Brabender sagte zur Blume Marie:

„Beim ersten Laib Brot mußt du dir ihn ziehen. Gleich das Heft in die Hand nehmen. So einen alten Sünder – und das ist er doch, nit? – den kann man zahm und glehm kriegen, daß du ihn unter die Fuchtel nehmen tätst, daß er nit mehr o Gott zu sagen getrauen tät. Ist's notwendig, daß der nochmal heirat? Weiß Gott nit! Aber ich gönn dir's ja – und daß du so ein gemacht Nest find'st. Aber setz dich auch richtig hinein – verwirtschaft ihm nix, aber laß dir auch nix abgehen – und 's Regiment behalten. Sei nit dumm, Marie. Du mußt immer denken, daß ein Mann grad so ist, wie man sich ihn macht. 's liegt immer an den Weibern, wenn's anders ist. Schaff dir eine Geiß an – seine Töcher, die faulen Trutscheln, haben sie verkauft – da hast du dein Milch – und fütter dir dein Säuchen, da hast du Fett und Fleisch und brauchst dir nit den Kopf zu zerbrechen, was du auf den Tisch stellst. Immer bei der Hand sein – die Männer, die sind ja gar zu dumm."

Sie gab der Marie auch ganz intime Ratschläge, so daß die rot wurde.

„Kindskopf!" schalt die Annelies Brabender dann – „ja, das ist ja das Unglück, daß die Mädchen heutigentags in die Ehe gehen wie die Kuh ins Schlachthaus!" – So war der Abend des dreizehnten Juli gekommen.

Die Dorth war vor Müdigkeit ein bißchen hinter der Einschenke eingenickt, als draußen der Hufschlag ertönte. Sie schrak empor. Da stand der Reiter schon in der Tür und kündete seine Nachricht. Unaufgefordert schenkte sie einen Schoppen ein. Ob sein Gaul was brauche? Er lehnte ab, er habe keine Zeit, er wolle noch ein Stück in die Pfalz hineinreiten, Sörgenloch, Hahnheim, Selzen, Köngernheim. Weiter kämen die Nachrichten wohl von Oppenheim und Alzey auf die Dörfer.

Einer fragte: „Sind unsere Chevau-legers auch dabei?"

„Alle Hessen!"

„Prost Mahlzeit!"

Die Dorth rühte sich nicht. Sie war nicht mehr Herr ihrer Glieder – sonst, im Kopfe, war ihr ganz klar. Und so, wie das Bild einer Schlacht oft an den Wirtstischen entworfen worden war, so stand jetzt die Schlacht vor ihr. Sie sah die Reiterkolonnen einsprengen, sie sah bäumende Pferde und geschwungene Säbel – sie hielt den Atem an – und sie sah einen mitten drin – weiter konnte sie nicht sehen. Weiter wurde ihr nichts deutlich, war alles wirr und verknäult.

Ein Klugwisser äußerte die Meinung, wenn man auf den Ebersheimer Berg gehe, müßte man die Kanonen hören. Es wurde ihm die Entfernung klar gemacht, er sollt sich mal überlegen: Mainz – oder Oppenheim –

dann hinüber nach Darmstadt, und von Darmstadt bis an den Main, weiter wie von Mainz nach Frankfurt, bis hinter den Odenwald hinaus nach Aschaffenburg und Laufach.

Die Dorth hörte das und bekam eine Vorstellung, wo etwa die Schlacht stattfinde – oder stattgefunden habe, denn da's Nacht war, war sie wohl jetzt schon vorbei.

Der Reiter hatte ausgetrunken und fragte nach dem Weg.

„Die Chaussee grad aus, ins Dorf hinein, das Dorf durch, bis wo's Kretzers Gartenmauer aufhört, dann links die Chaussee hinein und immer grad weiter", wurde ihm Auskunft erteilt.

Was noch in der Wirtschaft geredet wurde, hörte die Dorth nicht. Es war ihr, als säß sie in der Judenschul – Stimmen, Durcheinander, Laute, Töne, Worte, Gelärm, aber nichts, was sie verstand.

Die Wirtschaft leerte sich. Die Gäste gingen nach dem Dorfe, teilweise, um gleich heimzugehen, teilweise, um Bekannten die Nachricht zu bringen oder in der Posthalterei zu fragen, ob schon Nachrichten da wären. Denn da man das eine wußte, hätte man gerne auch mehr gewußt. Aber es war ja unmöglich, daß in der Posthalterei schon etwas zu erfahren war, das konnte man sich an den fünf Fingern abzählen.

Die Dorth war allein. Sie räumte auf, löschte das Licht und ging hinaus. Im Hausgang hört sie ein Flüstern: der Goschel und die Marie. Sie stieg die Treppe hinauf. Sie lauschte nicht – aber es waren heißt Töne, die sie hörte, und es war beständig dies leise Schmatzen, das der Goschel an sich hatte und das ihr so widerlich war. Es machte ihr trotzdem heiß.

Sie schlich in ihre Stube. Der Vater schlief schon, und auch aus der Stube der Annelies, die ihrer gegenüberlag, drangen Schnarchtöne. Sie stellte sich ans Fenster und blickte hinaus in die Julinacht. Es war kaum ein wenig abgekühlt. Das Feld lag klar, und deutlich umrissen hoben sich die Häuser des Dorfes von dem hellen Himmel ab. Es war alles wie Silber und Blau – nur ein paar Wände waren kalkweiß. Kalkweiß war auch die Mauer des Kirchhofs, die sich von Friedensrichter Wagners Garten in einem scharfen Winkel ins Feld hineinzog, oben ein Zypressenbaum, wo sie begann, und unten auf der Ecke einer, wo die Mauer im Winkel nach hinten ansetzte.

Die Dorth starrte darauf. Von Kind an hatte sie dies Bild hier vom Fenster aus vor sich liegen gesehen, und es war immer gewesen, wie's heute war, es hatte sich nicht verändert, es war kein Haus da unten neu gebaut, keine Mauer neu aufgeführt worden. Nur das Heiligenhäuschen war hinter dem Kirchhof, nachdem man am Judenkirchhof vorbei war, neu errichtet worden. Aber das konnte man hier nicht sehen. So war das Bild immer das gleiche geblieben, bis auf die Häuser oben an der Chaussee, die immer mehr heraus zu ihnen, nach der „schönen Aussicht", rückten. Die zählten nicht – da unten war etwas, das immer dagewesen war und ihr nun wie neu vorkam – wenigstens wie neu in dieser Deutlichkeit wie heute abend: die Kirchhofsmauer.

Da hörte sie einen Ton. Die Stiege knarrte. Und sie hörte ein Flüstern – ein Flüstern und ein leises Schmatzen. Sie hatte auf einmal so gespannte Ohren.

Eine Türe ging – ein Riegel wurde vorgeschoben – und dann gab's einen leisen Lärm.

Sie schlug sich die Hände vors Gesicht und hielt sich mit den Daumen die Ohren zu. So warf sie sich aufs Bett und wühlte den Kopf in die Kissen, und ihr Atem ging heiß und schwer, bis ein Stöhnen sie erlöste.

Das mußte so arg gewesen sein, daß es die Annelies

Brabender geweckt hatte, denn plötzlich klopfte es draußen an die Tür, und die Annelies fragte:

„Dorth, was hast du denn?“

Da kam sie zu sich – und sie dachte zu allererst an die Blume Marie.

„Nichts“, sagte sie – „leg dich nur wieder, Annelies, ich hab nur so arg geträumt, und ich dank dir auch schön, daß du mich aufgeweckt hast.“

„Na ja“, sagte die Annelies, „wer wird denn aber auch!“

Die Dorth hörte sie fortschlurfen bis zu ihrer Türe, dann wurde es still. Sie lauschte noch ein wenig – es blieb still.

Sie entkleidete sich und kroch ins Bett. Da lag sie wach und weinte mit trockenen Augen.

Es gab noch einmal ein Knarren auf der Stiege. Das schreckte sie nicht.

Der Tag stand schon am Himmel – da schlief sie ein, und ihr Schlaf war wie Blei, ermüdend und ungesund.

Gefallen waren drei aus dem Orte: der Konrad Täuff, der bei der Infanterie gedient hatte, der Nikola Scheuermann, der jetzt wieder hatte einrücken müssen und Korporal bei den roten Dragonern gewesen war, und der Johann Peter Vogelsberger, der gerade in diesem Jahre frei geworden wäre und auch bei den weißen Chevau-legers gedient hatte. Diese Liste erschien morgens, zugleich mit der Nachricht von einem neuen Gefechte bei Aschaffenburg. Erst gegen Mittag kam die Verwundetenliste. Es war nicht leicht abgegangen für die Hessen. Namen aus allen Ortschaften ringsum waren verzeichnet, Leicht- und Schwerverwundete. Unter den Schwerverwundeten war auch der Jörg-Adam Blank aufgeführt: Säbelhieb über den Kopf und Schuß in die Brust.

Der Jörg-Adam! Der Täuff war immer ein bißchen ein einfältiger Kerl gewesen, schade um ihn dennoch, er hatte jung dran glauben müssen, und seine Mutter, die Täuffe-Sett, wußte sich nicht zu fassen. Er war ihr Einziger gewesen. Der Nikola Scheuermann hatte immer ein bißchen den Korporal herausgebissen und hatte sich militärisch aufgespielt. Nach Nennung seines Namens führte man auch gleich die Worte der Nachricht an: Starb den Heldentod auf dem Schlachtfelde für die Ehre des Vaterlandes. Immerhin – einer weniger, der noch da sein könnte. Er war ledig gewesen, weil ihm keine gut genug gewesen war – und Eltern hatte er auch keine mehr. Er hatte geschrieben beim Notar Keller. Der Johann Peter Vogelsberger, für den war's schade. Ein lieber guter Kerl, still, fleißig, solide. Ein bißchen langsam, und darin nicht so ganz nach der sonstigen Art hier, aber das schadete nichts. Was er angriff, machte er, und nie hatte man etwas von ihm gehört, das nicht recht gewesen wäre. Schade, daß er hatte dran glauben müssen. Und seine Mutter, das Vogelsberger Gretchen, war zu bedauern – der ihr Augapfel war der Hannes Peter gewesen.

Dann aber der Jörg-Adam! Daß auch der! Schwer verwundet nur – na, nur! – er konnte noch aufkommen. Aber wenn er wieder aufkam, was man ihm ja gönnen wollte, weil jeder Mensch lieber lebt, als daß er tot ist, was war's dann mit ihm? War er dann noch der Jörg-Adam, der er gewesen war, stramm, kräftig, gesund und allen voran! Herrgott, man könnt einen Stein in den Himmel schmeißen – so einen mußt's grad treffen! Und warum dieser ganze Kram? Nur, weil's die Preußen so wollen und weil Bismarck das Regiment haben will und weil's aus sein soll mit Süddeutschland und dem deutschen Bund und weil die Preußen alles allein für sich haben wollen. Himmelherrgottsternsteinhagelsakerment! Ah, das macht das Herz frei. Ellenlang weiterfluchen! Und grad so einen muß es treffen, und läuft die Welt voll von Tagdieben und Tunitguten und Taugnixen! –

„Was geht dich dann der Jörg-Adam an!" fuhr der alte Rosenzweig der Dorth ins Wort.

„Was er mich angeht? Das weiß ich selbst nit. Aber ich bleib dabei, was ich tun will, das tu ich, und Ihr dürft mir nit hinderlich sein, Vater. Ich fahr hin, ich mein, ich muß das. Fragt mich nit, Vater. Ich kann nur sagen – ich will hinfahren – und ich muß hinfahren. 's läßt mir kein Ruh. Ich hab gewußt, 's kommt, aber ich hab nie gewußt, was ich dann tun wollt; aber jetzt, jetzt, da's gekommen ist, jetzt weiß ich auch, was ich tun will. Und das tu ich!"

„Du bist verrückt, Dorth!"

„Vielleicht!"

„Was geht dich der Jörg-Adam an!"

„Ich geh hin!"

„Was sagen die Leut dazu?"

„Laßt sie sagen was sie wollen, ich tu, was ich will."

„Darum hast du den Jean Steinert nit gewollt, gelt?"

„Darum? – Ich weiß nit. Ich hab ihn nit gewollt und will ihn nit, da könnt Ihr anstellen, was Ihr wollt, Vater!"

„Ich glaub gar, du hatt'st dich in den Jörg-Adam vergafft?"

Die Dorth schwieg.

„s' wird mir jetzt viel klar, für vieles geht mir ein Licht auf, was die ganz Zeit her war."

Die Dorth verharrte in ihrem Schweigen.

„Du willst wirklich?"

„Ja, ich will!"

„Aber mich geht's nix an!"

„Nein, gar nichts, Vater!"

„Dann geh!" – Und im Fortgehen knurrte er: „Weibergezeug! Wann denen was in die Kron fährt, brennt's gleich an allen Äst!"

An einem Tische war die Verwundetenliste verlesen worden. Die Dorth hatte die Augen geschlossen und beide Lippen zwischen die Zähne gezogen. So hatte sie wartend gestanden. Dann war's gekommen: „Georg Adam Blank." Einen Moment zuckte es in ihr – sie wollte schreien. Sie hielt sich. Die Zähne ließen die Lippen los, es lief ihr eiskalt über den Rücken, gerade mitten die Wirbelsäule hinunter, und es stach ihr in den Schläfen wie mit Dornen, aber sie hielt sich und verlor die Kraft nicht. Sie war nur bleich wie Wachs, und alle Haare auf dem Kopfe taten ihr weh.

„Hast du's gehört, Dorth?" fragte der Vorleser, „der Jörg-Adam. Geboren zu Nieder-Olm am 13. September 1838. – Er wär grad nächstens achtundzwanzig Jahr geworden. – Säbelhieb über den Kopf, Schuß in die Brust. Feldlazarett zu Laufach", las der Gast noch einmal. „Hast du's gehört? Schade!"

Die Dorth wußte nicht, wer da zu ihr sprach.

Sie sagte tonlos:

„Ich hab's gehört."

Der Gast schwieg. Es schwieg an allen Tischen.

„Schade!" wiederholte sich's dann von Mund zu Mund.

Dann ging die Dorth langsam, fest und aufrecht hinaus und sprach mit ihrem Vater. Nach der Unterredung schritt sie die Stiege hinauf in ihre Stube, kleidete sich um und packte die gestickte Reisetasche, die noch kein Mensch gebraucht hatte, weil der Vater noch eine ältere besaß, die immer genommen wurde, wenn sie nach Mainz fuhren. Als sie mit allem fertig war, griff sie sich einen Augenblick an die Stirne und besann sich.

„Ja", sagte sie vor sich hin, „'s ist besser, die Annelies geht mit."

Sie stieg hinunter in die Küche und nahm sich die Annelies Brabender auf die Seite.

„O – ich? Ich kann das nit. So eine alt, schwerfällig Person wie ich!"

„Zieh dich an, Annelies, und die Blume Marie soll zum Peter Eckert laufen, er soll anspannen für nach Mainz, sein klein Wägelchen mit dem Verdeck. Geh, Marie, halt dich nit auf und eil dich!"

Sie war ganz ruhig, und jedes Wort war sicher und jeder Gedanke klar. Die Marie lief davon, die Annelies stöhnte in ihre Stube hinauf und zog ihr Staatskleid an, leckte sich die Handflächen und strich sich die Haare zu beiden Seiten glatt, dann breitete sie ihren großen schwarzen Kirchenschal über ihr Bett aus und legte ihn über Eck.

Die Dorth klopfte an ihre Türe. Die Annelies warf den Schal um. Da fuhr auch schon der Peter Eckert vor. Er fuhr selbst. Und die Dorth und die Annelies stiegen ein, ohne auch nur ein Wort zu sagen, außer einem Guten-Tag-Nicker.

Sie fuhren nach Mainz – von da mit der Bahn nach Darmstadt – und dann von Darmstadt nach Aschaffenburg mit einer Chaise. Es war schon tiefe Nacht, als sie nach Laufach kamen.

Die Dorth wurde nicht mehr vorgelassen im Feldlazarett, aber man sagte ihr, sie könne andern morgens kommen, es gehe dem Blank nicht so schlimm, daß Gefahr wäre. Es war eine schlaflose Nacht. Selbst die Annelies konnte keine Ruhe finden und sagte, das Bett sei schuld.

Am Morgen ging die Dorth ins Lazarett.

Sie fragte, ob Aussicht sei, daß der Jörg-Adam gesund werden könnte.

Der junge Feldarzt zuckte die Achseln.

„Die Kopfwunde ist nicht schlimm, die heilt, wenn sie

auch die Hauptschmerzen macht. Die Brustwunde ist nicht so sehr schmerzhaft, aber sie ist gefährlich. Die Kugel ist durch die Lunge gegangen. Sie ist noch im Körper – erschrecken Sie nicht, das ist unter Umständen das Schlimmste nicht – aber die Blutungen in der Lunge. Darum kann ich Sie auch nur vorlassen, wenn Sie dem Kranken gegeüber fest und ruhig bleiben. Keine Aufregung verursachen. Er wird nur über den Kopf klagen – trösten Sie ihn und versichern Sie ihm, daß es heilen wird – und nehmen Sie die Brustwunde leicht, wie er sie selbst nimmt."

Sie versprach, genau seine Vorschriften zu befolgen und fest zu bleiben.

„In welchem verwandtschaftlichen Verhältnis stehen Sie denn zu ihm?" fragte der Arzt.

Die Dorth überlief es rot. Sie bekam einen Schrecken. In keinem – da wurde sie am Ende nicht vorgelassen – und Schwester – das ging doch nicht, das sah man ihr ja an. Und wieder schoß ihr eine Blutwelle in die Wangen, und das Herz schlug ihr hoch. Diesmal war's Scham.

„Ich bin seine Braut", sagte sie.

Der junge Arzt lächelte ein wenig, betrachtete sie einen Moment lang wohlgefällig und rief dann einen Lazarettgehilfen herbei, der die Dorth zu dem Chevau-leger Blank führen sollte.

Die Dorth ging wie in lauter Spinnweben, vorsichtig, leise. Der Tritt des Lazarettgehilfen tat ihr tief in den Ohren weh. Sie ging behutsam auf den Spitzen und mit vorgestreckten Händen, und es fiel ihr ein, daß es gut sei, daß die Annelies nicht mitgegangen war, denn es war nur ein schmaler Gang zwischen den Betten. Fast am Ende lag der Jörg-Adam. Sie las von weitem schon das Schildchen. Neben seinem Bett war das Fenster – und auf der Fensterbank lag ein Haufen Charpie. Auch die Annelies saß jetzt im Gasthaus mit im Kreise und half Charpie zupfen.

„Hier", sagte der Lazarettgehilfe und trat dann zu einem Kranken hin, der ihn rief.

Da lag der Jörg-Adam. Er schlief. Er war ganz bleich, und die Augenbrauen und der Schnurrbart waren wie grobe schwarze Striche in dem weißen Antlitz. Die Kopfhaare deckte vollständig der Verband der Säbelwunde.

Die Annelies sollte nur viel Charpie zupfen – und sie wollte auch helfen, wenn sie heim käme, dachte die Dorth.

Und das war jetzt der Jörg-Adam! Aber sie nahm sich zusammen, nicht weich zu werden.

Er hatte die Hände auf der Decke liegen. Sie legte leicht ihre Rechte auf seine Rechte. So stand sie, ohne sich zu rühren.

Er atmete leise, so schwach und kurz, daß man es kaum vernehmen konnte – nur manchmal hörte man ein Röcheln. Dann krampfte sich alles in der Dorth zusammen, aber ihre Hand auf seiner Rechten blieb ganz ruhig.

Der Jörg-Adam verzog schmerzlich den Mund. Dann versuchte er die Hand zu heben. Er war offenbar zu matt dazu. Aber die Schmerzgrimasse breitete sich weiter auf seinem Gesicht aus, er stöhnte – die Dorth hatte furchtbare Angst und wollte rufen, aber sie bezwang sich – er stöhnte weiter in kurzen Abständen. Sie wagte es nun nicht, ihre Hand von seiner Hand zu nehmen. Sie stand ganz still und richtete sich hoch auf. Denn sie hatte auch nicht den Mut, sich über ihn zu beugen. Der Heilgehilfe war wieder neben sie getreten.

„Er hat Schmerzen", flüsterte er, „das ist die Kopfwunde. Übrigens – ich bin aus Stadecken – und Sie sind die Dorth Rosenzweig aus der „schönen Aussicht" in Nieder-Olm?"

Die Dorth nickte.

„Sind Sie verwandt mit ihm?"

Da mußte es die Dorth zum zweiten Mal sagen, und sie sagte es in der Weise und Sprache ihrer Heimat, die ja auch die seine war, fest und ohne Zagen:

„Wir haben ein Verhältnis miteinander."

Er verstand.

Da fiel ihr Blick auf den Jörg-Adam. Die Schmerzgrimasse war wie ein Lächeln geworden. Sie erschrak.

„Es ist wie bei kleinen Kindern", erklärte der Heilgehilfe, „wenn sie Schmerzen haben. Er lächelt nicht."

Aber der Dorth wich das Blut nicht mehr aus den Wangen.

Dann schlug auf einmal der Jörg-Adam die Augen auf. Er blickte ins Leere. Seine Augen wurden matt und müde.

Der Arzt trat eben ans Bett, der Gehilfe trat zurück.

„Wie geht's, Blank?"

Aber er wartete gar nicht auf eine Antwort. Er nahm seine Uhr in die Hand und fühlte mit der anderen den Puls des Kranken, ein wenig nach ihm hingebückt. Dann richtete er sich auf.

„Haben Sie Schmerzen, Blank?"

Der Jörg-Adam nickte mit den Augenlidern.

„Im Kopf?"

Er bestätigte mit der gleichen Bewegung.

„Wird vorübergehen. Übrigens, Blank, Sie haben gar nicht gemerkt, daß Ihre Braut da ist. Sie steht schon die ganze Zeit an Ihrem Bette und hat Ihre Hand gehalten, während Sie geschlafen haben."

Der Jörg-Adam konnte seinen Kopf ja nicht bewegen. Er machte nur große, fragende Augen.

Der Dorth war's, die Erde müßte sich vor ihr auftun und sie müßte hineinversinken. Es hämmerte förmlich auf sie.

Fort! Aber nein – warum sollte sie nicht seine Braut sein? Warum nicht? Sie war's ja doch.

Es war auf einmal etwas in ihr, das sie mit einer großen, schönen Wärme durchzog. Es war, als sei alles auf einmal ganz klar in ihr, wie wenn morgens in der Frühe der Himmel schon in hellem Blau steht – und ganz strahlend, wie an dem Tag, da sie im weißen Kleide zur ersten heiligen Kommunion gegangen. Und so feierlich war es ihr auch. Sie beugte den Kopf tief über das Antlitz des Kranken, daß er sie gerade und voll sehen konnte, und dabei flüsterte sie:

„Jörg-Adam – Jörg-Adam!"

Die Hand des Arztes legte sich ihr warnend auf den Rücken.

Sie würde nicht zu viel sagen, gewiß nicht, gewiß nicht!

Sie hatte nicht einmal feuchte Augen.

Der Jörg-Adam sah sie groß an – die Augen wurden ihm naß. Er öffnete den Mund ein wenig – und ein Leuchten kam in seine Augen.

„Dorth?" hauchte er kaum hörbar.

Sie wollte antworten, aber sie hielt sich zurück.

„Dorth!" noch einmal – und dann ein tiefer, röchelnder Atemzug. „Kopf" – stöhnte er matt.

„Ja, Blank, der Kopf tut ein bißchen weh, aber das wird bald heilen", sagte der Arzt und beugte seinen Kopf neben den der Dorth, „seien Sie nur zufrieden und freuen Sie sich, daß Ihre Braut nun da ist."

Es blieb still.

Der Arzt flüsterte der Dorth noch zu:

„Er ist sehr matt, seien Sie vorsichtig", und ging weiter, an das nächste Bett.

Und wieder hauchte der Jörg-Adam:

„Dorth!" und es war wie Gewißheit und Jubel, so tonlos es war.

„Ja, ich bin's, Jörg-Adam, ich bin zu dir gekommen – ich bleib bei dir."

Er bewegte den Mund, daß man die Zähne aufeinander aufschlagen hörte.

„Bleib ruhig, Jörg-Adam", bat sie.

Es wurde still in seinem Gesichte.

Nach einer Weile flüsterte er:

„Du bist kommen –"

„Weil ich dich lieb hab, immer gehabt hab."

Sie spürte den Druck seiner Hand – und sie erwiderte den Druck, ihre Worte bekräftigend. Denn es war ja alles so leise, und es hätte so laut sein sollen.

„Ruh, Jörg-Adam, ich bleib ja bei dir."

Er schloß die Augen. Er hob die Lider wieder und nickte dann mit ihnen. Dann hielt er sie weit offen, und die Augen waren voller Seligkeit, und es war, als wollten sie alles Licht trinken, tief in ihre dunklen Becher hinein, alles Licht der Erde und des schönen, schönen Lebens.

Es kam ein Ermatten – die Schmerzgrimasse glitt über sein Antlitz, er schloß die Augen.

„Kopf!" hauchte er.

„Ruh nur, gelt, ruh nur!"

„Dorth!"

„Jörg-Adam."

„Schätzchen!"

„Schatz!"

Dann blieb's still.

Die Dorth beugte sich nieder und küßte ihn auf den Mund. Er erwiderte ihren Kuß. Und nun fiel der Dorth eine Träne aus den Augen und rollte über seine Wange hin. Er zuckte nicht. Er lag mit geschlossenen Augen in einem großen Frieden, matt, wie an einem Frühlingsabend, wenn einem das ganze Glück und Begehren des Lebens durch die Glieder und alle Adern gezogen ist.

Dann schlief er ein. Der Arzt kam und führte die Dorth hinweg. Sie dürfe am Nachmittag wiederkommen, aber sie müsse sich immer so fest und zurückhaltend benehmen.

Die Dorth war die eifrigste Charpiezupferin im „Gasthaus zum König von Bayern", wo sie mit der Annelies wohnte. Als auch noch Krankenessen gekocht wurde, halft sie auch dabei, so daß die Wirtsleute nicht wußten, ob sie da nun zwei Gäste hatten oder ob die beiden Frauen zu ihnen zu Besuch und Hilfe gekommen waren. Auch bei Aschaffenburg hatten die Preußen gesiegt, diesmal über die Österreicher. Der Tag war erfüllt gewesen mit Kanonendonner und Gewehrfeuer, zum zweiten Male hatten die Bewohner hier die Aufregung ausgehalten. Die neuen Nachrichten, die nun kamen, gingen an dem Bewußtsein der Dorth wie Schatten vorbei. Sie arbeitete wie die geringste Dienstmagd in dem fremden Gasthofe, denn es war ihr, alles, was sie tue, tue sie für den Jörg-Adam.

„Wie geht's ihm denn?" hatte die Annelies gefragt.

„Man kann nichts sagen", hatte sie geantwortet.

„Meinst du, er kommt davon?"

Da fiel es der Dorth ein, daß sie sich das selbst noch gar nicht so gefragt hatte, so deutlich und klar. Was hatte sie denn eigentlich gemeint? War sie sicher gewesen, daß er davonkomme, oder hatte sie den Gedanken gehabt, er werde sterben? Sie wußte es nicht. Sie hatte Angst um ihn ausgestanden – aber einen so deutlichen und klaren Sinn wie jetzt, hatte diese Angst nie gehabt.

Nun hatte sie ihn bekommen seit der Frage der Annelies, und es ließ ihr keine Ruhe mehr. Würde er sterben?

„Herr, du mein Gott, wenn er sterben wird?"

Wenn sie einen Menschen wüßte, der ihr Gewißheit geben könnte – wenn sie einen Winkel in der Welt wüßte, wohin sie vor dieser Gewißheit fliehen könnte! Sie fürchtete sie, die sie doch wollte.

Am Nachmittag wurde sie nicht vorgelassen. Man sagte ihr, der Besuch habe doch den Kranken zu sehr angegriffen. Ihr war's, man gieße Feuer über sie. Aber hier war alles geschäftig, und es war keine Zeit für sie übrig. Die Kranken stöhnten mehr, als sie am Morgen getan hatten – sie litten auch noch unter der Julihitze, außer ihren Schmerzen, und der sinkende Tag ist immer schlimmer als der steigende.

Die Dorth stand allein im Gang des Laufacher Schulhauses, das in ein Militärlazarett umgewandelt war. Zwei Lazarettgehilfen trugen eine Bahre an ihr vorbei, die mit einem Laken verhangen war. Als sie an ihr vorüber waren und eben in eine Türe einbiegen wollten, hob sich das Laken am Ende ein wenig, und die Dorth sah zwei nackte, wächserne Füße.

Man hatte einen Toten an ihr vorbeigetragen. Sie tat einen Schrei. Sie war plötzlich nicht mehr Herr ihrer selbst. Sie stürzte hinaus und lief ins Freie. Es war ihr, als seien Peitschen hinter ihr her.

Alles war verwüstet, und die Sonne brannte noch darauf. Der Himmel war hell, blau und lachend. Diese ganzen Felder waren mit Blut getränkt, und die Sonne sog es jetzt der Erde wieder heraus, daß es förmlich dampfte.

Da waren die frischen Hügel mit den kleinen provisorischen Kreuzen – Zeichen der Vernichtung. Vernichtung war hier alles.

Sie blieb stehen und sah ins Land hinaus. Furchtbar war der Krieg – schönes Land verwandelt er in eine Wüstenei – junge, starke Männer mäht er nieder wie Gras, daß sie im Boden modern. Scheußlich! Und wozu das alles? Ja wozu? Und warum?

Da fiel ihr ein, was sie am Wirtstische gehört hatte, das nie sehr eindrucksvoll auf sie gewesen war: alles, was über die Preußen geschimpft worden war. Wenn sie Kinder hätte, sie müßten sie hassen, hassen bis ins siebente Glied.

Da wurde wieder die Vorstellung in ihr lebendig, die sie daheim von der Schlacht gehabt hatte, und sie brauchte jetzt nicht da aufzuhören, wo alle Reiter nur ein Knäuel waren, sie sah deutlicher und sah das Einzelne: sie sah auch den Feind anstürmen. Wilde Preußen, die Bajonette aufgepflanzt, schießend, stechend, schlagend – und Reiter, die heransprengten und mit den blanken Klingen dreinhieben, hieben von oben, und Infanteristen, die von unten schossen – und da sank der Jörg-Adam, sank mit seinem Pferde, die blutende Wunde über Stirn und Scheitel, und die verborgene Wunde in der Brust, aus der das Blut unterm Rocke hervorsickerte – und er lag da und stöhnte, hilflos, sterbend. Zu Tode verwundet, blaß, staubig, im Sonnenbrand, dürstend, hilflos und verzweifelnd vor Schmerzen.

Wer trug die Schuld?

Die Dorth hatte einen Augenblick der Verzweiflung und der furchtbaren Anklage. Mörder! Ihn hatten sie gemordet und mit ihm noch viele andere – so viele andere, die in gleicher Kraft und stolzer Stärke gestanden hatten – und ihr Glück hatten sie gemordet, wie das vieler Mädchen, die jetzt weinten und die Hände rangen, die bangten und harrten, die ihr Schicksal anklagten und die Hoffnung nicht aufgeben konnten.

Die Hoffnung!

„Wenn es einen Gott im Himmel gibt –"

Sie hielt inne! Hunderte, Tausende litten mit ihr.

Sie wurde ruhiger. Da wußte sie, daß sie keine Hoffnung mehr hatte. Und vielleicht war er schon gestorben in dieser Stunde.

Die Sonne stand tief – es fielen Schatten übers Land, über Trümmer und Wüstenei, über zerstampfte Felder und zerwühlte Wege, über die Zeichen des Kampfes und die kleinen Hügel der Begrabenen.

Sie kehrte zurück.

Als sie wieder im Gang des Schulhauses stand, begegnete ihr der junge Arzt. Sie wollte fragen, ob sie nicht doch noch zu dem Kranken dürfe. Aber sie hatte es nicht nötig, er kam ihr zuvor.

„Kommen Sie herein, Fräulein," sagte er.

Da wußte sie, was geschehen war.

„Seien Sie gefaßt", ermahnte sie der Arzt unterwegs, „der Krieg ist grausam."

Sie war selbst des Erschreckens nicht mehr fähig. Es war alles erstarrt und gefroren in ihr.

Der Jörg-Adam war tot.

„Eine plötzliche Lungenlähmung – es war zu befürchten gewesen", erklärte der Arzt.

Sie stand am Bette und rührte sich nicht. Kein Zucken, keine Träne, kein Seufzer – nur große, starre Augen.

So sah sie den Toten an.

Der Arzt stand neben ihr.

„So ist der Krieg."

Sie sagte nichts. Dann, nach einer Weile:

„Könnten Sie ihm die Binde abnehmen?"

Der Arzt schüttelte den Kopf.

„Nicht?"

Sie sah ihn mit ihren großen Rehaugen an, die von Leiden und Bitten sprachen.

Er nahm den Verband ab.

Tief in die Stirne hinein ging die Wunde und oben über den Kopf – da waren zu beiden Seiten die Haare wegrasiert.

Sie hatte noch einmal den ganzen Kopf des Jörg-Adam sehen wollen. Der Arzt legte wieder den Verband über.

„Danke!“ sagte sie. Und jetzt flossen ihr die Tränen, und sie mußte den Arm des Arztes fassen, um nicht umzusinken. Der stark zurückgehaltene Schmerz löste sich voll aus, und der Arzt stand stumm und wagte nicht ein Wort der Tröstung. Er führte sie endlich weg. Noch einmal wendete sie sich um. Aber die Stube lag so tief in Dämmer schon – es war alles in Grau verschwommen, auch an dem Fenster, wo sein Bett stand.

Gebrochen kam sie im Gasthof an. Sie war ganz apathisch. Sie saß und stierte in eine Ecke.

Die Szene stand vor ihr, wie er zum letzten Male in der „schönen Aussicht“ gewesen war. Es war alles Anklage darin – und sie war ohne Trost. Es war so etwas Furchtbares, der Tod – so grausam, so schrecklich, schrecklich grausam, wie er alles abschnitt, daß nichts mehr nachzuholen, nichts mehr gutzumachen war.

Die Annelies Brabender brauchte die Dorth nur anzusehen, um auch schon zu wissen, was geschehen war. So hatte sie sie noch nie gesehen. So hatte sie noch keinen Menschen gesehen. Sie war, als liege sie tot im Grabe – und sie lebte doch noch.

So lange man aber lebt, ist doch nichts aus, dachte die Annelies, und das sagte sie auch zur Dorth.

„Er ist ja aber tot – er lebt ja nicht mehr“, erwiderte die Dorth.

Da strich ihr die Annelies Brabender mit ihren großen, fleischigen Händen ganz sacht über die Stirne und über die Augen, über die Wangen und über die Haare und flüsterte:

„Aber du lebst doch noch, Dorth, und du mußt dich finden. Es ist kein Unglück so groß, daß man sich nit finden könnt, denn sonst käm's nit über ei'm. 's kommt nur so viel über ei'm, als man aushalten kann, und kein Untätchen mehr. Glaub mir, nit so viel mehr, als Wasser in ein Aug geht.“

So tröstete sie die ganze Nacht, bis ihr der Kopf der Dorth im Arme lag, schwer auf die Seite gesunken.

Die Annelies schloß kein Auge. Sie dachte nur immer: „Gott sei gedankt, daß sie schläft – sie wär gestorben, wenn sie nit hätt schlafen können. Gott sei gedankt – ich will ja gern wachen – ich bin eine alt Person, die zu nix mehr nutzt, aber sie ist doch jung, ein schön und kräftig Ding, und das ganze Leben liegt noch vor ihr."

Nie ist ein Dankgebet wärmer und inniger gesprochen worden als von der Annelies Brabender in dieser Nacht des Schreckens und tiefen Menschenleids.

Die Dorth steht an ihrem Giebelfenster und sieht ins Land. Aber sie sieht das Land nicht, das vor ihr liegt – und der Friedhof da unten, der mit seiner weißen Mauer so scharf sich hereindrängt, es ist der Friedhof nicht, den sie sieht. Sie sieht die Gräber bei Laufach, sie sieht das Grab, darin der Jörg-Adam schläft – fremd unter Fremden, nicht daheim unter den Toten. Keiner, der mit ihm gelebt hat, kein Alter, der ihn jung gesehen, und kein Junger, der mit ihm jung war: von den ersten Hosen bis zum Abendmahl und vom Abendmahl bis er groß war, groß und stattlich mit dem Schnurrbart und den festen, sicheren Blicken, mit der Kraft in seinen Bewegungen und dem starken Stolz in all seinem Verhalten – und mit all seinen Fehlern: seinem Zorn, und seiner Raschheit, seiner Unüberlegtheit und Hochfahrigkeit und seinem Starrkopf und noch viel mehr, all dem, wie es zu ihm gehörte im Guten wie im Schlimmen, was sie abgestoßen und geärgert hatte und von dem sie heut nun wußte, daß sie's doch geliebt hatte. Er war eben wie er war, wie jeder Mensch ist, wie er ist, nicht aus Wachs geformt und wie man ihn gern möchte, sondern wie ihn der liebe Herrgott geschaffen hat – und wie sie selbst auch war.

Der Septembertag streute sein Gold aus. Es ist noch einmal, als ob Frühling sei. Alles blinkt, und die Wolken, die am Himmel ziehen, sind hell und eilend. Aber das Grün der Wiesen ist nicht licht, es ist dunkel, und da und dort erscheinen schon die violetten Teppiche, die von den Herbstzeitlosen gebildet werden. Die Weinberge werden braun, die Nußbäume in den Wingerten scheinen schon nicht mehr grün, das Laub in den Obstbäumen ist gelb umrandet und flüstert nicht mehr weich und zart, es ist ein Rascheln in seinem Ton, und dieser Ton ist hart. Im Laub aber hängen die roten Äpfel. 's ist kein Frühling, der Frühling ist Trug, 's ist der Herbst, und der September neigt sich seinem Ende zu. Es ist kein Wachsen und Werden mehr in der Welt: es ist Stillstand, Niedergang. Es ist Reife.

Die Trauben sind in der Zeit, daß das Weichwerden beginnt, und abends kommen die Nebel, die sie drücken und behauchen, und morgens, spät erst – und mit jedem Tag später – ziehen sie wieder davon. Es ist Friede im Land – und man versteht kaum mehr, was geschehen war. Krieg – was hatte man für ein Interesse dabei gehabt, was war er einen angegangen! Nichts. Was hatte er für einen Anlaß gehabt, was für einen Zweck? Man fragte sich. Es war ein nichtsnutziger, ein unnötiger Krieg gewesen – er hätte nicht zu sein brauchen, und man hätte von ihm verschont bleiben können.

Es ist Friede im Land, und die ärgsten Wunden beginnen schon wieder zu heilen. Es sind die ärgsten Wunden, die zuerst damit beginnen, die Wunden, die die größte Trauer verursacht haben. Bald werden die Bäume ihr Laub auf die Gräber streuen – und wie bald wird Allerheiligen sein. Und alles wird wieder winterstill in der Welt, und die Menschen sitzen beisammen in den Stuben.

Die aus dem Krieg heimgekehrt sind, wissen Geschichten zu erzählen, sie sind stolz und brüsten sich – und an den Wirtstischen geht's nicht so lärmend her, die Kartenspielchen setzten ein wenig aus, und alles hört ihnen zu. Heldentaten! Und jeder ist stolz drauf, daß er lebt – und es ist doch nur ein Zufall, daß er lebt.

Die Politik erregt noch die Geister. Ein paar sind, die anfangen, das Neue zu begrüßen, das unbedingte Schimpfen und Absprechen fängt an, den Oberton zu verlieren. Hier und da wagt einer zu sagen: „Bismarck ist ein großer Mann!" – und die andern sitzen stumm und ducken sich ein wenig. Sie haben ja auch nicht recht behalten mit dem Preußischwerden; der Großherzog ist doch geblieben, und das Hessenland ist nicht geschluckt worden. Das hat doch die meisten befriedigt. Hitzköpfe gibt's natürlich immer noch. Aber so auf einmal geht das Alte nicht ins Vergessen. Frankfurt ist nach seiner „Eroberung" preußisch geworden. Man kann nicht mehr so stolz sagen, wie man das früher getan hat: Frankfurt! Die freie Stadt! Und Hessen hat sein „Buchfinkenland" eingebüßt, das schöne „Hinterland" mit Biedenkopf, von dem man Bilder gesehen hat, wie schön 's gelegen ist. Mainz aber haben ganz die Preußen besetzt. Preußische Uniformen, preußische Befehle, preußische Musik. Trommeln und Pfeifen. Immer die gleiche eintönige Melodie: „Was backe die Bäcker die Weck so klän". Die Österreicher mußten abziehen. An allen Toren Preußen: am Gautor, am Neutor, am Binger Tor, am Gonsenheimer Tor, aber wo's einem am meisten leid tut: am Münstertor. Das traditionelle Tor der Österreicher. Man kann sich's nicht denken, daß das anders geworden ist, man kann die Barschheit noch nicht vertragen, wo früher die Gemütlichkeit war. Alte Mainzer Gemütlichkeit – ein Teil von ihr ist mit den lustigen, leichtlebigen Österreichern fortgezogen. In der „Bockshaut", im „heilig Geist", im

„weißen Rößchen“, in der „Matzenkist“ und im „scheppen Eck“ – nirgends mehr eine helle österreichische Uniform, nirgends mehr eine Gelegenheit, einen „Zwockel“ aufzuziehen. Mittags um zwölf zieht preußische Wache auf der Hauptwache am Liebfrauenplatz auf – das Fischtor hat seine Poesie verloren – auf dem Schillerplatz vor dem Gouvernement spielt eine preußische Kapelle. Mainz ist nicht mehr Mainz – und der Mainzer weiß nicht mehr recht aus sich herauszugehen, es hängt den Leuten etwas an. Sie sind nicht zum Hassen geschaffen – und sie hassen nun auf einmal. Schwarzweiße Fahnen auf den Militärgebäuden, und auf dem Schloßplatz strammer Exerzierdrill. Man ist gespannt auf die nächste Fastnacht.

So geht die Zeit.

Die Dorth ist ganz allein. Sie hat keinen Menschen. Die Annelies – aber was soll sie mit der Annelies noch reden! Was mit der zu reden ist, ist geredet. Der Vater ist knurrig und abstoßend gegen sie. Eine Freundin hat sie nicht. Von Jugend auf außerhalb des Dorfes hier in der „schönen Aussicht“, da haben sich die Freundinnen aus der Schulzeit bald verlaufen. Sie fand nicht zu ihnen ins Dorf, sie fanden nicht zu ihr heraus – oder nur selten, und keine, die ausdauernd gewesen wäre. Die Blume Marie hat sich verheiratet. Es hatte sich gemacht, daß sie am gleichen Tage mit dem Karlinchen Reinhart Hochzeit hatte. Das Karlinchen mußte im schwarzen Kleid und ohne Kranz sich trauen lassen – ihr Zustand war ja dorfbekannt – die Marie trug ein weißes Kleid und den Myrtenkranz mit einem Schleier. Auf dem Kirchplatz hatten sich viele Leute angesammelt, und als ob es eine Verabredung sei: es standen eine Menge Mädchen da mit kleinen Kindern auf dem Arm. Die kleinen Kinder – und das Karlinchen, das fromme Karlinchen in seinem Zustand!

Sicher war etwas beabsichtigt – es war ja deutlich – und die Mädchen waren alle voneinander angesteckt: jedes griff ein Kind auf, und wenn's ihr noch so schwer auf dem Arm wurde. Spott – und ein bißchen Volksjustiz! Auf der Kirchentreppe aber standen die Buben mit den Hemmstricken, auf jeder Treppe ein Paar. Die Hochzeitsleute sollten recht lange aufgehalten werden.

Drinnen brauste die Orgel. Der Vetterlein spielte sie mit allen Registern, er hatte dem Döffchen ein tüchtiges Stück ausgesucht.

Drinnen wußten sie noch nicht, was hier außen geplant war. Oder wußten sie's doch, denn alle Bänke waren voll in der Kirche. Es war doch aber auch: der alte Goschel mit der Blume Marie und der Döffchen mit dem Karlinchen, das der Mutter Gottes die Füße abgebetet hatte und nun doch so an den Altar treten mußte – weil sie sich halt den Döffchen hatte einfangen wollen.

Die garstigen Reden gingen schon unter den Wartenden um, und die Aufregung vor dem Streiche tat sich kund. Da stand auf einmal der Bürgermeister Schwarz unter ihnen und sagte: „Ihr sollt euch schämen!" Sonst nichts – er sah nur alle an mit seinen großen Augen.

Ein Kind nach dem andern glitt von den Armen – die Hochzeitspaare wurden auf der Treppe „gehemmt", und der Goschel ließ sich so wenig lumpen wie der Döffchen: sie teilten beide reichlich die Sechskreuzerstücke aus, mit denen sie sich schon vorgesehen hatten. Der Skandal war vermieden, und der Bürgermeister Schwarz ging an den Paaren vorbei und zog den Hut. Das war ganz so die Art vom Bürgermeister Schwarz, der allen überlegen war: ohne viel Worte.

So war ihnen der Hochzeitstag glücklich vorübergegangen – aber dem Döffchen waren von dem Tage an die

„Sprenkel“ vergangen, und der Goschel tanzte nicht mehr „auf dem Strich“ – die Weiber hatten in beiden Haushalten die Hosen an und führten strenges Regiment. Strenges und gutes, es muß gesagt sein. Das war dem Döffchen gegönnt wie dem Goschel, und es wäre schwer gewesen zu sagen, wem es mehr gegönnt war. In dem Gedanken freilich, daß die arme Blume Marie schließlich doch eine wohlhabende Frau geworden war, entdeckten die Leute doch noch ihre guten Herzen.

Es ging stärker in den Herbst mit jedem Tag. Auf allen Höfen wurden jetzt Fässer und Butten geschwenkt – im „Floß“ lief den ganzen Tag das Schwenkwasser, das diesen merkwürdigen Faßgeruch an sich hatte, der so eigen in der Nase prickelt – ähnlich, wie wenn der Neue in den Kellern gärt und sein Duft aus den Kellerlöchern aufsteigt – die Mägde scheuerten jetzt die Kelterteile und stellten sie an die Sonnenseite der Häuser zum Trocknen, der Küferschorsch arbeitete auf der Straße vor seiner Werkstatt, baute Fässer, fügte die Dauben zusammen von solchen, die zusammengefallen waren, klopfte einen so eigentümlichen Takt, wenn er die Reifen antrieb, und wenn er die Fässer pichte, dann brannte sein Feuer so lustig, und das Pech hatte so einen süßen Geruch.

Die Nebel hingen länger in den Wingerten und drückten die Trauben und hüllten die Hügel ein; bald aber umfingen sie das ganze Dorf, daß nur noch der Kirchturm daraus hervorragte, denn unten lagen sie am schwersten und dichtesten.

Da half es der Dorth auch nichts, daß sie am Giebelfenster ausschaute; sie blieb allein. Kamen auch noch so viel Leute in die Wirtsstube, sie war am meisten allein und fühlte es am meisten, wenn recht viele Menschen da waren. Aber jemand zu haben, bei dem sie hätte sprechen und weinen können, auch wenn sie keinen

Zuspruch gefunden hätte; aber sich einmal das Herz leicht machen, nicht verlacht, nicht abgestoßen zu werden. Jemand, der auch ein Herz hatte, und der wußte und begreifen konnte, wie wehe das Leidsein tat.

Sie hatte aber niemand – niemand kam zu ihr, zu niemand kam sie.

Da fiel ihr der Vetterlein ein. Hatte sie ihn ganz vergessen, hatte er sie ganz vergessen? Er brauchte ja nichts zu tun, als sich an das Tischchen zu setzen und seinen halben Schoppen zu trinken – und dann und wann einmal drauf zu hören, wenn sie ihm etwas Vertrauliches sagte. Oder wenn es auch nichts Vertrauliches gewesen wäre, wenn sie nur dann und wann einmal ein paar Worte hätte mit ihm sprechen können, die anders waren als die, die sie zu den anderen Leuten sagte, die ihr gleichgültig waren.

Der Vetterlein hatte sich ganz in seine Schullehrerstube zurückgezogen. Er war gewissenhaft in der Vorbereitung für seinen Unterricht. Das besorgte er täglich. Dann, wenn die Dämmerung hereingebrochen war, stellte er sich an das Fenster, das nach dem Schulgarten ging, und lauschte auf den Röhrbrunnen, der hinten an der Mauer lief, oder machte sich seine Gedanken über die alte, hohe Schloßmauer, die aus früherer Zeit her übrig geblieben war und heute keinen Stein mehr sehen ließ, denn der alte Efeu deckte sie völlig und lag auch noch wie ein Hahnenkamm voll oben auf ihr.

War dann die Dämmerung so tief gesunken, daß man nichts mehr unterscheiden konnte und nur das Plätschern des Röhrbrunnens noch hörte, dann zündete er sich seine Pfeife an und machte mit dem Feuer auch gleich Licht. Dann rückte er sich die Truhe vor, öffnete sie langsam, saß ein Weilchen verträumt vor ihr und nahm endlich ein Briefblatt heraus, mit vorsichtigen, feierlichen, genießenden Fingern, wie man kostbaren Schmuck oder seltene Kunstwerke anrührt. Jeden Tag ein Blatt – das füllte seinen Abend – und alle seine Tage waren still vor der Truhe, die ihn in die Vergangenheit führte – der Lärm der Gegenwart – kaum der ärgste Kanonendonner der Schlachten – erreichte ihn dabei.

Jeden Tag ein Blatt – und jedes war ein Herzschlag seiner Mutter – bald ein hoher und froher, bald ein müder und trauriger. Liebe, Leid, und Leid und Liebe im Auf und Nieder – und zuletzt doch immer in dem Einen, Warmen, Seligen: Liebe, auch wo das Leid schon dauernd seine harten Hände um sie geklammert hatte.

Und der Vater – dann und wann ein Brief nur von ihm. Die Mutter hatte wohl befolgt, was er immer wieder gebeten, hatte seine Briefe verbrannt, und nur dann und wann war einer dem Flammentode entgangen. Nie der Name des Vaters – nur der Vorname: Emerich Joseph.

Tag um Tag ein Blatt – immer näher rückte seine eigene Geburt heran. Der Mutter Nöte und Ängste, ihre Tagessorgen, die auf ihr lasteten und ihre Besorgtheit um das Kind unter ihrem Herzen. Wie Tropfen, vereinzelt und versteckt, wie Tränen, die nie aus dem Lid des Auges treten durften, wie Seufzer, die nie die bange Brust verlassen haben, so tief weh in ihrem Verschweigen: ein Stöhnen um ihre Ehre! Aber immer wieder ein Gutsein, ein Frohsein, Zureden und Vertrauen. Eines Weibes Schicksal, einer Mutter Selbstlosigkeit.

Tiefer als das Helle in dieser Liebe fühlte der Vetterlein das Dunkle: ihre Schmerzen.

Dieses ist das Glück, das dem Menschen gegeben: das Leid.

Die Truhe war nun beinahe leer – unten lag ein großer Brief, mit einem schwarzen Band umbunden. Der Vetterlein wagte ihn nicht anzurühren, er war der letzte. Lang waren die Abende, da er vor der Truhe gesessen hatte, ohne den Brief herauszunehmen. Erkonnte sich denken, was er enthielte. Nicht umsonst hatte ihn die Mutter mit einem schwarzen Band umbunden – und aus dem Inhalt der Briefe war es zu sehen gewesen, daß sie absichtlich die ältesten zu oberst gelegt hatte. Hatte sie das Freudige nah – das Traurige entfernt haben wollen? Hatte sie das Traurige bedecken wollen mit all dem Frohen ihres Erlebens? Hatte sie sich's selbst schwer machen wollen, zum Schmerzlichen vorzudringen, durch alles Freudige hindurch, indem sie den Anfang zu oberst und den Ausgang zu unterst gelegt hatte? Sie hatte gewiß ihren Grund gehabt. Vielleicht hatte sie das eine vergessen und sich des andern gern erinnern wollen – oder vielleicht hatte sie dem Vater nahbleiben wollen in all dem, was er ihr an Glück gegeben und ihn darin für sich behalten, wie man immer behalten will, was des Glückes ist, und sich entschlagen, was des Kummers. Sie hatte wohl ihren Kummer getragen ihr Leben lang, aber ohne Vorwurf, ohne Bitterkeit und ganz besonders ohne Haß. Denn es war alles Güte gewesen, was sie ausgegossen über ihn, der er doch seines Vaters Kind und seine Schuld war.

Dann nahm der Vetterlein endlich den letzten Brief – die Pfeife hatte immer in der Ecke gestanden, wenn er zu lesen angefangen hatte, heute aber war sie nicht einmal angezündet gewesen. Es war ihm schwer und feierlich.

Er las den Brief – es war der Absagebrief – er war nicht hart und schroff, er war bittend, erklärend, bedauernd. Es war noch Liebe in ihm – aber nur, wie ein blinder Glanz, wie altes Gold ihn annimmt – sonst war er voller Vernünftigkeit.

Es waren zwei getrennte Welten gewesen, der vornehme Student der Rechte und die arme kleine Näherin. Die Liebe hatte sie vereinigt – in einem Rausche der

Jugend, im baldgewohnten Glück der frühen Jahre – fraglos war ihr Nehmen gewesen, banglos ihr Geben – die Welt trennte sie nun. Das setzte er ruhig, ehrlich, schonend auseinander. Er werde für sie sorgen, für sie und seinen Sohn. Werde der auch seinen Namen nicht tragen können, seine Vornamen trage er doch – sein Teil von ihm, sein Teil von ihr, auch vor der Welt. Dann die Bitte, ihm zu verzeihen. Und dann seinen Namen, den vollen Namen: Emerich Joseph Sartorius.

Der Vetterlein las ihn zum ersten Male – und es war ihm, ein Schwindel befalle ihn. Er wiederholte den Namen: Emerich Joseph Sartorius. Der war sein Vater. Heute war er wohl ein Greis, angesehen, geehrt. Oder vielleicht lebte er auch nicht mehr. Konsul Sartorius gab's in Mainz – eine alte, vornehme Mainzer Familie. Ob er ihn je gesehen hatte? Ob er heute von seiner Existenz wußte?

Die Mutter hatte wohl nie seine Hilfe in Anspruch genommen. Sie hatte ihren Sohn allein erzogen – es sollte ganz allein ihr Sohn sein.

Der Vetterlein reichte im Geiste beiden die Hand. Ja, beiden. Er konnte sie beide verstehen – und er konnte nicht zürnen. Die Menschen sind schwach, aber darum sind sie nicht zu verdammen. Wir sind nicht gesetzt, zu richten – und Schicksal ist nicht Schuld. Mensch ist Mensch.

Er trat vor die Kommode und betrachtet die Silhouette des Vaters, den er nun auch kannte – und er trat an das Fenster und sah ins Dunkel und grüßte seine Mutter in seinen schönsten Erinnerungen, die er von ihr hatte.

So war es ganz still um ihn – und es wurde ganz still in ihm. Eine Weile – eine schöne, selige Weile.

Er trat wieder an die Kommode, auf der die herausgenommenen Briefe aufgestapelt lagen. Er strich darüber mit einem seltsamen Wohlgefühl.

„Das ist die Liebe meiner Mutter gewesen. Sie war eine arme Frau, die viel gelitten hat. Es steht so wunderbar darin – und es ist so wunderbar darin verschwiegen. Briefe – und da lagen sie die Jahre all in der Truhe eingeschlossen – mit ihren leisen, zarten Worten, die so stark sind. Und doch nicht stark genug sind, die größten Schmerzen zu sagen; denn dafür reichen Worte nicht aus."

Der Brief mit dem schwarzen Band lag abseits. Er wiegte ihn in der Hand.

„Ich bin ein uneheliches Kind."

Hatte er das nicht schon immer gewußt? Ja, er hatte es gewußt, ohne es zu wissen – es war ihm nie – aber auch nie – klar und erkenntlich vor Augen getreten. Als er den Brief gelesen hatte, hatte er einen Augenblick gemeint, es werde ihn schwer treffen – war's nun, weil er's im Grunde doch schon immer gewußt hatte – oder war's nicht brutal genug, wie er's hier gelesen hatte – es ging an ihm vorbei. Hatte er ein Zeichen davon – was zählte es schließlich!

Versonnen blickte er in die leere Truhe. Da war's ihm doch auf einmal wie ein Brandmal – die Dorth fiel ihm ein. Alles Wünschen sank in ihm zusammen, und es kam eine sonderbare Stille in ihn, ein totes Schweigen, ein Verstummen. Wie Sommerwinde verstummen in zerfallenem Gemäuer, weil sie nur hell klingen können im blühenden Feld draußen, wo es weit und frei ist, und auf den leuchtenden Hügeln, wo ihre Flügel glänzen.

Es zwang sich, seine Briefe einzuräumen. Er tat es nicht mit der Vorsicht, mit der er sie ausgeräumt hatte. Als er die Truhe schloß, sagte er vor sich hin:

„Es gibt am Ende doch nichts Schöneres, als einem Menschen die Tränen abgenommen zu haben. Das hab ich doch meiner armen Mutter getan, und damit könnte mein Leben schon erfüllt sein."

So war er nun, wer er war. Langsam sprach er seinen Namen aus: „Emerich Joseph“ – seines Vaters Namen, den er trug – und dann: „Vetterlein“ – seiner Mutter Namen.

Das war er, daraus bestand er. Und er war Schullehrer hier im Dorfe – er gehörte hierher, wo er fremd war. So lag's aber schon in seinem Namen: Emerich Joseph Vetterlein.

Er war ein Sartorius, ohne einer zu sein. Er mußte über sich selbst hinwegkommen, nicht an sich leiden, sich vielmehr so anerkennen, wie er geboren war.

Nebenan in Kretzers Hof krähten die Hähne. Das Schulhaus hatte diesmal die Nacht versäumt – und nun pochte der Morgen an sein Tor und rief ein hartes Wort: Pflicht!

Dem zu gehorchen war aber der Vetterlein gewohnt.

Die Dorth ging viel mit sich zu Rate: einen Menschen haben, einen, dem man sich anvertrauen könnte, daß man's nicht immer so allein tragen müßte, daß man sich aussprechen könnte, daß man einen Zuspruch fände.

Ja, der Vetterlein, der war gewiß so einer, zu dem man gehen konnte wie an den Beichtstuhl – so hatte sie's früher schon einmal gedacht – der war so einer, der alles verstehen konnte, wofür einen andere abstoßen oder gar verspotten. Aber er war doch ein Mann – so gut er auch war – und ein Mann blieb immer ein Mann. Sie konnte es doch nicht.

Sie wurde immer einsamer und war immer mehr allein. Aber sie war nicht mehr krank und schwach, sie wollte nicht mehr krank sein. Es war ihr, als tue sie das dem Jörg-Adam zuliebe, daß sie sich gesund hielt. Sie ging nur in Schwarz. Der Vater schimpfte deshalb:

„Steck dich gleich in ein Kloster.“

Sie hatte zwei Ohren dafür. Ein Kloster – auch noch

Mauern um sich herum – um Gottes Willen nicht! Und mit anderen zusammen, die man gar nicht kannte. Sie blieb und schaffte im Hause, und wurde die Annelies immer dicker und bequemer, wurde sie immer kräftiger, zupackender und flinker. Das war ja das einzige, daß sie schaffen konte. Nicht den Kopf hängen. Bei der Hand sein!

Der Vater hatte noch einmal angesetzt wegen dem Jean Steinert.

„Er hat mich selbst drum angegangen."

„So sagt ihm, daß ich ihn nit wollt."

„Na, warum nit?"

„Weil darum!"

„Darum ist kein Käsebrot", erwiderte er mit der allgemeinen Redensart.

„Einerlei", betonte sie aber dagegen: „weil darum!"

Sie mußte nun ganz kurz sein, um Ruhe zu haben.

„Willst Altjungfer werden? Faxen!"

„Ich heirat den Steinert nit, das ist ausgemacht, Vater, und alles Reden hilft nit. Was gesagt ist, ist gesagt."

„Na. – Wartst auf 'n Prinz?"

„Auf den Großherzog!"

„Hast 'n Stuß!"

„Auch gut – hab ich ein'."

Nun hatte sie Ruhe im Hause. Weinlese, Keltern, Behandlung des Neuen, das erfüllte nun das Dorf und beschäftigte die Leute. Es kam der Winter. Die Wege schneiten zu. Rings um das Haus lag Schnee. Und nun war es auf einmal schön, so allein zu sein. Nur seine Gedanken zu haben – und draußen ist alles still und weich und gebettet. Alle Töne sind gedämpft. Nur die Schlittenschellen klingeln – und die Raben schreien. Doch das gechieht nur dann und wann einmal und geht vorüber – und man fühlt nur deutlicher darnach, wie still die Welt ist.

Für die Fuhrwerke hat der Kreisschneeschlitten auf den Hauptstraßen Spur gemacht. Aber man bleibt doch getrennt vom Dorf. Nur die Weinfuhren kommen aus der Pfalz und halten an. Der Vater ist viel auf der Jagd. In der Wirtschaft geht's ein bißchen weniger wie sonst. Im Dorf ist nämlich eine Brauerei aufgetan worden, und die Leute fangen an, Bier zu trinken. Es wird nicht lange dauern – 's ist nur der neue Besen, der gut kehrt. Und Bier – wenn man Wein grad so billig haben kann! Nein – 's ist nur eine vorübergehende Stockung in der Wirtschaft.

Die Dorth weinte die halben Nächte, aber am Tage war sie frisch. Was ihr am meisten auf der Seele lag – und was der Tod so besiegelt hatte: daß ihr letztes Gespräch mit dem Jörg-Adam ein Zank gewesen war.

Nun war sie ganz allein, und niemand reichte ihr die Hand, sie zu den Menschen zu führen. Sie wollte auch nicht. Nur wenn der lange Lehrer mal käme – er könnt ihr doch gut freund sein.

Der Vetterlein dachte eines Tages, daß es doch dumm sei, daß er sich so ganz und gar von der „schönen Aussicht" fernhalte. Was würde es ausmachen, wenn er dann und wann mal wieder hinginge. Es war da draußen doch am schönsten. Im „goldnen Lamm" waren die alten Stammgäste nur, die sich immer gleich zu ihren Spielchen hinsetzten – in die Brauerei konnte man auch nicht gut gehen, zumal er Bier nicht liebte - beim Konrad Müller kam er sich so fremd vor, obschon der den besten Roten zapfte – beim Pankraz Klein, im „Engel", fand man sich mit den auswärtigen Kollegen zusammen an den Festtagen und bei den Konferenzen. In der „schönen Aussicht" saß man so am schönsten für sich, konnte in Ruhe seinen halben Schoppen trinken und den andern Leuten zusehen, was die trieben, und die durchkommenden Fuhrleute brachten ihre Neuigkeiten, die einen aus dem Mainzerland, die andern aus der Pfalz, andere aus dem goldenen Grund und dem Bingerland, andere aus der Essigkammer, und man genoß so recht den Ort, an den man doch halt verbannt war: man fühlte sich ein wenig im Mittelpunkt.

Er nahm einmal einen schönen Anlauf, nach der „schönen Aussicht“ zu gehen. Er stapfte ein Stück Weges durch den Schnee und kam auch beinahe bis hin – aber als er an Sattler Beckers Garten war, bekam er Reuen, und er bog ab und lenkte in den Mühlweg ein, den er dann wieder zurückging. So ein paar Mal – nie, daß es ihn bis ganz hinausgeführt hätte. Er dachte: es liegt zu viel Schnee zwischen dem Dorf und dem Wirtshaus – und er wußte ganz gut, daß es nur ein Ausredgedanke war.

Es kam der Frühling – die Wiesen waren wieder überschwemmt – und der Weg zur „schönen Aussicht“ wär wieder näher gewesen. Aber wenn ihn der Vetterlein nun versuchte, ging er immer an dem Döffchen seinem Hause vorbei über den Steg, die Selz entlang – bald würden hier in den Hecken Veilchen stehen – durch die Bellenallee, die sich schon belaubte. Aber auch hier bog er ab, ehe er am Ziel war, bog wieder in den Mühlweg ein und kehrte unverrichteter Sache heim.

Ein paarmal ging er auch, besonders als es schon mehr in den Sommer ging, am Döffchen den Weg geradeaus weiter, nach dem Judenkirchhof zu. Da kam er an der Bleiche vorbei – und es war so ein heimliches Hoffen, unter den Frauen, die hier hantierten, die Wäsche und die langen Streifen des hausgemachten Leinens begossen, könnte eine sein, die er gern sähe. Unter dem weißen Kopftuch hervor könnten auf einmal zwei Augen gucken, die ihm lieb waren – und es könnte ein Wort hinüber und herüber gehen. Aber es traf sich nie.

Doch sah er die Dorth manchmal von der Empore der Kirche aus. Sie schien ihm so fest und gesetzt, ordentlich wie eine Frau, so daß man sich kaum recht vorstellen konnte, daß sie noch ein Mädchen war. Immer war sie in Schwarz – und obschon es nun aufkam, daß die Mädchen Hüte trugen – und obschon sie zu denen gehört hätte, die sich das leisten konnten – sie trug keinen. Sie kam weiter barhaupt in die Kirche, klar gescheitelt und die Haare fest anliegend, die vollen Zöpfe zum „Nest" gesteckt, wie's vielleicht nicht mehr ganz die Mode war – denn was drang nicht auf einmal alles in die Gegend ein! – aber wie es ihr doch so artig und gut stand. Er sah sie gerne, mit Wohlgefallen und angenehmem Behagen, aber sein Herz stürmte nicht. Es hatte nur seine Wärme und war ihrer froh – es glühte nicht und hatte nun auch sogar etwas wie eine gewisse Furcht vor dem Feuer, das den Menschen so ganz mitnehmen konnte. Ach, er wußte das selbst – und manchmal machte es ihn traurig, manchmal lachte er sich darum aus – und er paßte darin so gar nicht zu den Menschen hier, die in allem so rasch waren und alles so erregt aufgriffen und immer mit dem Neuen gingen und in gar nichts am Alten hingen. Sie waren so respektlos gegen alles hier – er hatte zu viel Respekt vor allem, das machte ihn alt, ehe er so recht jung gewesen war.

Es war halt doch das doppelte Erbe – vom Vater her das Verwandte mit den Rheinhessen, das Leichtere, Genießende, Weinfeine – von der Mutter her bei allem Zarten, das ihr eigen war, doch mehr die schwerere Art der Oberhessen in seinem Blute.

Er müßte es doch einmal verlernen, so viel über sich nachzudenken. Aber wenn er mit der Mutter zusammen geplaudert hatte, dann war das immer so ein Nachdenken gewesen, und das hing ihm nun an, das konnte er nicht ablegen, wie man ein Kleidungsstück ablegt. Und schließlich war doch gerade darin so viel von der Art der Mutter in ihm, die er ihr zuliebe schon nicht ablegen durfte.

Schön war die Dorth – auch jetzt, oder gerade jetzt, da sie so ernst und gefestet war. Aber nun war sie auch noch beherrschender als früher und hielt einen nur noch entfernter.

So sah er ihr immer nach, mit dem Entzücken, wie man einem schönen Gefährt nachsieht, und mit dem Bedauern, es nicht zu besitzen.

Dann war's einmal, als es schon weiter in den Sommer wohl ging, daß sie sich doch trafen. Es war auf dem Wege nach Mainz. Er war seine Straße gemächlich getrollt und war auf die Höhe des Marienborner Chausseehauses gekommen – das Panorama des Taunus war gerade vor seinen Blicken aufgegangen – die hohen Türme von Mainz im Vordergrund, im Hintergrunde das Gekrappel der Häuser von Wiesbaden – da holte ihn ein Gefährt ein. Es war das der Dorth, die zur Besorgung mit dem Wägelchen vom Peter Eckert nach Mainz fuhr. Sie ließ halten und bat den Vetterlein einzusteigen. Er zierte sich erst, aber sie gab nicht nach, und so mußte er sich auf den Platz neben sie setzen. Der Eckert trieb die Pferde wieder an und „jackerte" erst ein wenig, um den kleinen Aufenthalt wieder einzuholen.

Es war ihm ein bißchen warm neben der Dorth, aber es blieb alles gut in ihm und still. Er genoß nur das Schöne, das dies Zusammenfahren hatte – nebeneinander auf einem Sitz – die Straße hinein nach der Stadt, als gehörten sie zusammen – und immer tiefer hinein in das Bild, das er auf der Marienborner Höhe hatte vor seinen Augen liegen sehen – den Stahlberg hinauf, das Gautor hinein – als wenn sie zusammen in die Erfüllung, in eine Wunder- und Traumwelt hineinführen.

Der Dorth war es erst ein wenig beengt. Wie oft hatte sie sich gesehnt, daß er doch einmal kommen möchte, damit sie mit ihm sprechen könnte. Und nun, wenn sie auch daheim in der Wirtschaft ganz allein so nebeneinandersäßen, sie hätte ihm doch nichts zu sagen gehabt. Das spürte sie – und wenn der Peter Eckert auch nicht vor ihnen auf dem Bock säße und alles hören könnte – nein, es war nun anders zwischen ihnen, wie sie gemeint hatte.

Er war gewiß ein guter Mensch, das war richtig, aber es hatte noch etwas in ihrer Einbildung von ihm gelebt, das auf einmal nicht mehr da war. Das war ihr nun ganz selbstverständlich, sie war gar nicht enttäuscht, und wie sie immer weiter fuhren und der Stadt näher kamen, war sie ganz frei ihm gegenüber.

Sie scherzte, wie sie eingeschneit gewesen wären, und spottete über die Männer, die jetzt anfingen, das miserable Bier zu trinken. Sie war auch ein klein wenig kokett – so mit der Geschicklichkeit der Unterhaltung, aus dem Hundertsten ins Tausendste zu kommen und überall Bescheid zu wissen, die Übung der Wirtstochter und die Anlage der Rheinhessin.

Sie fuhren die Gaugasse hinunter nach der „Insel". Im „Täubchen" stellten sie ein.

„Sie waren recht lange nicht mehr bei uns, Herr Vetterlein."

Er stammelte etwas Unverständliches, und seine Verlegenheit amüsierte sie ein wenig.

„Kommen Sie doch einmal wieder heraus – ich habe manchmal gedacht, Sie kämen, wenn ich Sie gesehen hatte bis Sattler Beckers Garten gehn. Aber jedesmal sind Sie vorher abgeschwenkt."

Er fand nicht Worte, und er hatte das Gefühl, sie weide sich an seiner Hilflosigkeit.

Er sah sie mit seinen treuherzigen Augen an. Da errötete sie.

„Ich wollte auch öfter mal zu Ihnen kommen", gestand er.

„Nun ja – also nun führen Sie's mal aus."

Sie waren im Absteigen.

„Hören Sie, wir fahren so gegen sechs wieder heim. Sparen Sie sich den Weg und fahren Sie wieder mit. Bis sechs Uhr will ich gerne warten lassen – aber zu lange, das wird nicht gut gehen. Zumal ja das Fuhrwerk nicht uns gehört."

Er bedankte sich und gab keine feste Zusage.

Dann gaben sie sich die Hand und gingen voneinander.

Von ihm fiel etwas ab, das wie ein Mantel, fast zeitweilig sogar ein bißchen unbequem, auf ihm gehangen hatte. Er ging ein bißchen ziellos durch die alten Gassen von Mainz. „Zwei Welten", dachte er – „wie's bei Vater und Mutter auch war. Es ist ein andrer Menschenschlag – wer nicht so ist, kann nicht so werden, und ich glaub, kann's auch nicht ertragen."

Nur daß er dennoch alle Sympathien für die Dorth hatte. Es lag nur eine Entfernung zwischen ihnen; sie waren eine deutliche Zweiheit. Vielleicht war's aber gerade das, was sie zueinander zog; denn das konnte er doch wahrnehmen, daß sie ihm wohl gewogen war.

Obgleich die Dorth bis nach sechs Uhr hatte warten lassen, er war nicht gekommen.

Aber eines Tages saß er wieder in der „schönen Aussicht" an dem alten Plätzchen, das das unbequemste in der Stube war.

Es war ihnen beiden angenehm, beisammen zu sein und miteinander zu plaudern, aber sie hatten sich nichts zu sagen. Er hatte ja wohl etwas Friedliches für die Dorth – und es kamen bald ein paar Nächte, in denen sie nicht weinte – aber sie wäre wohl auch zum Frieden ohne ihn gekommen. Sie war nun ihrer selbst ganz sicher und brauchte keine Hilfe mehr.

Aber es war ein Stück Glück, das er für sie mitbrachte: Erinnerung, Jugend, Tanz und viel unbestimmtes Begehren und süßes Zweifeln. Wie ihr Herz aufgegangen war; – das klang nun wieder auf. Er hatte etwas Helles an sich.

Einmal brachte er Veilchen. Sie waren an der alten Schloßmauer des Schulgartens zum zweiten Male aufgeblüht. Da hatte die Dorth sich nicht überwinden können, die Tränen zu unterdrücken.

Er konnte so gut still sein. Er war auch jetzt still, da sie weinte. Aber er brachte keine Blumen mehr.

Die Dorth dachte, daß er so ein „feines Gefühl" habe. Das hatte er auch. Es lehrte ihn Zurückhaltung.

Sie sprachen von vielen Dingen, die der Tag so brachte, aber sie sprachen nie von sich. Es geschah aber doch einmal. Er hatte gesagt: „Es taugt nichts, mit sich herumzuschleppen, was vergangen ist."

Sie war erschrocken und hatte ihn näher gefragt, was er damit meine.

Er meine nur, nichts Bestimmtes. Aber dann sprach er eines Tages von sich. Er vertraute ihr seine Herkunft an. Sie fragte:

„Das meinten Sie mit dem Herumschleppen, nicht?"

„Nun ja, wenn ich daran leiden wollte!"

„Das wäre dumm, kann ich Ihnen sagen", fiel sie ein.

„Aber –" meinte er. „In den Augen der Leute. Jeder Mensch hat so etwas, darüber er hinauskommen muß."

Darauf erwiderte sie nichts.

Im Dorfe gab es Geburten und Sterbefälle, Kindtaufen

und Hochzeiten, die Kirchweih kam und die Weinlese – und dann wurde der Neue wieder abgestochen. Es wurde Weihnachten, und es kam wieder das Neujahr – und kam wieder Ostern. So verging die Zeit. Was für ein Glück das ist, daß die Zeit vergeht und sich nicht aufhalten läßt.

Sie sprachen von allem, was die Tage und Monde so brachten.

Als von einer Hochzeit die Rede war – es war die vom Jean Steinert, der vom reichen Fleck von Winternheim die Tochter heimgeführt hatte – äußerte die Dorth:

„Ich tät mich doch in einem schwarzen Kleid trauen lassen, wenn's auch als eine Schande gilt."

Der Vetterlein horchte auf. Hatte sie nach der Seite eine Heimlichkeit?

Sie fing den Blick auf, verstand ihn und belustigte sich über seinen Verdacht.

„Nicht deshalb", sagte sie.

Er wurde rot.

„Warum denn?" fragte er in seiner Verlegenheit, obgleich er spürte, daß die Frage unschicklich war.

Nun wußte sie aber keine Antwort. Sie konnte es nicht über sich bringen, ihm etwas vom Jörg-Adam zu erzählen, und sie hatte es doch eigentlich darauf angelegt gehabt.

Aber so im Laufe der Zeit sickerte doch Tröpflein um Tröpflein durch – und der Vetterlein war ein schweigender Versteher, ein stummer Sammler des kostbaren Inhalts, der ihm anvertraut wurde. Und er war ein würdiger Vertrauter. Er wußte, woran er nicht zu rühren hatte.

So lernten sie einander tiefer kennen. Sie waren gute Freunde, die nichts voneinander begehrten.

Der Vetterlein liebte die Dorth, aber diese Liebe hatte er in seinem Herzen verschlossen – und auch in seinen heimlichsten Stunden ließ er sie nicht daraus hervorsteigen. Sie durfte nie ins Klare seiner Gedanken kommen – dann würde sie ihm gefährlich werden, sagte er sich – aber das durfte sie: sie durfte die Wärme in seinem Fühlen sein, ein Widerschein, wie das Abendlicht des Tages, das in den Fenstern der Häuser goldet.

Die Dorth verehrte den Vetterlein und war froh, einen Freund in ihm zu haben. Es war das Feiertägliche, das Feine, das er ihr brachte und das in seinem Wesen lag. Es hob sie über den Alltag. In der Stunde, da er da war, war sie förmlich ein anderer Mensch, ein reinerer und schönerer, und hatte von allem mehr Genuß.

Es kam wieder Krieg. Er brachte die gleichen Ängste und Aufregungen wie der frühere, aber er brachte auch die Begeisterung. Die starken Haßgefühle schwiegen, oder wo sie laut wurden, wurden sie übertäubt. Es dachte kaum jemand darüber nach, daß es gar nicht so selbstverständlich sei, mit dem früheren Feinde Seite an Seite zu kämpfen. Es geschah – es geschah mit Begeisterung. In ihr war man eins. Sie riß alle mit. Nur die alten Franzosensympathien, die brachten einen Mißton, nicht der Preußenhaß. Freilich kleideten sie sich manchmal in diesen.

Zudem war alles mehr direkt beteiligt. Kaum, daß ein Tag verging, an dem nicht Truppen durchzogen. Weit mehr Angehörige, die nach Frankreich gezogen waren. Nicht allen war's leicht geworden – auch unter den fremden Soldaten war mancher, dem's schwer war. Einmal stand die Blume Marie, die Frau Goschel, an der „schönen Aussicht" und sah mit noch vielen anderen dem Abmarsch zu. Sie hatte ihren Jüngsten auf dem Arm. „Ist das ein Junge?" rief ihr ein Soldat zu. Sie bejahte. „Tragen Sie ihn ins Wasser!" erwiderte der Frager. Aber die Begeisterung herrschte doch vor.

Der Vetterlein nahm nun Anteil an den Vorgängen. Die

Nachrichten ließen nicht mehr so lange auf sich warten, der Telegraph spielte eifrig, und die Zeitungen kargten nicht mit Extrablättern. Direkte Depeschen kamen immer noch nicht ins Dorf, es gab noch immer keinen Telegraphen hierher - dafür war aber der Postdienst stark erweitert. Sieg um Sieg. Der Vetterlein begeisterte sich für die deutsche Sache. Er war wortreich unter den Leuten, er stellte dar, eröffnete Aussichten, gab Gesichtspunkte und wies in die Zukunft.

Nur bei der Dorth fand er taube Ohren. Sie wollte von all dem nichts wissen. Sie wußte nicht, wie ihr war – aber das war sicher, es war alles feindlich in ihr.

„Haben die Opfer sechsundsechzig sein müssen, wenn's jetzt doch mit den Preußen zusammengeht?" war ihre stete Frage. Sie hatte nicht Franzosensympathien – sie war kein Mann und hatte sich nie um derartiges gekümmert, aber wenn einer in der Wirtschaft jetzt auftrat und ordentlich gegen die Preußen loslegte, konnte er sicher sein, daß ihm stillschweigend ein Schoppen auf seinen Platz gesetzt wurde.

In Mainz waren die ersten Gefangenen angekommen. Man zupfte eifrig Charpie. Zahlreiche Sendungen gingen hinaus ins Feld – Geld und Eßwaren. Soldatenbriefe kamen an. Schilderungen persönlicher Erlebnisse erhöhten die allgemeinen, die in den Blättern und Extrablättern enthalten waren. Charpie zupfte auch die Dorth, und Schinken, Schwartemagen und Geld gab sie, daß es nach Frankreich geschickt werde – aber die Zeitungen las sie nicht, und von den Briefen wollte sie nichts wissen.

Ihre Nächte waren wieder voller Tränen, wie in der ersten Zeit nach dem Tode des Jörg-Adam – und der Vetterlein hatte keinen Einfluß mehr auf sie. Er kam wie gewöhnlich – weil es so seine Gewohnheit in den Jahren geworden war – er brachte immer Nachrichten und

Extrablätter mit; aber, dachte die Dorth, er hätte ebensogut wegbleiben können, es wär ihr einerlei gewesen. Die Kaiserproklamation kam, der Friede kam. Der Einzug der Truppen in Darmstadt, die Heimkehr der Krieger.

Feste und Feste, das ganze Land war auf den Beinen. Fahnen und Girlanden an den Häusern, der Triumphbogen am Eingang des Dorfes, das Festgeläute der Glocken und das feierliche Hochamt mit Musik in der Kirche. Abends die Freudenfeuer rings auf den Höhen und die knallenden Böller, und die Wacht am Rhein in allen Straßen. Getrunken wurde – wahrhaft in Strömen floß der Wein. Die Dorth aber erlebte ihre tiefste Trauer und ihren schmerzlichen Haß. Sie war wieder gänzlich vereinsamt in all der Zeit. All ihre Gedanken, in Wachen und Schlafen, waren an den Gräbern von Laufach. Manchmal meinte sie, sie könne das Leben nicht mehr aushalten – es hing am Toten, und was gut geworden war all die Jahre, es war nur Lüge und Trug und Selbsttäuschung gewesen. Nein, sie konnte nie davon loskommen, nie frei davon werden, ihre ganze Jugend hing daran – und ihre Jugend war hingegangen damit. Sie war ihr getötet worden, und was nun auch noch das Leben war, und was es nun auch noch bot: es war leer, eine taube Nuß. Und sie selbst, sie selbst, sie wollt's nun auch nicht anders. Nein, grade nicht! Sie war betrogen und bestohlen um ihr Glück – wenn sie's wenigstens genommen gehabt hätte, wenn sie's wenigstens genossen hätte – aber so, nur einen Wink von ferne, nur einen Todeskuß, und aus alles, aus für immer, unwiederbringlich, das war trostlos, und es war schlimmer, als nie davon gewußt haben! Die jetzt gestorben waren – es war doch eine andere Sache gewesen; aber damals – damals: rein für nichts und wieder nichts. Diesmal war's ein Krieg gewesen, ein großer Krieg – der Mühe wert, aber damals –

nein. Ihr Temperament war gebunden gewesen die Jahre her, künstlich gebunden mit der Sanftheit und der Ergebenheit in das Schicksal, und dem Verstehen, daß ihr der Vetterlin eingeträuft hatte – aber nun sprang's aus allen Adern und Poren wieder hervor und war wie ein Feuer, das sie verzehren mußte und das sie doch nicht löschen wollte.

Sie quälte den Vetterlein mit Reden, mit Hohn und Vorwürfen und mit der Unberechenbarkeit ihres Betragens; aber er ertrug sie. Er kam dennoch täglich, mochte sie auch am vergangenen Tage noch so unleidlich gewesen sein. Es mußte doch wieder die Ruhe über sie kommen. Kein Sturm hat Dauer – und was so hoch anschwillt, das muß auch wieder herabfallen. Es ward wieder Ruhe. Aber die Dorth war dann nicht mehr, die sie gewesen war. Sie hatte keine Frohheit mehr, sie war vergrämt und verbittert.

Umsomehr empfand aber der Vetterlein seine Aufgabe, ihr beizustehen, und er empfand nun seine Freundschaft wie eine Pflicht. Er erfüllte sie treu und selbstlos, wie es seine Art war.

Im Felde flatterten die kleinen Fähnchen auf hohen Stangen, die die Bahnlinie, die schon vor Ausbruch des Krieges projektiert worden war, absteckten; von Mainz quer durch Rheinhessen in die Pfalz bis Kirchheimbolanden sollte sie führen.

Der alte Rosenzweig wehrte sich, es ging ihm über zwei Äcker. Er war ein Starrkopf und meinte, die Ereignisse aufhalten zu können. Natürlich nahm das Fuhrwesen ab, wenn einmal die Eisenbahn hier fuhr, und natürlich verlor seine Wirtschaft am allermeisten dabei, aber deshalb mußte die Eisenbahn doch gebaut werden, und deshalb konnten doch die meisten Leute froh sein, daß sie kam, denn sie hatten einen Vorteil davon. Nachteilige und Benachteiligte gab's bei so Neuerungen immer, darnach war nicht zu fragen, und das mußte sich mit der Zeit so nach und nach ausgleichen.

Auch dem alten Rosenzweig half sein Widerstand nichts. Er bekam den gesetzten Preis für seine Äcker, und die Fähnlein des Geometers flatterten triumphierend über seiner Scholle. Es war ziemlich rasch gegangen mit der Ausmessung, und nun war auch schon die Bearbeitung der Strecke in vollem Gange. Das Dorf war voll von Italienern, und in der „schönen Aussicht" hob sich's jeden Abend. Sie fragten nicht nach dem Gelde – sie verdienten aber auch Geld wie Heu.

Es war gerade, als sei der Krieg erst nötig gewesen, die Durchführung der Eisenbahnlinie recht dringlich zu machen. Die Jahre vor siebzig waren reiche gewesen, Wohlstandsjahre; jetzt aber hatte alles einen so plötzlichen und rapiden Aufschwung genommen, daß man den Mangel an geeigneten, der Neuzeit angemessenen Verkehrsmitteln nur deutlicher fühlte. Es war ein Treiben im Lande, wie man's nie gekannt, nie erlebt hatte, es war ein Aufschießen von neuen Unternehmungen, als wachse alles wie Pilze nach einem Regen aus dem Boden hervor. So war man doppelt pressiert mit der Eisenbahn und sparte nicht an Kräften.

Die gewöhnlichen Erdarbeiten konnten ja auch die Einheimischen machen, aber für den Tunneldurchstich zwischen Marienborn und Klein-Winternheim hatte man die Fremden doch nötig. Und dann verstanden sie ausgezeichnet den Ausbau des Tunnels selbst, der Brücken und Viadukte mit den behauenen roten Flonheimer Steinen, die aus den eigenen Brüchen der Hessischen Ludwigsbahn-Gesellschaft kamen.

Es war viel Unruhe im Dorf, viel Lärm und Streitigkeiten, besonders an den Sonntagen. Da kamen sie von allen Ortschaften, wo nur am Bahnbau gearbeitet wurde, die roten Schärpen um, die weiten, unten eng zugehenden Hosen aus schwarzem Samt an, die schweren Stiefel mit den hohen, schmalen Absätzen aufklappernd, die breitkrempigen, eingedrückten Hüte ein wenig auf die Seite gerückt; die feurigen Augen, die gelenken Bewegungen und die goldenen Knöpfe und Anker und Kreuze in den Ohrläppchen. Meist junge Burschen, die rein nicht mehr zu halten waren, wenn sie getrunken hatten. Und die hiesigen Mädchen waren wahrhaft des Teufels. Sie rissen sich förmlich um die Italiener, alte Freundschaften wurden geopfert, bös Wort ging um, und eine hängte der anderen Übles an. Sie machten einander das Leben sauer, und keine gönnte der anderen auch nur einen Blick. Herrgott, die Augen, die die Kerle aber auch im Kopfe hatten!

Der Reiz des Fremden, die sehnige Kraft, die Leichtigkeit der Bewegungen und ihre Anmut – der Wohlklang der Sprache und der Ausdruck ihrer Gestikulationen, das konnte den Mädchen schon gefallen, die selbst, meist schwarzhaarig und schwarzäugig, leichtbeweglich und munter wie Stare, nicht übel zu ihnen paßten. Sie hatten fast ein bißchen was von ihrer Rasse – altes Römerblut, Zigeunerblut, Franzosenblut, wie's hier überall noch hervortritt.

Mochten sie aber wild sein wie die Katzen und Augen haben wie glühende Kohlen, der Ingenieur Kamper, der den Bahnbau leitete und besonders den Tunneldurchstich projektiert hatte, brauchte sie nur anzusehen, so kuschten sie wie die Jagdhunde.

Er sprach nicht viel – seine Anordnungen gab er kurz – aber er hatte die Gewalt in den Augen. Die waren grau und scharf wie Habichtaugen. Sie bohrten sich in alles hinein, was sie ansahen, sie durchbohrten die Menschen und nahmen sie wie an Eisenklammern fest. Seine Augen, die waren grad das Außerordentliche an ihm, und in der ganzen Gegend gab's nicht noch einen, der so Augen hatte, so eine Farbe und so eine Schärfe. Er war nicht schön, er war ordentlich häßlich. Er hatte eine zu große Nase, die sehr scharf gebogen war, schmale, ein bißchen welke Wangen, und über die Stirne war die Haut so glatt und straff gezogen, daß sie förmlich davon glänzte. Sein Kopf war lang und die Stirne hoch, der Mund breit und scharf, und der Bart war an den Wangen spärlich, verdichtete sich aber am Kinn und lief spitz aus. Er war von einem harten, rostigen Rot, mit ein paar grauen Härchen an den Seiten untermischt. Der Ingenieur Kamper mochte ein Vierziger sein, vielleicht gar schon etwas drüber.

Eines Sonntags kam er in die „schöne Aussicht", gleich nach dem Hochamt, als es schon laut da herging und die Italiener eifrig die Würfelbecher schwangen.

Einen Augenblick wurde es still in der Stube, als der Ingenieur eintrat. „Buon giorno!" Er sagte ein kurzes und hartes: „Guten Tag, Leute!" darauf.

Dann ging der Lärm von neuem los.

Die Dorth war zusammengefahren, als sie den Kamper gesehen hatte, und als er sie ins Auge faßte, duckte sie sich beinahe vor ihm und wendete den Blick weg. Sie war scheu und unsicher, so lange er in der Stube war. Sie brachte kaum ein Lächeln heraus, viel weniger einen Lacher. Es lag ein Alp auf ihr.

Ihr Vater war gewiß ein Starrkopf, aber hier saß einer, der war's noch viel mehr, das spürte man. Der war ein Beherrscher. Lärmten auch jetzt die Italiener wieder, sie war sicher, er brauchte nur aufzustehen, und es gab Ruhe. Wenn auch nur auf einen Moment; aber es gab doch Ruhe. Er hatte sie alle in der Gewalt, wie ein Reiter ein wildes Pferd, nur dadurch, daß sie wußten, daß er da war, wie das Pferd weiß, daß die Zügel einer hält, der es meistern kann. Wie merkwürdig war's, daß die Italiener, die genug Deutsch sprechen konnten, wie der Dalma und der Machetti, auch „Meister" zu ihm sagten. Sie stellten eine Frage – er nickte nur, und sie war erledigt. Es gab keinen Einwand. Der Machetti war der Vorarbeiter an den Mauerungen. Er stand am Tisch vor dem Ingenieur und erklärte mit ein paar Bleistiftstrichen etwas von der Tunnelmauerung. Er war seiner Sache nicht ganz sicher – da nahm ihm, mit einem ganz leichten Lächeln, der Ingenieur den Bleistift aus der Hand, griff nach seinem Notizbuch und zeichnete die Sache auf. Er sagte dabei nur: „So" – nach einer Weile: „Und hier so." Dann hielt er dem Machetti die Zeichnung hin und sagte: „Verstehen Sie?"

Nein, so wortkarg wie der Herr Ingenieur aber auch war! Der Italiener überlegte, und man sah's an seinen Augen, wie er noch einmal alle Linien und Schnitte nachfuhr. Er grinste, denn er verstand. Mit einer Verbeugung dankte er, ging an seinen Tisch und erklärte seinen Leuten auf italienisch, was zu machen war und wie es sein sollte.

Der Ingenieur ging – es gab wirklich einen Augenblick der Stille, als er aufstand – dann Gruß und höfliches Hutrücken – und der Lärm ging von neuem los.

Als an diesem Tage der Vetterlein kam, fand er die Dorth aufgeregter als sonst. Sie hatte es eilig, die Hände frei zu bekommen, um mit ihm plaudern zu können.

„Kennen Sie den Ingenieur, der den Bahnbau leitet?" war sie pressiert, zu fragen.

„Nein", sagte der Vetterlein, „er soll sehr tüchtig sein. Und es sei nicht gut mit ihm Kirschen essen, er sei unerbittlich streng."

„Das glaub ich gern."
„War er da?"
„Ja."
„Und?"
„Es war mir ordentlich leicht, wie er fort war. Er hat Augen wie ein Weih, ich möcht nit von ihm angeguckt sein, wenn er im Zorn ist."
Der Vetterlein lächelte.
„Aber bei diesen Italienern, da muß auch einer so sein – ich tät mich schön bedanken", meint er. „Wer da nicht ganz seine fünf Sinne beisammen behalten kann, der ist verloren."
„Ist das schwer mit dem Tunnel?" fragte die Dorth.
„Na, schwer – der Boden soll nur sehr übel sein. Lauter Wasseradern. Da muß einer auch gleich das Unerwartete aufgreifen und benützen oder ausgleichen können. Sie sollen ja bald durch sein."
Nun ja, und es war ein Schaustück. Es wurde nur von einer Seite aus gegraben, von der Marienborner, und sie waren schon über die Hälfte. Wenn sie durch wären! Eines Tages war der ganze Verwaltungsrat aus Mainz da – der Durchstich sollte vollendet werden.
Nicht einmal mannshoch war das Loch erst, es war Vorsicht geboten, daß nicht ein Nachrutsch eintrat. Eine Szene hatte es gegeben. Der Direktor der Ludwigsbahn-Gesellschaft hatte als erster hindurchgehen wollen. Der Ingenieur hatte es nicht gestattet: er trat als erster aus der Öffnung heraus, und ihm nach kam der Arbeiter, der den letzten Bickelhieb getan hatte. Darauf hatte er bestanden, und er hatte es durchgesetzt. Ihm nach schlüpften dann die einzelnen Mitglieder des Verwaltungsrates durch die Pforte. Den Tag beschloß ein Festessen bei der Beckers Lene in Klein-Winternheim. Neben dem Direktor saß der Ingenieur, und als das Hoch auf den Großherzog ausge-

bracht war, wurde eines auf ihn ausgebracht. Er stieß mit den Mitgliedern des Aufsichtsrats an, aber er hielt nachher keine Rede. Er saß unbeweglich und trank nur wenig – und als alle tolle Köpfe hatten, war er noch so ganz klar, als sei er noch bei seinem ersten Glas. Er trank nicht – nur rauchen tat er, und als die Mainzer fortgefahren waren, bestellte er sich bei der Beckers Lene „einen starken schwarzen Kaffee".

„Morgen muß man wieder auf dem Posten sein", sagte er.

„Ach, Sie!" sagte die Lene, die ihn kannte.

„Nun, machen Sie nur einen tüchtigen Schwarzen!"

Man erzählte sich, daß es doch noch einmal einen Rutsch gegeben habe; aber der Ingenieur habe den Kopf oben behalten, sei Tag und Nacht auf dem Platze gewesen, habe selbst zugegriffen und nachher nicht mehr geruht, bis der Tunnel fix und fertig ausgemauert war. Und als die Sprießen weggenommen wurden, sei er drin stehen geblieben. Es mußte eben halten, und er wußte, daß es halten mußte. Darum war er unter dem Gewölbe stehen geblieben, weil er den Glauben an sein Werk hatte und ganz sicher war, daß sich nichts drin rührte, vielweniger daß es über ihm zusammenschlüge.

Dann kam die Arbeit am „hohen Damm". Die Mulde, durch die die Chaussee zum Goschel seiner Ziegelei hinaufstieg, mußte von einem Damm quer durchzogen werden, und gerade am Goschel seinem Haus wurde der Viadukt gebaut.

Der alte Goschel meinte:

„Das hält zu Lebtag nicht, Herr Baumeister."

„Warum meinen Sie?"

„Weil ich den Boden hier kenne und den Wasserlauf."

Der Ingenieur lächelte. Er kannte Boden und Wasserlauf auch und hatte alles schon in seinen Berechnungen berücksichtigt und seine Maßregeln darnach getroffen. Aber glatt ging die Arbeit nicht von statten, trotz aller Peinlichkeit in den Aufschüttungen und der genauesten Prüfung des Materials; es verging fast kein Tag ohne Dammrutsch, und keine Woche, daß nicht ein Arbeiter verunglückte, leichter oder schwerer, wie's das Unglück wollte. Der Ingenieur Kamper wohnte beim alten Goschel. Er hatte sich von ihm ein Zimmerchen gemietet, weil nun auch ständig des Nachts gearbeitet werden mußte, als der Damm eine gewisse Höhe erreicht hatte. Hier konnte er stets an Ort und Stelle sein und die Arbeit von seinem Schreibtisch aus beobachten, denn das Fenster seiner Giebelstube ging gerade auf den „hohen Damm" hinaus. Der Ingenieur kam öfter in die „schöne Aussicht", und eines Tages machte er aus, daß er hier sein Mittag- und Abendessen nehmen wollte.

Die Dorth war dagegen und machte allerhand Einwände, aber der alte Rosenzweig hieß sie schweigen. So mußte sie sich fügen.

Es war ihr nun immer so, als liege ein Alp auf ihr, wenn der Ingenieur da war. Sie fühlte sich an allen Gliedern gebunden, als wenn ihr eine Kette angelegt wäre – oder als wenn sie Blei in den Knochen hätte. Und einmal traf sie sein Blick. Dieser Blick ging ihr durch Mark und Bein. Sie wollte aber nicht so angesehen sein. Drum hob sie erst recht den Kopf und faßte auch ihn ins Auge. Aber sie hielt's nicht aus. Sie mußte den Kopf senken und in den Schoß sehen, und sie spürte, wie ihr die Glut in den Wangen und am Halse hämmerte.

Er sollte ihr nur fern bleiben. Er sollte es nur nicht wagen, ihr nahe zu kommen. Dann gab's ein Unglück. Er blieb ihr auch fern. Er kam still, blieb still und ging still. Kaum ein gutes Wort – ein „Danke schön", wenn sie servierte, ein „Bitte schön!" wenn er etwas wollte. „Guten

Tag!“ und „Guten Abend!“, das war alles. Aber seine ganze Art und seine Augen, die wie Stahl waren und so unerbittlich bezwangen, daß man ihn fürchten mußte vor lauter Respekt, den man vor ihm hatte – die waren mehr als Worte und Unterhaltung. Die waren wie ein Frost, der auf den Feldern liegt, so bezwingend kalt – und waren doch auch wie eine Spannung in der Luft, ehe ein Gewitter losbricht.

Ob er gut war?

Den ganzen Tag dachte die Dorth an ihn. Und sie hörte genau, was die Leute von ihm erzählten.

„Streng, aber gerecht“, hieß es, „und wie er seine Sache versteht!“

Und: „Stolz ist er – vor keinem beugt er sich – und kommt der Oberingenieur von Mainz, dann weiß man nicht, wer der Vorgesetzte ist und wer der Untergebene.“

„Er ist ein Preuß!“ warf einer hin. Aber niemand hörte darauf.

„Er ist seiner Sache vollständig sicher – er kennt jeden Stein, der im Damm drin steckt. Widerrede duldet er nicht, und will er, der Oberingenieur, etwas dreinreden, wird er jedesmal abgeführt. Nur manchmal ist's vorgekommen, daß der Kamper geschwiegen hat – mit einem feinen Lächeln. Dann ist, wenn der Oberingenieur fort war, gerade das Gegenteil von dem gemacht worden, was er angeordnet hat. So ist er – es ist fast noch schlimmer, wenn er schweigt, als wenn er redet.“ Die Dorth wollte sich's nicht eingestehen, aber solche Reden freuten sie. Sie war heimlich stolz drauf, denn sie sagten gerade das, was sie selbst von dem Ingenieur dachte.

Wenn er nur nicht die scharfen, bezwingenden Augen hätte, die wie Augen von einem Weih blickten, wenn er „stößt“ und seines Raubes sicher ist.

Er konnte wohl nicht gut sein, er konnte nur bezwingen und unterkriegen. Er hatte einen ganz in seinem Bann.

Die Dorth wehrte sich dagegen – aber sie fühlte es doch, es war auch etwas über ihr wie ein Bann und ein Zwang. So sehr sie Furcht davor hatte, von ihm angesehen zu werden – sie ertappte sich immer wieder dabei, daß sie seinen Blick suchte. Als ob sie bezwungen werden wollte – sie könnte ihn am Ende doch bestehen.

Es war eine beständige Lust, die Gefahren zu wagen. Ein Spielen mit dem Feuer – und doch schien er ihr ja gar nicht gefährlich, was ging er sie denn an! Nichts. Ging sie ein Mensch auf der Welt etwas an!

Ein Mensch auf der Welt? Keiner! keiner, und wenn er voller Gold und Edelstein hinge!

Einmal traf der Vetterlein mit dem Ingenieur zusammen. Die Dorth war erstaunt, wie gut sich die beiden zusammen unterhielten. Das hätte sie weder dem einen noch dem anderen zugetraut. So zwei grundverschiedene Menschen! Merkwürdig! Nun konnte der Ingenieur auch gesprächig sein. Die beiden saßen lang beisammen.

Der Ingenieur bestellte sogar noch einen halben Schoppen Wein – er trank sonst nie zwei halbe – während der Vetterlein bei dem einen blieb. Von nun an kam's, daß die zwei sich öfter trafen. Der Vetterlein kam ein bißchen später oder blieb ein bißchen länger, der Ingenieur ging von seiner festgesetzten Stunde nicht ab.

Dem Lehrer gefiel der Mann. Das war einer, der das Herz auf dem rechten Fleck hatte und in dem, was er sagte, den Nagel auf den Kopf traf. Er imponierte dem Lehrer, und er fand gewissermaßen einen Halt an ihm.

Das Harte und Feste an ihm, das Scharfe in seinen Augen, das fühlte er nicht abstoßend, sondern wohltuend. Es zog ihn an. In ihm war alles wie ein Pendelgang – gleichmäßig, ruhig. Da war der Ingenieur wie das Ausheben vorm Schlag und wie der Stundenschlag selbst. Eine Ergänzung – ach, der Vetterlein konnte sich alles so schön auslegen! – und so wurden sie ganz gute Freunde, soweit man eben mit ihm gut freund sein konnte, denn er trug nicht sein Herz auf der Zunge und schloß die Lippen eher, als daß er sie öffnete.

Eines Tages sagte der Vetterlein zur Dorth:

„Fräulein Dorthchen, das wäre ein Mann für Sie!"

Die Dorth sah ihn an. Der Lehrer machte so Späße für gewöhnlich nicht. Und er war auch jetzt vollständig ernst, er hatte es aufrichtig gemeint und aus seinem selbstlosen Herzen heraus gesagt. Die Dorth wollte die Spitze abbiegen und eine wegwerfende Äußerung dagegen tun. Sie wußte wohl, was sie sagen wollte, aber sie brachte es nicht heraus.

„Ja", nickte der Vetterlein, „so ein ganzer Kerl – im Ernst, Fräulein Dorthchen – der sollt Sie zur Frau haben. Und Sie ihn – herzlich gemeint, als ihr alter Freund."

Er strich ihr über die Hand.

Die Dorth stürzte hinaus. Sie war wütend auf sich. Es war ihr heiß, und sie spürte, wie sich ihr die Tränen in die Augen zwangen. Sie stampfte mit dem Fuße auf. Grad nicht!

Dann kam ihr ein Verdacht. Sie eilte wieder in die Wirtsstube und fuhr auf den Vetterlein los:

„Hat er Ihnen was gesagt?" schnaufte sie.

Der Vetterlein sah erstaunt zu ihr auf. Er lächelte.

„Meinen Sie, wenn der eine Absicht hätte, der tät mich benutzen?"

Dann beruhigte er sie. Aber es machte sich ganz von selbst, daß er das Lob des Ingenieurs dabei sang.

Die Dorth war nun wie ein gehetztes Wild. Sie hatte nun keinen Beistand mehr – und in sich gar keine Auswege. Es war alles zugeschlossen in ihr, und sie konnte sich nicht davon freimachen, sie mußte sich dumpf ergeben. Es war wie ein Schicksal, das auf sie zuschritt – wie wenn ein Wasser anschwillt – und immer anschwillt und anschwillt – oder wie wenn Feuer um sich frißt – unerbittlich.

Ihr schien's, sie sei schon bezwungen, eh sie sich nur gewehrt hätte. Das war das Gräßliche, dagegen sie immer wieder aufpochte, dagegen sie die Fäuste ballte und die Finger ineinanderkrallte und mit dem Fuße stampfte. Es war ihr alles zu eng geworden. Die Welt war ihr zu eng geworden. All ihre Tore waren ihr zugeschlagen, sie saß gefangen und konnte sich nicht vom Fleck rühren. Sie raste, und sie lernte das Fluchen. Niemand im Hause konnte sie ertragen.

„Geh zum Teufel, du Narrenluder", schalt der Vater, „du machst ei'm 's Blut zu Wasser, du Aas!"

Und die Annelies Brabender sagte:

„Mädchen, bist du denn rein behext? Da ist ja kein Verstand nit. Man meint ja – du bist ja grad wie herumgewend't."

Sie mußte still dazu sein und mußte sich für den Augenblick beherrschen – aber es fand sich schon einmal wieder etwas anderes, daran sie ihre Launen austoben konnte. Es war eine Qual – als wenn ihr langsam die Kehle zugeschnürt würde.

Und es war doch alles nichts, rein gar nichts – es war nur ihre Einbildung, ihre verrückte, vermaledeite Einbildung, von der sie nun einmal nicht loskommen konnte.

Dann wurde es doch besser. Langsam erst, dann aber mit jedem Tag. Es ist, wie wenn ein junger Gaul eingefahren wird. Erst will er nicht in den Zaum, dann nicht in das Kummet, dann schlägt er aus, wenn er in die Deichsel soll. Aber dann, nach dem ersten Peitschenknall und Zungenschnalzen und Zug am Leitseil, der ins Gebiß geht, dann ist's ein Toben über alle Maßen: vorn in die Höhe, hinten in die Höhe, beißen und schmeißen – der Bauer kennt das – aber die Peitschenschnur macht fortgesetzt ihre Kreise und Schlingen und Windungen in der Luft, und hat diesen feinen, ziehenden, schneidenden Ton, und das Leitseil wird um so fester angezogen, je höher sich das Tier aufbäumt, je unbändiger es sich gebärdet. Und auf einmal rennt's los, und ist vielleicht erstaunt, daß hinter ihm der Wagen mitläuft – und nach einer Strecke ist's mit dem Staunen vorbei, es spürt, daß es nicht weitergeht, wenn es den anhängenden Wagen nicht richtig zieht. Und sich nicht seinethalben bemüht, statt an seine Freiheit zu denken – und dann ist's auch schon ein wenig vorbei mit dem wilden Gefühl – die Ohren stehen noch gespannt, die Augen funkeln, die Nüstern sind gebläht und die Lefzen schäumen – aber es setzt ein anderer Takt ein – die Knie gehen nicht mehr so hoch, das Tempo wird immer langsamer und gleichmäßiger – überm Haupte die ziehenden, schneidenden Töne der Peitschenschnur, die unaufhörlich in der Luft kreist – dann ruhiger Schritt und steter Zug. Der Gaul ist eingefahren – er wehrt sich nicht mehr gegen Zaum und Kummet, er läßt sich in die Deichsel hufen – beim ersten Zungenschnalzer zieht er an – die Peitsche sieht er nun nicht mehr und hört sie auch nicht, aber er weiß, daß sie da ist – und er geht in stetem, ruhigem Schritt und zieht seinen Wagen und schlägt alle Biegungen, Richtungen und Gangarten ein, die der Lenker nur andeutet. Es ist kein Wort gefallen zwischen der Dorth und dem Ingenieur, aber sie geht wie an seinem Zügel, wie nach seiner Peitsche. Sie muß, sie kann nicht anders, er hat sie in seiner Gewalt, und er hat Gewalt über sie, nur dadurch, daß er da ist, daß er sie ansieht und daß sie von ihm weiß, wie stark und unnachgiebig und beherrschend er ist.

Wie er angesehen ist bei den Arbeitern und sicher in seiner Arbeit.

Mit dem Vetterlein und dem Ingenieur ist die Dorth eines Nachmittags in der Kniestockstube oben, von deren Fenster aus man nach Klein-Winternheim zu sehen kann, von wo der Damm hergeführt wird, um dann oben, gerade der „schönen Aussicht“ gegenüber, am Fuß der Weinberge in geringer Aufschüttung weiter zu ziehen, bis er hinter den ersten Häusern des Dorfes verschwindet, immer niedriger wird, bis, wie der Ingenieur erklärt, die Steigung des Bodens oberhalb der Dorfmühle so stark ist, daß tief ausgegraben werden muß, um die Bahnlinie möglichst ohne Steigung, eher mit einem leichten Gefäll, in einem Bogen um das Dorf herumzuführen, nach der Station zu. Der Ingenieur erklärt, wie da Steigung und Gefäll ausgeglichen werden müssen, so daß, wenn die Station passiert ist und die Bahnlinie unter der Brücke der Sörgenlocher Chaussee hingeführt ist, gleich wieder eine ziemliche Aufschüttung mit einem Damm geschehen muß. Es ist durch die verzwickte Bodengestaltung Rheinhessens hier umständlicher als sonst.

Die Unterschiede von Berg und Tal – die „Berge“ sind ja nur Hügel – sind nicht so sehr groß, aber dafür viel häufiger.

„Doch“, meint der Ingenieur, „das macht ja die Aufgabe gerade interessant. In der Ebene bauen, dazu gehört nichts – das hat keinen Reiz.“ Die Dorth muß seinen Erklärungen, die ganz knapp und sachlich gehalten sind, zuhören, als säße sie wieder auf der Schulbank. Er spannt einen förmlich – und was liegt ihr im Grunde an den ganzen Bahnarbeiten. Wenn sie fertig sind, wird sie's schon sehen, wie die Bahn läuft, und ob Gefäll oder Steigung, das ist ihr ganz egal, wenn der Zug nur weiter kann, nicht stecken bleibt und nicht vom Damm fällt.

Und wenn er gar von Graden redet, von Plus und Minus, das sind ihr ganz und gar spanische Dörfer, und sie steht davor wie der Ochs am Berg; aber trotzdem muß sie doch zuhören, das liegt so in seiner Art wieder. Sie sehen zum Fenster hinaus. Man sieht die Telegraphenstangen längs der Strecke schon aufgerichtet, man sieht gerade da, wo die Biegung des hohen Dammes beginnt, das Bahnwärterhäuschen sich erheben, das schmuck aussieht in seinem roten, behauenen Sandstein.

„Gerade am hohen Damm ist die größte Biegung", bemerkt der Vetterlein.

„Die größte nicht, die schärfste nur", verbessert der Ingenieur.

„Das meinte ich", bestätigt der Vetterlein.

„Ja, war aber unumgänglich notwendig – und machte gerade die Schwierigkeit. Was Sie jetzt noch nicht sehen – reihenweise ist der ganze Damm die Böschung herunter gerade an den gefährlichsten Stellen mit Weiden bepflanzt. Das befestigt die Schichten", erklärte der Ingenieur.

Nun sah die Dorth schärfer hinaus, und ihr Auge lief die ganze Linie entlang, die der Damm in die Landschaft einzeichnete.

„Man meint gerade, es müsse direkt auf uns zukommen, wenn man so da oben hinguckt, wo das Häuschen steht", meinte sie.

„Aber der Herr Ingenieur ist rechtzeitig abgebogen", lächelte der Vetterlein.

„Ja", sagte der Ingenieur, „die Linie geht erst wohl genau auf Ihr Haus zu, Fräulein, wir konnten wegen der Station, die dahinter liegt, nicht früher abbiegen."

„Nun ja, ich meinte nur", erwiderte die Dorth.

„Es wird noch deutlicher sein, wenn die Schienengeleise liegen. Sie werden sie von hier aus genau parallel auf sich zuführen sehen – und wenn die Züge fahren, sagen wir in der Nacht, wenn alles dunkel ist – und Sie stehen hier, so werden Sie meinen, die Lokomotive rast direkt auf Sie zu."

Die Dorth sah hin und unterlag der Vorstellung des heranrasenden Zuges. Sie wußte ja, wie eine Bahn fährt und wie eine Lokomotive über die Schienen hinsaust und wie sie des Nachts die beiden großen Lichter vorn hat, die so scharf ins Dunkel stechen. Das hatte sie in Mainz schon gesehen, und wenn der Zug über die eiserne Brücke fuhr, flehte man zu Gott und allen Heiligen.

„Kann hier leicht was passieren?" frage sie.

Der Ingenieur zuckte die Achseln.

„Passieren? – passieren kann überall etwas. Vorsicht ist freilich geboten. Sie werden immer ein Signal von der Lokomotive hören, einen kurzen, scharfen Pfiff, wenn der Zug von Mainz kommend hier einbiegt – genau an dieser Stelle – dann ziehen die Bremser die Bremsen ein wenig an – denn obschon sich der Damm selbst hier immer mehr erhöht, die Strecke hat hier doch Gefäll. Bei schweren Güterzügen also, die umgekehrt nach Mainz fahren von hier aus, hat hier die Lokomotive etwas zu ziehen und wird gehörig schnaufen. Bei Personenzügen wird's nicht viel ausmachen. Aber es war unvermeidlich. Wie gesagt, es ist eine schwierige Bodengestaltung hierzulande."

Die Dorth blickte noch nach der Wendestelle da oben hin, als der Vetterlein dem Ingenieur auf die Schulter klopfte und sagte:

„Ein Arbeitchen – ein Arbeitchen, das Sie da geschafft haben, Herr Kamper. Na, wenn die Züge fahren, sehen wir's uns noch mal von hier aus an. Was alles heute geleistet wird – nein, wenn das unsere Großeltern sehen würden, sie würden's nicht glauben. Was die Welt für Fortschritte macht, und was sie gerade in den letzten Jahren für Fortschritte gemacht hat, wenn man bedenkt!" Der Kamper schwieg – die Dorth sah ihn von der Seite an.

Nun ja, dachte sie, wenn einer so einen Kopf hat, so Augen, so eine Nase und so eine Stirne, so einer kann alles. Was kein Mensch möglich gehalten hätt.

Sie gingen hinunter.

„Sind Sie nicht selbst überrascht, Herr Ingenieur?" fragte der Vetterlein, als sie die Stiege hinuntergingen.

„Überrascht", antwortete er, „was heißt das? Eigentlich, Herr Lehrer, mich überrascht nichts." Man hat eine Möglichkeit erkannt – also sinnt man auch die Mittel aus, wie man sie verwirklichen kann – man wird das in zehn oder zwanzig Jahren noch besser machen als heute. Man sieht ein Ziel, also sucht man es zu erreichen. Dabei überrascht mich nichts. Man führt aus, was man will, was man sich vorgesetzt hat, auszuführen. Für meine Begriffe sind Wille zum Werke und Ausführung des Werkes gar nichts Geteiltes, sondern eines und dasselbe. Also werden Sie verstehen, Herr Vetterlein, daß mich da nichts überrascht. Ich habe darum einen aktiven Beruf – Sie haben als Lehrer weit mehr einen passiven, wenn ich so sagen darf – und da gilt's immer, Ziele stecken, Visieren auf das Weitere und Höhere. Darin sehe ich die Zukunft unseres Berufes, oder vielmehr: daß unser Beruf die Zukunft hat, weil wir können, was wir wollen, einfach deshalb, weil etwas Wollen etwas Können heißt."

„Hm, hm, die Herren Ingenieure", kicherte der Vetterlein. „Wie hat einmal jemand gesagt: die Pioniere der neuen Zeit. Nun ja, man muß die Anlage dazu haben – und den Mut zu wagen. Freilich, da haben Sie recht – dagegen ist mein Beruf ein passiver Beruf. Aber sagen Sie, muß es nicht auch solche Berufe – und – sagen wir: solche Menschen geben?"

„Es ist nichts ausschließlich in der Welt“, antwortete der Ingenieur.

Auf der untersten Stufe der Stiege, wo der Ingenieur stehen geblieben war, faßte er den Lehrer noch einmal an der Schulter und sagte:

„Aber was ich gesagt habe“ – er errötete dabei ein klein wenig – „ist im allgemeinen gemeint. Das heißt: es betrifft meinen Stand, nicht mich.“

„Na, na“, erwiderte der Vetterlein, „wir haben alle etwas vom Allgemeinen unseres Standes auch im Besonderen. Im ganz Besonderen sogar, Herr Ingenieur Kamper.“

„Ich gebe das zu.“

„Sie haben recht, geben Sie's zu. Gerade Sie müssen's zugeben.“

Sie waren nun in der Wirtsstube angelangt. Die Dorth war hinter die Einschenke getreten. Sie hatte nicht ganz verstanden, was er gesagt hatte, aber es schienen ihr starke Worte zu sein, wie mit dem Hammer geschlagen. So lagen sie auch auf ihr, und sie mußte beständig über sie nachdenken, ohne sie dadurch klarer in sich bringen oder bewältigen zu können. Sie waren wie eine Macht – wie die Vorstellung des aus dem Tunnel rasenden Bahnzugs, der direkt auf ihr Haus zufuhr.

Wie das sein würde, wenn es mal wirklich war! Es gruselte ihr fast ein wenig davor – und der „hohe Damm“. Wenn sie nur an die Rheinbrücke dachte, überlief sie ein Schauder – und auch noch jeden Tag das so vor Augen haben. Und er fand gar nichts weiter dabei. –

Er hatte mehr gesprochen, als das sonst seine Art war – allerdings, mit dem Vetterlein war er ja eher gesprächig. Was sie aber auch noch quälte: er hatte sie auch keinen Augenblick, nicht den kleinsten, dabei angesehen, selbst nicht, wie er ihr etwas erklärt hatte, und als er auf der untersten Stufe der Stiege stehen geblieben war, hatte sie doch neben dem Vetterlein gestanden – im Hausgang, eine Stufe tiefer.

Mißachtete er sie am Ende? Das durfte er nicht. Sie wollte nicht übersehen werden von ihm, sie wollte in seinen Augen auch ihre Geltung haben.

Von diesem Tage an bemühte sie sich besonders um den Ingenieur. Sie sah ihm seine Wünsche an den Augen ab, sie bereitete ihm selbst sein Essen, sie deckte ihm schön und suchte Teller, Messer und Gabel extra für ihn aus, damit ihm nichts Verbrauchtes vorgestellt werde.

Aber er blieb sich ganz gleich, kurz, höflich, freundlich, ohne rechte Wärme und ganz selbstverständlich in der Hinnahme von allem; aber niemals vertraulich.

So kam nach kaum erworbener Ruhe wieder eine Unruhe in die Dorth. Manchmal besann sie sich auf sich selbst. Was sie denn wollte, fragte sie sich. Aber immer wich sie der Antwort aus. Es blieb bei der Frage. Bis sie sich eines Tages sagte:

„Ich glaub, ich könnte ihn umbringen. Ich glaub, er ist mir widerlich, und ich hasse ihn."

Sie biß sich die Lippen wund. Sie hätte weinen mögen, vor purer Wut auf ihn.

„Weil er so ist – so – ich weiß nit – so wie eine Mauer, an der man sich den Schädel einrennt. Ich dumm, einfältig Ding, warum renn ich denn immer wieder dawider?"

Aber wie sie sich's auch vornahm, fest und heilig, und so oft auch, wie Stunden im Tag waren, gar nicht mehr herbeizugehen, wenn er kam, es half nichts. Sie ging doch immer wieder herbei – und wenn man ihr auch alle Türen zugehalten hätte, sie hätte nicht draußen bleiben können. Es war kein Locken, keine Neugier, keine Lust, es war einfach ein Muß.

Dann schmückte wieder Pfingsten die Flur.

Wie rasch die Zeit verging!

Nun war Sattler Beckers Garten vom Haus aus nicht mehr zu sehen, es waren Häuser dahingebaut – und auf der anderen Seite der Straße standen sie dicht nebeneinander bis beinahe heraus zur „schönen Aussicht", so daß die in ein paar Jahren, wenn's so weiter ging, gar nicht mehr allein stand, sondern mit dem Dorf verbunden war.

War sie blind gewesen die Zeit her? Schon wieder Pfingsten – und war kaum erst Ostern gewesen und kaum erst Weihnacht und kaum erst Kirchweih – kaum erst der Krieg und die Heimkehr der Truppen – und kaum erst, daß sie an einem Totenbett gestanden hatte. Sechs Jahre waren das her – und war ihr doch, als sei's gestern gewesen – und was war nicht alles geschehen in der Welt seither! Nun war alles anders – und war sie selbst anders.

Sah ihr die Welt schöner aus? Sie sah nur fremder aus. Da unten waren noch die Wiesen, wie sie gewesen waren, und da oben die Weinberge, wie sie gewesen waren – aber das Bild des Dorfes war anders – überall neue Häuser und da hinten, fast so hoch wie der Kirchturm, der Schornstein der Schottschen Düngerfabrik, die erste und einzige Fabrik in der ganzen Gegend, und hier die Bahnlinie, der „hohe Damm" und die kahlen Telegraphenstangen und der Viadukt über die Mainzer Chaussee, der nächstens fertig werden sollte.

Aber das war nicht alles. Da war noch etwas, und das lag in ihr, daran durfte sie gar nicht denken. Und das mußte eines Tages sich erfüllen, und sie mußte ihm seinen Lauf lassen und konnte sich nicht dagegen wehren. Es wurde alles in der Welt, wie es werden mußte, und der Mensch ist nur ein Werkzeug, ist nur ein Ball, der fällt, wie er geworfen wurde, und der einmal fallen muß, wenn er geworfen worden ist.

Die Annelies Brabender hatte recht: „Es kriegt jed

Dippchen seinen Sprung, und das eine geht ganz kaputt davon, und das andere hält alle neuen aus. Die Menschen sind auch nit anders – sie meinen nur, daß sie anders wären. Aber was meinen die Menschen nit alles in ihrem Hochmut."

Der Viadukt war fertig.

Er war gleich neben dem Goschel seinem Haus.

Etwas Dummes war vorgekommen. Vielleicht um sich einen Scherz zu machen, vielleicht auch aus purem Aberglauben: ein Italiener hatte gesagt, ehe ein Mensch drüber gehe, müsse man ein Tier drüber treiben – das wende Unglück ab. So war heimlich dem Goschel seine Geiß aus dem Stall geholt worden. Aber sie ließ sich nicht drüber treiben – es hätte sie höchstens einer drüberziehen müssen. Da wär er ihr aber voraus gewesen und der erste, der über den Viadukt gegangen wäre. Das war nicht die Absicht. Aus den vergeblichen Bemühungen mit dem Tier wurden bald Belustigungen, die im Gelärm und Gelächter sich äußerten. Die Blume Marie wurde dadurch aufmerksam und bemerkte, daß man ihr die Geiß aus dem Stalle geholt hatte und mit ihr manipulierte. Das machte den Ingenieur oben in seiner Stube aufmerksam, der gerade an einem Bericht nach Mainz über die Fertigstellung des Viaduktes schrieb und um die behördliche Abnahme bat.

Die Marie schimpfte hinauf, die Italiener antworteten italienisch – die eine Partei wußte, daß die andere schimpfte, diese andere bemerkte, daß ihr Schimpfen nicht den gewünschten Eindruck hervorrief, und daß man nur über sie spottete.

Der Ingenieur kam, stieg den Damm hinauf und stand vor seinen Arbeitern, die in ihrer Verblüffung nicht wußten, was mit der Geiß anfangen.

Es dauerte lange, bis er eine Erklärung herausbrachte.

Keiner wollte Farbe bekennen. Endlich setzte ihm der Machetti in gebrochenem Deutsch den Sachverhalt auseinander. Der Ingenieur hatte Mühe, das Lachen zu verbeißen, so belustigend klang die Erzählung. Er wollte schon fordern, daß man die Geiß wieder hinunterschaffe und in ihren Stall stellte. Da kam ihm die ernste Seite der Sache zum Bewußtsein: der Aberglauben. Man konnte nicht wissen, wie stark die Leute daran hingen – die Zweisprachigkeit verwischte so ganz und gar den Ernst – und ob nicht etwas Bohrendes oder Unruhiges in ihnen bleiben würde.

„Nehmen Sie die Geiß, Machetti", sagte er, „und gehen Sie mir nach."

Er schritt als erster über den Viadukt – hinter ihm kam der Machetti mit der Geiß.

Er mußte sich innerlich selbst belächeln über den Ernst, mit dem er das getan hatte. Wie oft war er schon über den Viadukt geschritten, wenn er die Arbeiten nachgesehen hatte. Also war's doch dumm von ihm gewesen, dem Scherz der Leute einen besonderen Sinn zu unterschieben.

Er drehte sich um und sah nach den Arbeitern, die auf einem Haufen auf der anderen Seite standen. Sie lachten nicht mehr. Sie guckten ihn grinsend, wie ihm schien, mit scheuen Augen an.

„Dummes Volk!"

Während der Machetti die Geiß den Damm hinunter führte, ging er wieder über den Viadukt zurück und sagte:

„So, nun sind wir damit fertig, und der Teufel mag seinen Anteil haben."

Der Machetti war unten stehen geblieben und hatte gehört, was er gesagt hatte.

Der Ingenieur ging weg. Unten traf er sich mit dem Machetti.

„Das hätten Sie nicht sagen sollen, Meister", sagte er. „Ist nicht gut."

In der Tat redete sich die Geschichte herum, in einer ganz übertriebenen Weise. Sie war nun ganz ohne Scherz. Die Fremden hatten den Leuten des Dorfes etwas Geheimnisvolles hineingetragen, worauf deren lebensleichter Sinn nie gekommen wäre – und der Ingenieur bekam dadurch so einen Anstrich, der nicht eigentlich etwas Geheimnisvolles hatte, der ihm aber doch so etwas gab, das seine Persönlichkeit zu einer besonderen machte. Man konnte hier nicht mehr an einen Bund mit dem Teufel glauben, danach war der Sinn der Leute nicht eingestellt – aber in Verbindung mit der Erzählung vom Verhalten des Ingenieurs bei der Fertigstellung des Tunnels bekam er bei der schon vorhandenen Autorität seiner Person noch so einen Schein des Legendären, dieses schaffend Wichtigen – es sonderte ihn nur noch deutlicher von den übrigen Menschen, von denen er sich schon genugsam unterschied.

Die Bahnarbeiten schritten rasch voran. Jeden Tag waren Neugierige draußen, die sich weiter vorwagten, wenn die Arbeiter allein waren, sich respektvoll zurückhielten, wenn der Ingenieur da war.

„Der Ingenieur!" – das war geradezu ein Warnruf geworden.

Die Fackeln brannten, dunkel rauchend, in die stille, klare Julinacht. In den Gärten dufteten die Rosen – über die Sterne glitten die zarten Wölkchen hin, die ihnen Grüße zubrachten, vom einen zum andern. Das ganze Dorf war auf den Beinen. Man war bei den Ausgrabungen auf eine Wasserader gestoßen, ein artesischer Brunnen sprang aus der Erde, ein natürlicher Springbrunnen, der nicht wenig Wasser auswarf. Und ringsum quoll es in kleinen Sprudeln aus der Erde. Der Ingenieur war schon drei Tage lang zu keiner Ruhe, nicht aus den Kleidern gekommen. Das Wasser mußte aufgefangen und in genügender Tiefe unter der Bahnstrecke abgeleitet werden.

Die Arbeiter glaubten nicht an das Gelingen. Die Einheimischen sprachen wegwerfend von der ganzen Anlage, und der alte Rosenzweig meinte:

„Seiner Lebtag fährt da kein Eisenbahn. Hier unser gut alt Chaussee, die ist sicher – und gibt's auch mal ein Gewitter, das ein Stück durchreißt, das läßt sich leicht ausflicken. Aber die Geschicht mit der Eisenbahn, die war mir von Anfang an zu unsicher. Jetzt ist die Bescherung da. Proste Mahlzeit!"

„Der ganze Boden ist ein Wasser", sagten die Leute.

„Das Loch, das auf der einen Seit zugestopft wird, geht auf der andern wieder auf. Und wo soll da der Halt herkommen!"

„Könnt jeder kommen", meinte der alte Rosenzweig, „wann das so leicht wär. 's hat noch keiner aus 'ner Gelberüb eine Dickwurz gemacht. Naß is nit trocken."

Ja, aber der Kamper bewältigte auch das. Es war in der vierten Nacht, da ließ er die Ableitung des Wassers überschütten. Es ging gegen den Morgen. Im Dorf krähten die Hähne, es fiel ein leichter Sommerregen, und die Fackeln knisterten und qualmten.

„So, Leute", sagte er, „nun gehen Sie heim und ruhen Sie. Wir haben alle die Ruhe verdient. Um zehn Uhr fangen wir erst wieder an."

Im Morgengrauen gingen Zuschauer und Arbeiter heim.

„Er hat's doch gepackt", hörte man sagen.

Der Kamper ging auch. Als er sich anschickte, die Böschung hinaufzusteigen, blieb er einen Augenblick stehen und sah hinauf.

Da gewahrte er unter den Zuschauern die Dorth, die sich eben zu verbergen suchte.

Er stieg hinan, und oben schritt er sogleich auf die Dorth zu, die sein Blick sofort gefunden hatte.

„Darf ich Sie heimbegleiten, Fräulein?"

Sie ging neben ihm her. Sie gingen die Bahnstrecke entlang, sich immer mehr vom Dorfe entfernend, in den stillen, grauenden Morgen, der einen feuchten Regenduft hatte. Hinter ihnen lagen die Gärten, in denen die Rosen dufteten – die Luft war erfüllt vom Geruch der verrauchenden Fackeln.

Der Dorth schlug das Herz hoch. Die Brust tat ihr weh, die Kehle war ihr beengt. Aber sie wagte nicht tief auszuatmen, zu seufzen. Sie wagte kein Wort zu sprechen. Auch der Ingenieur sprach nichts. Es war eine Spannung zum Zerreißen.

Er blieb stehen und sah sie an. Es war ein tiefer, großer Blick, mit dem er sie ganz in Besitz nahm. Sie spürte das – halb ängstlich, halb beschämt. Sie senkte die Augen vor ihm.

So standen sie eine kurze Weile. Sie schlug die Augen zu ihm auf, hoch und groß. Und er stand noch so vor ihr, wie er vor ihr gestanden hatte, mit dem gleichen unentrinnbaren Blick, der sie wie an Ketten zu ihm hinzog. Es schien ihr eine Ewigkeit, eine unendliche, ewige Ewigkeit.

„Fräulein Dorth, wollen Sie meine Frau werden?" fragte der Kamper, und jedes Wort war schwer.

Einen Augenblick war ihr, als müßten all ihre Poren bluten. Dann warf sie sich an seine Brust, wie in einer Erlösung, wie in wilder, entfesselter Leidenschaft.

„Ja?" fragte er.

Sie nickte nur. Dann küßte er sie auf die Stirne, und dann hatte sich Mund zu Mund gefunden, und die Dorth küßte so heiß, daß der Ingenieur fast darüber erschrak, wie stürmisch sie war. Rheinhessenblut, das geweckt war – aber noch mehr als das: der Ausbruch von so viel Unbestimmtem, Dumpfem, Widersprechendem und Gespanntem in der Dorth, davon sie hingerissen und vollständig überwältigt wurde.

Dann faßte sie sich und blickte scheu und beschämt zu ihm auf. Er war ganz bleich, abgezehrt, und die Augen lagen in tiefen Höhlen. Auf seiner Stirne sah man die kleinsten Adern deutlich blau gezeichnet, wie das Netz der Schmetterlingsflügel, und seine Nasenflügel zitterten.

„Dorth", sagte er.

Sie sah ihm frei und voll ins Antlitz.

„Ich hab gewußt, daß du Ja sagen würdest", sprach er langsam und unbewegt.

Ihr war das wie ein Peitschenhieb – als müßte sie sich vor ihm zusammenducken wie ein geprügelter Hund. So unheimlich war er in seiner Gewißheit, und sie hatte Angst vor ihm. Aber sie wollte jetzt keine Angst haben. So umschlang sie ihn mit einer raschen und starken Bewegung und sagte fast stöhnend:

„Kamper."

„Ich heiße Karsten", sagte er. „So hat mein Vater geheißen und mein Großvater – und noch weiter zurück. Das ist so bei uns – wir sind Niedersachsen, ein altes Bauerngeschlecht. Ich bin der erste, der der Scholle untreu geworden ist!"

Er sagte das nicht ohne Bewegung – mit mehr Wärme wenigstens, als er sonst hatte.

Die Dorth hielt sich aber nicht sehr daran. Es klang ein wenig an ihren Ohren vorbei.

Karsten, hatte er gesagt – das war wie Kamper. Karsten war kein Vorname, das war ein Zuname – den konnte sich nicht sagen – da blieb sie bei Kamper.

„Hast du nicht noch einen Namen?“

„Johannes. Johannes Karsten heiße ich.“

„Johannes? Das paßt nicht für dich. So kann ich dich nicht nennen. Ich nenne dich Kamper.“

„Ich nenne mich auch nie Johannes.“

So nannte sie ihn mit dem Zunamen, und er hatte nichts dagegen einzuwenden.

Sie waren der „schönen Aussicht“ so nahe, daß sie deutlich den Hahn heraufkrähen hörten. Gleich darnach schlug's auf dem Kirchturm fünf.

„Jetzt steht der Vater auf“, bemerkte die Dorth.

„Er ist früh?“

„Immer.“

Sie gingen langsam weiter, bis dahin, wo der Feldweg abbog nach der Mainzer Chaussee.

„Hast du viel Unglück gehabt, Kamper?“ fragte die Dorth und wußte selbst nicht, wie sie zu der Frage kam.

„Unglück? Was nennst du so, Dorth? Es gibt kein Unglück. Man muß nur alles fest in die Hand nehmen. Kampf hab ich viel gehabt, nur Kampf, und da kommt es einem unterwegs manchmal vor, man hätte Unglück. Schließlich sieht man ein, daß man Feuer braucht, wenn man Eisen glühen will. Also was willst du?“

Sie wollte nichts. Sie hatte nur gefragt.

„Nur um zu fragen“, meinte sie.

Er stand vor ihr und nahm ihre beiden Hände.

„Dorth!“

Es war ein warmer Klang doch in dem Wort, obgleich er ihn zu unterdrücken bemüht war. Es gefiel ihr auch, wie anders das Wort in seinem Munde klang, so viel feiner und vornehmer. Er wiederholte noch einmal:

„Dorth!“

Nun hieß es: ich bin dein Herr!

Die Dorth spürte es und nahm es ergeben hin. Sie erwiderte:

„Kamper!“

Und es hieß: du sollst mein Herr sein – gut, es sei!

Es hieß noch: ich kann nicht anders; denn es war etwas im Ton, wie ein Weh.

Sie trennten sich.

Der Dorth ward der Weg schwer. Und er wurde ihr im Weiterschreiten nicht leichter. Als sie einmal stehen geblieben war und sich besonnen hatte, hatte sie gedacht: es wird mir leichter werden, wenn ich wieder allein daheim bin. Aber das geschah nicht – es wurde ihr schwerer mit jedem Schritt – und ganz zerschlagen kam sie daheim an.

Der Vater ging finster an ihr vorüber.

In ihrer Stube traf sie die Annelies.

„Dein Tür war auf. Ich hab was ausgehalten um dich – ich hab gemeint – 's wär dir am End ein Unglück zugestoßen. Wann man auch so ist wie du. Meiner Seel – das geht doch nit. Man muß zu sich selber komme – mag ei'm passiert sein, was will. Nun leg dich und ruh dich aus – du siehst aus, als wärst du aus dem Wasser gezogen worden – ganz verdattert.“

„Geh nur, Annelies, ich leg mich“, stöhnte die Dorth.

„Schlaf in den Tag ist halber Schlaf.“

„Laß – 's ist nun einmal geschehen.“

„Unser Herrgott soll dir beistehen. Nein, wenn eins so ist!“

Der Kamper blieb so wortkarg nach wie vor. Aber das tat er: so oft er in die „schöne Aussicht“ kam, gab er der Dorth die Hand und sagte:

„Guten Tag, Dorth, wie geht es dir?“

In dem „dir“ lag alle Liebe.

Wenn er ging, gab er ihr wieder die Hand und sagte:

„Adieu, Dorth – auf Wiedersehen!"

Das war aber immer schon ein bißchen abwesend gesagt – so, daß man dran merken konnte, wenn man seine Ohren hatte, daß er schon halb in seinen Gedanken wieder auf seinem Posten war.

Zum Vetterlein hatte die Dorth gesagt:

„Ich hab mich mit dem Ingenieur versprochen, er hat um mich angehalten."

Der Vetterlein erwiderte nicht gleich etwas. Er hatte gerade den Kopf in die Hand gestützt dagesessen, als es ihm die Dorth gesagt hatte. Er blieb auch so; dann sprach er halblaut vor sich hin:

„Ich hab's gewußt – er ist ein Mann für Sie, Dorthchen."

Dann nahm er mit beiden Händen ihre Hände und sagte wehmütig-innig:

„Daß ich Ihnen von Herzen – von ganzem Herzen – Glück wünsche, Dorthchen, das wissen Sie. Wahrhaftig!" Es schien, als wolle er noch etwas sagen. Er schwieg aber und stützte den Kopf wieder in die Hand.

Dann, nach einer Weile des Nachsinnens:

„Wissen Sie noch, Dorthchen, wie der große Schnee lag?"

„Ja, ich weiß noch."

„Der uns so weit getrennt hatte?"

„Warum meinen Sie?"

Er sah zu ihr auf und lächelte, und sein knochiges Gesicht bekam einen so herzensguten Ausdruck:

„Nun, ich weiß auch noch – und ich wollte nur wissen, ob Sie das nicht vergessen haben. Es ist ja schon so lange her. Mir ist, vor Jahr und Tag war das – und ich bin alt geworden indessen. Sagen Sie, Dorthchen, komm ich Ihnen nicht sehr alt vor?"

„Gar nicht – ich mein, Sie sind immer so gewesen, wie Sie jetzt sind."

„Ja, ja – ich glaub auch – ich glaub, Sie haben recht – ich bin immer so gewesen. Herzlich Glück. Sagen Sie, Dorthchen, haben Sie noch Fünfundsechziger im Keller?“

„Ein paar Flaschen – die der Vater beiseite gestellt hat. Warum fragen Sie?“

„Ich hätte einen Vorschlag, Dorthchen. Wenn wir zwei zusammen – Sie und ich – wenn wir ein Fläschchen so ganz alten Wein – so aus der Zeit, wo ich am Ende doch noch ein bißchen jünger gewesen bin – nicht viel vielleicht, aber ein bißchen – wenn wir das auf Ihr Wohl und Ihr Glück trinken täten. Kommen Sie, ich leuchte, und Sie holen die Flasche – und wir trinken auf Ihr Wohl – auf Ihr Wohl und sein Wohl.“

War das lieb, daß er so einen netten Gedanken hatte! Gewiß, das wollten sie tun. Und sie stiegen zusammen in den Keller, er leuchtete, und sie kroch hinter Fässer und Kisten und zog die verstaubte Flasche hervor – er hob den Leuchter hoch, bis sie sich wieder zurückgefunden hatte – und sie saßen dann beisammen an dem kleinen Tischchen und tranken den feinen, alten Wein – stießen die Gläser an und sahen sich treu gut in die Augen – und genossen den feinen Duft des Weines, darin eine alte, schöne, darin eine süße Zeit und köstliche Erinnerung aufblühte. Selten im Leben hatte die Dorth so eine schöne Stunde gehabt, selten, nein, nie so eine gute. Er war ein lieber Kerl, der Vetterlein, und ein guter Freund. Das spürte sie jetzt so mild und warm, wie man einen Maitag spürt. Sie war ordentlich ergriffen davon.

„Gut freund bleiben wir, wenn ich auch verheiratet bin?“

„Immer, Dorthchen.“

„Und wenn ich auch gestorben bin?“

„Immer.“

Dann lächelte er: „Ich werde aber vor Ihnen sterben. Ich hab so etwas schon an mir – wie ein Zeichen – wissen Sie, wie bei Kindern. Es gibt so manche, wenn die auf der Schulbank vor mir sitzen, da überfällt mich ein Bedauern. Ich könnte sie nicht anrühren, und ich muß ihnen alles Gute tun und sanft zu ihnen sein. Die haben's so an sich – man sieht's weniger, als man's fühlt – – aber Sie, Sie mit Ihrer robusten Gesundheit, Sie leben ewig. Da ist unsereiner ein Waisenknabe dagegen."

Er lachte – lauter als das sonst seine Art war.

Die Dorth dachte: das feine, schwere Weinchen. Wenn's gegolten hätte, hätte sie ihn wahrhaftig unter den Tisch getrunken.

Sie hob ihr Glas.

„Prost! Auf Ihr Wohl!"

Sie stießen an.

„Danke, Dorthchen. Gesundheit und langes Leben, wie man's zu Neujahr sagt. Und Sie stehen ja vor Neujahr."

Sie lächelte und war ein wenig verlegen – aber dann lachte und scherzte sie wieder. Auch er war aufgeräumt und bekam nicht einmal, was sie erwartet hatte, ein kleines Räuschchen.

Der alte Rosenzweig verachtete die Dorth und gönnte ihr keinen guten Blick mehr, viel weniger ein gutes Wort.

„Daß du den Preuß nehme tätst, das hätt ich wahrhaftig von dir nit gedacht. Du sollst dich schäme."

Das war der Dorth stark auf die Seele gefallen. Sie wußte auch, so sprach das ganze Dorf, und das ganze Dorf war gegen sie.

Hatte aber das ganze Dorf nicht recht? Wenn sie alles überdachte, und wenn sie sich's ehrlich eingestand: tat sie nicht ein ganz besonderes Unrecht, dafür man sie verachten mußte? Dafür sie sich selbst verachten mußte?

Sie grübelte viel. Wenn er wirklich ein „Preuß“ war? Und er war wohl einer – seine Sprache, seine Augen, das war preußisch. Sie verachtete sich selbst und litt bitter darunter.

Dann faßte sie sich ein Herz und fragte den Kamper: „Bist du Preuße? Ist's wahr, daß du Preuße bist?“

Er sah sie groß an. Dann begriff er. Er war nun lange genug in der Gegend, um das zu begreifen.

Er lachte.

„Nein“, sagte er. „Mußpreuße! Ich bin Niedersachse, wie ich dir schon gesagt habe, mein Kind – und wir sind eher Preußenfeinde als Preußenfreunde. Wir sind alte Hannoveraner, und das bleiben wir, trotz Bismarck und Hohenzollern.“

Gott sei Dank! Sie atmete auf.

Zum Vater sagte sie:

„Er ist gar kein Preuß – er ist Hannoveraner. Mußpreuß, hat er gesagt. Grad wie die Kurhessen.“

„Na ja – aber als da oben her – und du hättst auch da unten bei uns einen kriegen können – wenn du nit dein besondere Spän im Kopf hättst. Na – ich prophezei Dir nit grad Gutes – und werd die Chagrille nit los, die ich die ganze Zeit schon um dich hab.“

„Die Chagrillen könnt Ihr Euch spar'n, Vater, die dankt Euch der Herodes“, erwiderte die Dorth kurz.

Dann bereute sie die Antwort und fragte in milderem Tone:

„Na, was habt Ihr denn jetzt noch gegen ihn, was dann?“

„Nix“ – er verbeugte sich höflich vor ihr – „nix, Madam – alles! Nun laß mir mein Ruh.“

In der Haushaltung ging alles guten Weg. Die Dorth war gleichmäßig, denn sie war gleichgültig. Sie ließ alles an sich vorübergleiten – sie nahm nichts mehr in die

Hand – sogar das Gedeck für den Ingenieur ließ sie die Annelies aussuchen. Gleiten, gleiten, laufen lassen – es ging ja doch alles, wie es mußte, und man konnt nichts hindern.

Da hatte man sich vorgenommen, wie man's mit sich halten wollte, hatte sich einen klaren und geraden Weg vorgesehen, wohin man hinaus wollte – und auf einmal war alles nichts. Man war nur ein Kreisel, der aufgezogen worden ist, man konnte sich nicht dagegen wehren, man mußte sich drehen. Drehen, drehen, so wie's die Schnur gewollt hatte.

So fühlte sie sich: ein aufgezogener Kreisel – und sie durfte nicht darüber nachdenken. Dann drehte sich gleich die ganze Welt.

Die Annelies Brabender war mürrisch gegen die Dorth und half ihr nicht bei der Ausstattung. Wenn die Dorth fragte: „Annelies, wie meinst du, soll ich das machen oder das machen?" so bekam sie jedesmal zur Antwort:

„Mach's, wie du willst!"

So mußte die Dorth alles allein besorgen. Sie tat's unfroh und mit widerwilligen Empfindungen oft. Es lag alles so schwer auf ihr, und sie hätte so gerne leicht sein mögen. Hätte wieder sein mögen, wie sie früher gewesen war: lachend und singend und hurtig bei aller Arbeit. Frisch anpacken und rasch zu Ende führen. Aber das war nicht – und es war der Dorth am liebsten, wenn sie ganz stumpf und ohne Gedanken war und gar nicht an früher dachte. Was vorbei war, war vorbei – und wenn sie jetzt ernster und schwerer war, so lag das eben daran, daß sie auch ein paar Jahre älter war. Wenn sie jetzt oben an ihrem Giebelfenster stand, so sah sie die alte Welt nicht mehr. Lauter neue Welt, die ihr nicht lieb war. Die Friedhofsmauer war ganz verdreckt – und nur an der untersten Ecke die Zypresse, die sah man noch hinter den

Häusern herausgucken. Die ganz neue Welt, die mußte man freilich von der anderen Seite, vom Kniestockfenster aus, sehen. Und die hatte der Kamper hereingebracht, die war sein Werk. Sollte sie nicht stolz sein dürfen? Man war noch nicht eins damit – aber das würde noch werden. Das Neue braucht Zeit, bis man sich hineingelebt hat. Und hier ist's nicht nur das Neue, es ist das Fremde. Das ganz Fremde. Und wenn erst die Bahn da fährt – Pfeifen, Räderrollen, Fauchen der Lokomotive, Signale, Lärm – wie wird das erst werden. Wie anders war alles früher – wie ist alles anders geworden jetzt! Und so auf einmal!

Sie hat den Weißzeugschrank der Mutter ausgekramt. Lauter selbstgesponnen Leinen, prachtvoll – hier und da ein gelber Streifen im Kräch, aber sonst: schneeblütenweiß. So was gibt's heute fast gar nicht mehr, wenn auch noch selbst gesponnen wird. Aber die Leineweber sind anders geworden.

Wie es riecht. So fein nach alt und Schrank – und nach den Kräutern, die die Mutter dazwischen gelegt hat. Sie macht ein Stück auf, da fällt ein Bündelchen heraus. Und manchmal ist ein Bändchen dran – und manchmal hat's auch einen Flecken gemacht.

Sie liebt das so sehr, und wenn sie eine Freude hat, so ist das jetzt ihre einzige.

Sie zeigt es dem Kamper. Der schüttelt den Kopf.

„Riecht's nit gut?"

„Nein!"

„Nein?"

„Ich finde, es riecht nach Totem."

Sie ist erschrocken, er bemerkt's und es ist ihm leid. „Nun denk doch nur einmal, Kind –" (er sagt in letzter Zeit immer Kind) – „das hat alles so lange gelegen, und die alten Kräuter – im geschlossenen Schrank – da ist es verdumpft und muffig geworden. Du sollst einmal sehen, nach einer frischen Wäsche und einer richtigen Bleiche, dann wird es wohlriechen."

Wohlriechen – denkt die Dorth – so ein Wort!

„Ja, Bleiche riecht auch gut", sagt sie, „aber anders. Frisch und neu und als wenn alles von gestern wäre."

„Aber man wird doch nicht ewig das Alte mit sich herumschleppen wollen. Was geht uns das Alte an – wir sind die Neuen und leben also auch das Neue."

Einen Augenblick denkt die Dorth, einen wild fremden Menschen vor sich zu sehen. Dann findet sie langsam zu ihm zurück. Wir sind die Neuen und leben das Neue – hatte nicht der Vetterlein einmal zu ihr gesagt: man muß einen Strich hinter sich machen, und war das nicht das gleiche?

Aber sie schmollt doch. Er scheint's aber gar nicht zu bemerken. Es wird Zeit, daß er wieder geht, und er geht, ohne die Sache weiter zu berühren. Die Dorth sieht ihm nach – ihr wird ganz heiß – sie muß sich mit Gewalt zurückhalten, um ihm nicht nachzurennen.

Dann tut sie's doch. Sie hat einen Vorwand. Rasch hat sie ein Stück Brot heruntergerissen, mit Butter geschmiert und eine Schinkenscheibe daraufgelegt. Dann läuft sie ihm nach. Sie möchte gerne Kamper rufen, aber sie geniert sich vor den Leuten, die vorübergehen. Sie geniert sich, vor ihnen den Namen zu rufen. Endlich holt sie ihn ein.

„Du hast dein Vesperbrot vergessen, Kamper!"

Er lächelt und nimmt es.

„Gutes Kind! Ich danke dir, Dorth", und dann geht er gravitätisch seinen Schritt weiter.

Sie sieht ihm noch nach und steht einen Augenblick ohne sich nur rühren zu können. Sie ist unbefriedigt – ja, sogar beschämt – und sie weiß sich selbst nicht zu sagen warum. Er war doch lieb zu ihr. Aber es ist etwas, das in ihr bohrt. Sie wendet sich um und geht langsam der „schönen Aussicht" zu – und sie weint. Sie weint zum ersten Male, seit sie sich ihm versprochen hat. Es geschieht heimlich, und die Tränen fließen spärlich.

Um so weher tut's.

Der Mutter Wäscheschrank blieb an diesem Tage offen stehen und die Wäsche unberührt. Der „Totengeruch" erfüllte die kleine Stube.

Am ersten September sollte die Bahn eröffnet werden – am Abend sollte dann die Sedanfeier sein, so verband man beides.

Es gab einen bewegten Septemberanfang, denn acht Tage drauf war die Kirchweih – drei Tage lang Festlichkeit und Tanz, und sie würde diesmal noch besuchter werden als sonst, weil die Mainzer zum ersten Male mit der Eisenbahn herauskommen konnten. Es sollte auch in fünf Wirtshäusern Musik sein; im „Engel" in der Brauerei, beim „Gickelschächter", der einen neuen Saal gebaut hatte und seine Wirtschaft „Zum deutschen Kaiser" nannte, beim Sebastian Horn, der „Der Krieg" genannt wurde, weil er immer Kriegsgeschichten erzählte, als habe er sie selbst erlebt, ohne doch im Krieg gewesen zu sein, und dann, wie seit Großväterjahren, in der „schönen Aussicht". Aber den Rosenzweig bedauerte man diesmal so halb und halb. Es würde kein gutes Geschäft für ihn werden, prophezeite man. Früher war nur im „Engel" und bei ihm Tanzmusik gewesen. Nun lag er auch noch abseits, durch die Eisenbahn. Der Wagenverkehr hörte dann auf, und statt von ihm aus ins Dorf zu gehen, mußte man vom Dorf aus zu ihm gehen – und das fiel keinem Menschen ein. Wenn sein altes Renommee nicht noch zog, dann konnte er die Fahne für die Tanzmusik diesmal drin lassen und die Musikanten heimschicken. Der „Krieg" und der

„Gickelschächter" hatten preußische Militärmusiker engagiert – das Neue zog vielleicht – im „Engel" spielte der Veith Härche mit seiner Kapelle, in der Brauerei der Anderbachs Anton, und so war dem Rosenzweig nichts anderes übrig geblieben, als auswärts auf ein Dorf zu gehen und da zu suchen. Freilich hatte er das Jeanchen von Essenheim gefunden, und der war ein tüchtiger Kerl, er strich fein die Geige, und wenn er die Trompete schmetterte – besonders den „Karneval von Venedig" – dann meinte man, die Wände müßten anfangen, mitzutanzen.

Der Kamper hatte gesagt:

„Wir wollen dann unsere Hochzeit in der Woche nach der Kirchweih halten – dann ist der Festtrubel verklungen, und ich habe meine Arbeit hinter mir und ein Recht, mir das zu gönnen."

„Gut", sagte die Dorth, „dann geht's in einem hin."

Das war eine knappe Antwort, aber er achtete nicht weiter darauf.

Nach einer Weile fragte der Ingenieur doch:

„Oder meinst du, Kind, daß wir lieber noch warten sollten bis Oktober?"

„Nein – warum? Je eher, desto besser!"

„Ja, ich meine auch. Wir könnten dann auch in den Umzug hineinkommen!"

„Umzug?"

Die Dorth machte erstaunte Augen.

Er lächelte überlegen.

„Bist du dumm, Kind? Meine Arbeit ist dann doch hier fertig – ich habe dann hier nichts mehr zu tun." „Die Eisenbahn wird dann laufen, der Weg ist ihr gemacht – du hast noch nicht nachgesehen, daß die Geleise bereits liegen – was dann noch zu geschehen hat, das besorgen die Eisenbahnbeamten – und ich gehe wo anders hin, wieder eine Strecke anzulegen."

Der Dorth sanken die Arme schlaff auf den Tisch.

„Dann gehen wir von hier weg?“ fragte sie tonlos.

„Natürlich“, antwortete er – „möchtest du immer hier bleiben? Vielleicht ziehen wir nach Mainz, vielleicht nach Frankfurt – es kommt darauf an, wie und wo ich beschäftigt werde.“

„Wie die Zigeuner.“

Er war erstaunt über diesen übertriebenen Ausdruck – die Leute hier neigten ja zu übertriebener, starker Ausdrucksweise – verstand ihn aber ganz, als er an seine eigene Herkunft dachte und an die der Dorth, die schließlich die gleiche war. Bauernherkunft. Er sagte:

„Das ist eine altmodische Auffassung, Kind. Die Zeiten sind vorbei. Sonst wäre ich heute noch, was meine Vorfahren alle waren: ein Bauernsasse in Niedersachsen. Heute gehört uns aber die weite Welt, und wir sind daheim, wo wir uns niederlassen. Das müßte doch euch Leuten hierherum am ehesten einleuchten – ihr wart doch nie so abgeschlossen von der Welt und auch nicht so im eigenen Stamm. Es ist doch alles Mischung hier bei euch.“

„Und bei euch?“

„Alles reines Blut – seit alters her von der gleichen Art – immer vom gleichen Stamm – und ohne Weltverkehr.“

Es klang ein warmer Stolz in seinen Worten fein und verhalten mit.

„Du bist aber doch herausgegangen?“

„Es taugt heutigentags nicht mehr, immer auf dem selben Fleck zu sitzen – und das alte Blut braucht neuen Zufluß.“

„So! – Dann ziehen wir von hier weg, wenn ich deine Frau bin?“

„Wie es die Notwendigkeit gebietet.“

„So? – Die Notwendigkeit? Was ist denn das?“

„Was sein muß im Leben."

„Was sein muß – aha! Na ja, was sein muß."

Sie wiederholte das mechanisch.

„Ich habe so etwas pfeifen hören, jedenfalls werde ich zum Oberingenieur ernannt werden. Ich gebe auf Ehre nichts, du weißt das – ich tue meine Pflicht, wie ich sie tun muß und es von mir selbst fordere – aber –"

Er hielt inne.

„Nun aber, was denn?"

„Ich will nicht, daß du dir falsche Illusionen machst, Kind! Es kann auch sein, daß ich nicht zum Oberingenieur ernannt werde, darum wollte ich nicht fertig sagen, was ich angefangen hatte."

„Sag's nur fertig, Gott, sag's ruhig fertig."

„Aber dir nichts Falsches darnach einbilden, Kind."

„Nein – ich bilde mir gar nichts ein."

„Nun, dann würden wir uns auch finanziell besser stellen – dann würde ich sogar ein ziemlich hohes Gehalt bekommen, Kind."

„Ach so – das. Ach, weiß du, Kamper, Gehalt! Das ist so, wie bei den Lehrern und beim Chausseeaufseher – die Leute, die Gehalt kriegen, das sind lauter arme Schlucker. Einen ganzen Monat lang nach der Decke strecken, damit's ausreicht, bis man neu kriegt. Wir nehmen jeden Tag unser Geld ein – was wir essen, das ist im Rauchfang und im Keller –"

Er lächelte. Diese Tonart war doch überall die gleiche, bei allen Bauern. Und zugleich dachte er, daß sich darin auch ein gerader, starker Sinn und Stolz ausdrücke.

Schollenstolz.

„Es kommt auf die Höhe des Gehaltes an – du wirst's schon lernen", beruhigte er.

„Freilich, was anderes ist's beim Pfarrer – der hat sein Gehalt und das Pfarrgut dabei. Die besten Wingerte in der Gemark – und denk nur, die schönen Obstbäume von hier bis Sörgenloch beinah. Das ist was anderes – und so hätten wir's auch haben können, wenn du hier geblieben wärst."

„Dafür haben wir anderes."

„O mein!"

Es schossen ihr die Tränen aus den Augen.

Er sah sie streng an. Sie spürte seine Blicke durch ihre Haare durch, denn sie hatte den Kopf auf ihre Arme gelegt, sie brannten ihr durch die Haut und durch die Knochen. Sie hob den Kopf – unbeweglich ruhten seine Blicke auf ihr.

„Das ist dumm von dir, Dorth – ja sogar verächtlich. Entschuldige! Ich möchte so etwas nicht wieder erleben – du bist doch ein vernünftiger Mensch, Kind" – und er strich zage ein wenig über ihre Hände.

Sie griff rasch nach seiner Hand und drückte sie, und die Tränen versiegten ihr.

„Ja, 's war dumm, du hast, glaub ich, recht, Kamper", und sie hing an seinen Augen mit hilfloser Hingebung.

„Es ist nun gut", sagte er – und seine Stimme klang begütigend. „Wir sind von so einer verschiedenen und fremden Art – aber das wird sich lernen."

„Ja", sagte sie – und sie lächelte dabei.

Eines Tages gaben sich der Ingenieur Kamper und der Ingenieur, der von der Pfalz aus die Strecke ins Mainzerland hereinführte, auf der Brücke des Viadukts der Eulenmühle die Hände. Die beiden Wege waren vereinigt, der von der Pfalz ins Mainzerland, und der vom Mainzerland in die Pfalz. Unterm Viadukt war ein Faß Bier angestochen, und die beiden Arbeitergruppen feierten das vollendete Werk. Einer nahm sein Glas, füllte es und zerschellte es an der Mauer des Viadukts – dann tranken alle einander zu, und die Ingenieure mußten mittrinken.

Andern Tags kam der Oberingenieur aus Mainz und nahm die Strecke ab. Dann sauste eines weiteren Tags eine Lokomotive durchs Land – den einen zum Schrecken, den anderen zur Verwunderung – unaufhaltsam, so daß niemand sich das Ungetüm so recht angucken konnte.

Alle Bahngebäude waren bekränzt und beflaggt – viele Häuser der anliegenden Dörfer hatten Fahnenschmuck angelegt. Die Fahne am Rathaus und am Schulhaus war wohl hauptsächlich des kommenden Sedantags wegen herausgesteckt.

Die Arbeit ruhte. Von den benachbarten Dörfern kamen die Leute nach den Stationen, sich das neue Schauspiel anzusehen. Der erste Bahnzug sollte heute das Land durchqueren – die einen sahen ihm mit freundlichen Gefühlen entgegen, andere wünschten ihm alles Unglück – und andere prophezeiten alles Unheil, eine Umkehrung aller Verhältnisse für das Land. Alle aber waren neugierig und über die geleistete Arbeit erstaunt.

Der Kamper war in seinem besten Staat schon früh weggegangen. Er schritt noch einmal seine ganze Strecke ab, besichtigte den Tunnel und kehrte dann auf dem gleichen Wege zur Station zurück.

Um zehn Uhr sollte da der erste Zug ankommen. Die Dorth stand mit dem Vetterlein am Fenster der Kniestockstube. So hatte es ihr auch der Kamper geraten. Sie standen da und warteten. Unten vorm Hause machte sich der alte Rosenzweig zu schaffen. Die Wirtsstube war brechend voll.

Um dreiviertelzehn traten alle Gäste heraus auf die Straße. Auch die dicke Annelies Brabender erschien in der Haustür. Das mußte sie doch auch sehen, obschon sie längst nicht mehr neugierig war.

Plötzlich gab's einen dumpfen, rollenden Ton – fern

und gedämpft, ohne daß etwas zu sehen gewesen wäre – die Dorth sah dann die Lokomotive zuerst – und richtig, scharf fuhr sie auf die „schöne Aussicht“ zu – dann ein Pfiff, der seltsam übers Tal hinrollte und hart in den Ohren gellte – der alte Rosenzweig hielt sich beide Ohren zu – der Zug wendete und bog über den „hohen Damm“. Alle schrien auf. Wie er die Biegung machte, schien's, er schwanke und müsse die steile, hohe Böschung herunterstürzen. Aber er fuhr den Bogen schön aus – und gerade auf der Höhe der „schönen Aussicht“ tat die Lokomotive einen zweiten Pfiff mit einem schwächeren Nachschlag – der Kamper hatte das alles so vorausgesagt – das Signal für die Station – die Fenster klirrten und der Boden zitterte, die Maschine fauchte – weißer, fetter Rauch zog übers Land hin – und die Räder ratterten – dann sah man die letzten Wagen zwischen den ausgegrabenen Böschungen verschwinden.

Drunten gab's ein Stimmendurcheinander.

Die Dorth und der Vetterlein hörten oben, wie Leute, besonders ältere, sich verschworen, nie in der Eisenbahn zu fahren, weil das über den „hohen Damm“ zu gefährlich sei – andere wollten's erst recht wagen.

Nun konnte man auch darüber sprechen, wie der Zug ausgesehen hatte.

„Was hat denn auf dem Schild gestanden, das vorn auf der Lokomotive war? Konnten Sie's genau sehen?“ fragte die Dorth den Vetterlein.

„‚H. L. B. G.‘ – die Anfangsbuchstaben von ‚Hessische-Ludwigs-Bahn-Gesellschaft‘ – und drunter ‚Glück auf!‘“

„Haben Sie gesehen, wie die Maschine bekränzt war?“

„Die Wagen auch.“

„Besonders der feine gelbe.“

„War der Hofwagen – Kamper hat mich drauf aufmerksam gemacht“, erklärte der Vetterlein. „Man hat vermutet, Prinz Ludwig und seine Gemahlin, die Prinzessin Alice, werden die erste Fahrt mitmachen. Sonst nur der Verwaltungsrat, die hohen Beamten, Vertreter der Regierung, Kreisrat und Oberbürgermeister von Mainz, ein hoher Militär und dann die Aktionäre, die den meisten Einfluß haben."

Auf dem Ebersheimer Berg knallten die Böller.

„Richtig also, der Prinz und die Prinzessin sind wirklich im Zuge. Jetzt ist das Hoch ausgebracht worden. Schade, die Prinzessin Alice hätte ich gerne gesehen, sie muß eine gute Frau sein – sie hat schon viel Gutes getan", sagte der Vetterlein.

„Siebzig? für die Verwundeten?" fragte die Dorth.

„Siebzig auch, aber immer, auch jetzt noch. Man sieht's übrigens an ihrem Bilde, daß sie gut sein muß. Betrachten Sie nur mal ihr Bild drunten in der Wirtsstube."

„So? Sieht man das? – Bin ich gut?"

Sie errötete ein wenig beschämt.

„Sie? Wenn Sie gut sein wollen."

„Aber Sie sind gut – jetzt seh ich's Ihnen am Gesicht an."

Er lächelte.

„Gott ich – bei mir ist das schon mehr etwas anderes, Dorthchen."

Die Böller knallten wieder. Dann ein Pfiff. Hu, wie der übers Land rollte! Und das Poltern, das hinterher kam, und hinter den Häusern breit aufsteigender, schwarzer Rauch, der den Himmel verdeckte.

„Und das jeden Tag so?" fragte die Dorth.

„Jeden Tag, natürlich."

„Wie schön war's früher."

Hinten sah man den Zug laufen – gerade, wo er an der Eulenmühle vorbeibog.

„Es war so schön still gewesen draußen an der Eulenmühl, früher.“

„Entwickelung, Dorthchen – was fragt die nach schön und still. Die fragt nur nach dem, was notwendig ist.“

„O Gott – das sagen Sie auch?“

„Wer sagt das noch?“

„Kamper.“

„Es ist richtig.“

„Daß auch Sie das sagen! Nein, von Ihnen hätt ich das nie gedacht – nie, nie. Mir will das nit in den Kopf hinein, so viel ich mich auch abquäl.“

Der Vetterlein schlug ihr ein paar Mal leicht auf die Schuler.

„Beruhigen Sie sich, Dorthchen, das kommt ganz von selbst. Das ist so stark, daß es ganz von selbst kommt.“

Unten an der Stiege stieß der alte Rosenzweig zu ihnen.

„Na – hast du's gesehen, Dorth? Das hat uns dein Kamper beschert. Merci für so ein Spektakel.“

„War's der nicht, war's ein anderer, Herr Rosenzweig“, begütigte der Vetterlein.

Der Alte ging knurrend an ihnen vorüber.

Daß der Kamper ihr das einmal gesagt hatte: abends vom Fenster aus zu sehen, wie der Zug da oben sichtbar wurde, ehe er auf den „hohen Damm“ einbog. Seit dem zweiten September war regelmäßiger Zugverkehr. Der letzte Zug aus Mainz kam abends um neun. Gleich am ersten Abend hatte die Dorth oben am Fenster gestanden und hatte hinausgesehen. Plötzlich brennen zwei große Lichtaugen aus dem Nachtdunkel und stieren das Haus an und fahren direkt darauf zu. Es ist, als ob man ihnen entgegenstürzen müßte – dann der Pfiff – und sie biegen ab. Wegen des „hohen Dammes“ ist die

Dorth ganz sicher, da hat sie der Kamper ganz sicher gemacht. Einmal hat sie auch den Frühzug kommen sehen – es war fast noch unheimlicher – er war mehr mit dem Nebel verwachsen – man sah nicht nur die weißen Lichtaugen – man sah noch einen Schatten von dem dunklen Körper, der ihnen nachglitt. Es lief der Dorth kalt über den Rücken – die Augen wurden ihr groß und heiß.

Die Kirchweihwoche.

„Ich hab kein Spaß an der Kerb diesmal", sagte der alte Rosenzweig.

„Ich auch nit, Vater. Ich weiß nit, 's ist uns was verdorben, ist mir's."

„'s ist dein Hochzeit."

„Nein, 's ist die Bahn."

„Kein Mensch wird zu uns komme."

„Auch gut, verhungern tun wir deshalb nit."

„Weißt du was, Dorth – wann du 'nüber zu 's Goschels gingst – die Marie tät uns am End helfen – nur an der Kass'."

„Na ja. Wenn aber kein Leut kommen?"

„Für alle Fäll. Und grad, wann kein Leut komme, dann ist's doch nit ein wildfremder Mensch – und die Marie geht wieder heim, wann nix zu tun ist. Extra austragen wird die ei'm doch nit."

Die Marie sagte zu.

Ihre Ausstattung hatte die Dorth die ganze Zeit liegen lassen – sie hatte auf einmal nicht mehr gekonnt. Auch das schöne „Gebild", das die Mutter bei ihrer Aussteuer gehabt hatte, davon heute noch die Leute erzählten, konnte sie nicht verlocken. Dann waren auch die Vorbereitungen für die Kirchweih dazwischen gekommen. Kuchen, Braten, Würste, Hähnchen, Enten, Schinken, die Brote – dafür hatte sie all zu sorgen.

Gewiß hätte das die Annelies allein machen können – aber die Dorth wollte ihr kein gut Wort geben.

Ihre Beine trugen sie fast nicht mehr. Manchmal war ihr, sie bekomme einen Schwindelanfall. Und doch war ihr auch, sie möchte am liebsten laufen, nur immer laufen, um keinen Mensch sich kümmern, grad in die Welt hinein – immer weiter, unaufhörlich. So war ihr immer, wenn sie innerlich auseinander geraten war; dann war ihr, es gäb keine Ruh mehr für sie, und sie müsse anfangen zu laufen. Nur zu laufen. Die Welt ging mit ihr herum, und sie mußte sich hinsetzen von Zeit zu Zeit. Die Annelies ging ein paar Mal an ihr vorbei und wollte ihr helfen – aber sie hatte auch ihren Kopf, sie tat ihr nicht die Gönn an, sie anzureden.

Der Kamper wurde nach Mainz beordert. Jeden Tag war er in letzter Zeit die ganze Strecke, die er gebaut hatte, abgegangen – es war kein Grashalm gewachsen, den er nicht beachtet hätte. Daß er nun nach Mainz beordert war, das war doch wohl, weil er zum Oberingenieur ernannt werden würde – es war so gut wie sicher. Den ganzen Tag war die Dorth allein – und sie wußte nicht, war ihr freier oder war ihr enger. War ihr leichter oder schwerer? Es war ihr beides – es kam nur darauf an, woran sie dachte.

Nun konnte sie auch nichts mehr arbeiten. Sie sank geradezu zusammen. Endlich entschloß sie sich, zu der Annelies zu sagen: „Annelies, mach du's. Ich kann nit mehr – ich weiß nit – ich muß was in mir haben – ich glaub, ich werd krank."

Die Annelies hatte ein gutes Herz. Sie nahm ihr alle Arbeit ab. Sie triumphierte aber auch heimlich ein bißchen, daß ihr die Dorth doch noch das gut Wort hatte gönnen müssen.

„Schon dich, Dorth – brauchst dir kein Sorg zu machen, ich bring schon alles in die Reih."

War leicht zu sagen: schon dich!

Die Annelies war geschäftig, daß ihr der Speck wackelte. Der Kamper schrieb, daß er zum Oberingenieur ernannt sei und daß er noch ein paar Tage zurückgehalten werde, eines neuen Projektes wegen, das sehr schwierig sei: eine Bahnlinie durch den Odenwald, dazu ein sehr gewagter Viadukt notwendig sei.

Er blieb am Ende über die Kirchweih weg?

In die Dorth kam etwas, wie eine Lust. Das war wie ein großes, freies Atemschöpfen. Sie konnte sich nicht helfen – aber es zog ihr durch alle Glieder. Sie konnte die Musik nicht abwarten. Noch einmal tüchtig tanzen – die drei Tage lang – alle Tänze, die drei Nächte durch. Dann konnte die Hochzeit sein – in Gottes Namen. Na ja, in Gottes Namen.

„Annelies, ist alles in der Reih?"

„Nit 's Untätchen, das fehlen tät", antwortete die Annelies stolz.

Die Dorth belebte sich wieder.

„Kerbekuchebackesamstag" – sie tat nichts – sie schrieb nur die Kuchenzettel, die auf die Kuchen kamen, damit der Bäcker wußte, wem sie gehörten. Aber sie war frisch. Sie trällerte vor sich hin. Sie klappte mit den Absätzen und setzte zierlich die Fußspitzen.

Es war doch gut, daß es einmal Kirchweih war im Jahr, daß man sich austoben konnte.

Und nun war der „Kerbesonntag" da.

Nun war der Saal blank – nun war alles nur ein Erwarten – nichts im ganzen Hause, das der Kirchweihputz nicht um- und umgewendet hätte, die Kochtöpfe in der Küche waren blankgeputzt und schienen auch nur drauf zu warten, auf den Herd gesetzt zu werden. Und erst die Annelies, sie stand da, die Arme in die Seiten gestemmt, und leckte sich die Lippen. Ihr Doppelkinn glänzte, und aus den aufgeschürzten Ärmeln prangten die dicken

Arme in ihrer ganzen speckigen Rundung hervor. Ihre weiße Schürze aber umspannte straff den hochgewölbten Leib und gebot Achtung, wie der Hermelin eines Herrschers. Der Herd war angezündet – der Schweinebraten, der Rindsbraten, der Kalbsbraten, sie standen schon bereit in den Brätern. Die Bratwürste hatte die Annelies roh versucht, wie sie gewürzt waren: der Solms hatte sie fein gemacht diesmal – sie gaben guten Durst, ohne zu scharf zu sein. Es sollte ihr nur einer kommen und was auszusetzen haben.

Der alte Rosenzweig ließ sich nicht viel sehen, wenn so etwas los war im Hause.

An der Kasse saß die Marie, die nun respektvoll von allen Leuten Frau Goschel genannt wurde.

Dann fuhren die ersten Wagen vor: Klein-Winternheimer, Ober-Olmer, Essenheimer, Stadecker, die ankamen. Lauter alte Kirchweihstammgäste. Wenig Leute aus dem Dorfe.

Oben raste der Mainzer Zug vorbei – er war gekeilt voll. Dann läutete es „Gebet" – und noch ein halb Stündchen, da war's drei Uhr.

Punkt drei schmetterte das Jeanchen seine Trompete. Er ganz allein – das Signal zum Anfang. Erst groß und pathetisch, dann luftig und leicht – Läufe und Triller drin – und dann, mit der Trompete am Munde zu den anderen Musikanten hin den Takt nickend, begann er den Eröffnungswalzer, und Baß und Klarinette, Violine und Althorn fielen ein. Wer zuerst tanzte, das war die Dorth. Und wer mit ihr tanzte, das war der Stationsvorsteher, der neu ins Dorf gekommen war.

Sie mußte etwas Besonderes an sich haben für Fremde – denn es durfte nur ein Fremder kommen, sein Auge fiel auf die Dorth.

Der Stationsverwalter war aus Bingen – ein rheinisch

lustig, leichtes Blut, ein echtes „Binger Lüftchen“, und die Dorth tanzte wie eine Feder.

Und er tanzte mit heftigen Bewegungen – nicht ruhig, gleichmäßig und still – gefühlvoll wie der Vetterlein. Das war aber der Dorth gerade recht. Sie hüpfte gern mal und ließ sich gern mal in einem großen Schwung mitnehmen.

Sie war wie ausgewechselt.

Mit ihr tanzte die Welt. Alles Zurückgehaltene in ihr war losgebrochen – es stürmte in ihr. War sie wieder das echt rheinhessische Mädchen von früher – oder war alles übertriebene Ausgelassenheit und Verzweiflung?

Aber nicht denken – über ihr war keine Peitsche – und sie war nicht an Zügeln – und sie war daheim – daheim mit allen Gedanken und Sinnen und Gefühlen – den heimischen Boden unter den Füßen und fest und sicher auf ihm, verwachsen mit ihm und glücklich dabei. In dem alten Daheim, dem ihr ganzes Sinnen und Trachten, ihre ganze Jugend gehört hatte. Alles, was sie erlebt hatte, und alles, was ihr lieb gewesen war. Alles, was ihr leid war – ja, das auch – und das wie Glocken war, die übers Feld ziehen, mittags, wenns ganz still ist. In dem Daheim ihrer Mutter und ihres Vaters – und des Jörg-Adam – wo man ausgelassen war und übermütig, neckisch und leichtsinnig, froh und sorglos und gedankenlos. Auf einmal glücklich. Und sie tanzte. Keine Pause während der Tänze – und keinen Tanz versäumen. Walzer, Schottisch, Rheinländer, Mazurka, Galopp – alles ganz egal – sie tanzte jeden Tanz mit der gleichen Hingebung, in dem gleichen wilden Sturme. Es war alles Bewegung und Takt in ihr – alle Muskeln zitterten, alle Nerven hüpften, und das Blut sprang in den Adern.

Gegen Abend streckte der alte Rosenzweig einmal den Kopf zur Saaltüre herein.

Die Gäste waren ihm treuer geblieben wie die Zeiten. Es war besetzt – und schon hatte man angefangen, Essen zu bestellen. Was er gemeint hatte, daß es eine schlechte Kirchweih werden würde, das war nun doch eine gute geworden, und die Marie konnte kaum allein die Kasse bewältigen. Die Dorth hätte ihr helfen sollen – aber die Dorth war nur eine Narretei heute, und es war nichts mit ihr anzufangen. Mochte sie in drei Teufels Namen toben, ihren „Stußkopp" durchsetzen. „Die Kränk hat sie ein", knurrte der Rosenzweig, „und der Eisenbahnkerl hat ihr noch ganz den Kopf verdreht. Sie soll aber haben, was sie will; sie wird schon kriegen, was sie gewollt hat." Nun kamen auch die Mainzer. Es ging schon gegen Abend. Es war halt doch noch ein Renommee, was die „schöne Aussicht" hatte – und wenn einer sagte: wir gehen zum alten Rosenzweig, so war das dasselbe, als wenn er gesagt hätte: wir wollen einen guten Schoppen trinken und was Gutes essen.

Gut essen und trinken aber, das geht dem Rheinhessen über alles.

„Mag sein, wie's will – eine gut Küch und einen guten Keller – und da möchten noch zehn Bahnen gebaut werden, die ‚schöne Aussicht' hält sich doch", triumphierte der Rosenzweig.

Die Dorth hatte gespäht, ob der Kamper nicht gekommen sei. Sie hatte ihn nicht gefunden, er war wohl nicht da. Ob er tanzen würde, wenn er da wäre?

Ja, der und tanzen! Nein, der tut's gewiß nicht. Viel zu steif und würdig, viel zu vornehm. Abgezirkelt wie ein Amtsrichter.

Pfui, war sie ein garstig Ding – und gar kein Respekt, gar nit! –

Sie trat wieder zum Tanze an.

Auf einmal stand der Vetterlein im Saale.

„Tanzen wir einen?" fragte die Dorth.

„Zu alt", sagte der Vetterlein.

„O mein, gehn Sie, vor ein paar Jährchen, wissen Sie noch?"

„Ja, so ein paar Jährchen – das kann aber auch lang her sein. Und der Herr Bräutigam?"

„Er ist in Mainz. Entweder macht er sich aus der Kirchweih nichts, oder er hat etwas zu tun, so daß er nit fortkann. Schließlich ist er ja ein Leimsieder gegen uns Leut hier."

„Na, na", drohte der Vetterlein mit dem Finger, „am Ende sollten Sie als Braut doch nicht so viel tanzen, Dorthchen – es könnte ihm nicht ganz recht sein – und ich glaub, es ist auch unrecht von Ihnen."

„Ich bin Wirtstochter."

„Ja, ja – aber – –"

„Ach, aber – Sie sind auch ein Mensch wie ein Stück Holz."

Damit war sie weg – und gleich darnach sah sie der Vetterlein im Tanze schweben. Der Machetti, der mit dem Dalma als den einzigen Italienern, die dauernd an der Strecke beschäftigt wurden, im Dorf geblieben war, tanzte ein Solo mit ihr, mit allen graziösen Bewegungen des Italieners und gelegentlichen Wildheiten. Und gerade, als sie zierlich sich drehten und die Arme einander hoben, leise schwebend in dem tragenden Takte des Walzers, Arme und Oberkörper auf den Wellen der Melodie wiegend, warf der Machetti den Kopf in die Höhe und nickte dem Jeanchen oben auf seinem Orchester zu – da ging die Musik in einen Galopp über – und so, wie nun die beiden rasend herumwirbelten, hatte noch niemand zwei tanzen gesehen.

Die Zuschauer klatschten Beifall.

„Eviva italiano!" machte sich ein Mainzer ein Scherz zu rufen.

Der Italiener horchte auf – dann verbeugte er sich mit königlicher Grandezza, um dann mit feierlichen Schritten zu seinem Platz zu schreiten.

Die Dorth war wieder bei dem Vetterlein.

„Ich kenne Sie ja fast nicht wieder, Dorthchen. Es ist ja unheimlich. Tun Sie's nicht, ich bitte Sie."

„Ach was!" sagte sie übermütig, „ich will jung sein und mein Leben genießen."

„Sie werden's bereuen."

„Gut, dann bereue ich's – aber ich hab dann doch genossen. Einmal ist immer."

So tanzte sie den Abend weiter.

Dann hörte man den letzten Zug aus Mainz draußen vorbeirauschen. Es war nun die Stunde, in der gegessen wurde. Auch die Musikanten pausierten. Die Dorth rührte nichts an, keinen Bissen. Aber ein Glas Wein leerte sie mit einem Zuge.

„Noch einmal gilt's heut: daheim ist daheim", sagte sie zum Vetterlein.

„Man ist daheim, wo man liebt", entgegnete der.

Sie besann sich.

„Wissen Sie was – ich glaub – man kann nur lieben, wo man daheim ist."

Ihre Blicke, schien's dem Vetterlein, waren verwirrt. Er behielt sie fest in den Augen.

Sie erfaßte seinen Blick und erschrak.

„War das dumm, was ich gesagt hab?" fragte sie.

„Dumm? – Vielleicht unrecht. Sie sind aber entsetzlich aufgeregt, Sie müssen sich beruhigen, Dorthchen. Übrigens – es steht heut morgen im ‚Mainzer Tageblatt' – Kamper ist Oberingenieur geworden, er wird den Bau des Himbächelviadukts leiten – Sie werden's schon wissen – das soll eine ungeheure Leistung geben – weit schwieriger als der ‚hohe Damm' hier. Im Odenwald da hinten."

Die Dorth erwiderte nichts. Und eben begann die Musik.

Sie sprang in den Saal.

Ihr war, zwei brennende, große, gräßliche Augen stierten sie an. Sie waren so nahe, daß sie nach ihnen hätte schlagen können.

Sie tanzte, und die Augen tanzten mit ihr. Wie sie sich auch drehte, sie stierten auf sie. Unentrinnbar stierten sie auf sie.

Da war's ihr auf einmal, sie müsse einen Schrei tun – als ob ein Unglück geschehen sei.

Der Tanz war aus – sie spürte den Boden nicht mehr unter den Füßen – alles um sie herum schwankte. Auf und nieder gingen die Menschen, der ganze Tanzsaal schaukelte.

Neben dem Vetterlein stand der Kamper. Er war mit dem letzten Zuge gekommen – nur für diese Nacht – andern morgens in der Früh mußte er wieder nach Mainz – die Arbeit an dem Viaduktprojekt hielt ihn ganz in Atem.

Die Dorth wollte einen Schrei tun. Die Kehle war ihr wie zugeschnürt. Ihr war's, sie müsse fliehen – und doch war sie wie an Ketten angebunden. An Ketten, wie ein Pferd an der Leine. Und an den Ketten zog er – er zog sie zu sich hin – und sie wollte doch fliehen. Sie wankte auf ihn zu und stürzte ihm an die Brust. Auf einmal war ihr alles so hell und klar, wie wenn ein Blitz durch sie hindurchgefahren wäre.

„Ich kann doch nicht", stöhnte sie, in seine Arme sinkend.

Der Kamper sah, wie es um sie stand.

Nun aber kein Aufsehen weiter vor den Leuten. Man begann so schon, sich um sie herum anzusammeln.

Er richtete sie auf und führte sie weg, und der Vetterlein half sie stützen. Es gab kein Bedenken und Besinnen bei ihm, kein Fragen und kein Zaudern.

Die Wirtsstube unten war voll von Gästen – so mußte man sie hinaus in ihre Stube bringen.

„Ihre Stube!" rief er im Hausgang.

Die Annelies sprang aus der Küche.

Sie brachten auch weiter die Dorth die Stiege hinauf. Der Kamper tat alles ohne Aufregung, umsichtig, ruhig.

„Holen Sie rasch Wein und Essig, Herr Vetterlein", bat er oben.

Die Annelies öffnete die Stube der Dorth.

Der Kamper legte sie sanft auf ihr Bett hin. Dann trat er einen Schritt zurück und sagte zur Annelies: „Bitte, machen Sie ihr den Hals und die Brust auf, sie muß Luft haben."

Die Annelies tat's und deckte dann der Dorth ein leichtes Tuch über.

Der Vetterlein kam mit Wein.

Die Annelies rieb der Dorth die Schläfen ein wenig – sie atmete bald in ein paar tiefen Zügen – dann hielt ihr die Annelies den Wein an die Lippen und flüsterte ihr zu, einen Schluck zu nehmen. Die Dorth tat einen gierigen Zug.

„Sie hat wie verrückt getanzt", sagte die Annelies, „das kommt davon – aber jetzt muß ich in mein Küch."

Sie ging, und die beiden Männer blieben.

Die Dorth gähnte tief und krampfhaft.

Als sie darnach die Augen aufschlug, sah sie den Kamper, und es war ein tödlicher Schreck in ihrem Blick.

„Ich kann nicht", stöhnte sie – und „ich kann nicht", wiederholte sie nach einer Weile.

„Verhalte dich ganz ruhig, Kind", bat der Kamper, „es wird bald vorübergehen."

„Beruhigen Sie sich, Dorthchen", gab der Vetterlein gute Worte, „'s ist nichts weiter."

„Ich kann nicht!“ stöhnte die Dorth nach einer Weile wieder.

„Was kannst du nicht, Kind?“ fragte der Kamper.

Aber sie wiederholte nur:

„Ich kann nicht – nein, ich kann nicht.“

Sie hatte dabei die verwirrten Augen, die den Vetterlein geängstigt hatten; aber nun waren sie mehr wie verwirrt, nun waren sie lauter Verzweiflung. Es wagte keiner mehr zu fragen; aber dem Vetterlein schlug bang das Herz: er meinte sie verstanden zu haben. Doch wie sollte er helfen können?

Nach einer Weile nahm der Kamper ihre Hand.

„Freust du dich nicht, Kind, daß ich richtig zum Oberingenieur ernannt worden bin – und daß ich den Viadukt im Odenwald zu bauen habe? Es ist eine Aufgabe, wies kaum noch eine bis jetzt in Deutschland gegeben hat“, und seine Stimme hatte nun einen Klang, den auch der Vetterlein noch nicht bei ihm vernommen hatte. Es war sein Herz, das flehte. Aber sie blieb stumm.

Im Hause hatte es keine Störung gegeben, der Tanz war weiter gegangen – nur der Annelies waren ein paar Hähnchen ein bißchen dunkel geworden.

Die Dorth schien zu schlafen.

Die beiden Männer entfernten sich.

Sie schlief aber nicht, sie war nur sehr matt. Sie war zum Sterben matt. Und sie sah beständig die furchtbaren Glühaugen, die sie anstierten.

Die Lokomotive, die auf ihr Haus zuraste.

Aber dann auch wieder: groß, übermäßig groß, die Augen vom Kamper, die einen so zwingen konnten, wie wenn man einen Hund ansieht, daß er kuscht.

Sie wollte schreien – aber sie hatte das Bewußtsein, daß sie das nicht dürfe. So bezwang sie sich und verhielt sich ruhig.

Die Tanzmusik tönte gedämpft herauf – sie war wie eine warme wohlige Luft, die einen umweht – dann klangen – es schien nach langer, langer Zeit – Tritte, zwei Männer traten an das Bett.

„Sie schläft“, sagte der Vetterlein.

„Ja, sie scheint zu schlafen“, bestätigte der Kamper – „es war wohl ein bißchen viel für sie in letzter Zeit.“

„Es ist mir, ich weiß nicht wie“, erwiderte leise der Vetterlein, „es ist mir bang um sie.“

„Sie ist doch aber so ein gesunder Mensch – von einer so prachtvollen Gesundheit.“

„Ja, ja – aber gerade, weil sie so gesund ist.“

„Ich meine immer noch – es kann ja nichts weiter sein.“

Dann gingen sie sacht hinaus – und bald darnach wurde die Musik still.

Die Dorth richtete sich auf. Der Tag begann zu grauen. Noch schwebte und schwankte die Welt – und wenn sie die Augen schloß, war es ihr, sie werde an die Decke gehoben. Sie faßte mit aller Willenskraft fest einen Punkt ins Auge, ihre Blicke klammerten sich förmlich an das Fensterkreuz an, damit sie das Gehobenwerden und An-der-Decke-schweben nicht wieder zu fühlen habe.

Dann erhob sie sich. Sie hatte nun Kraft. Auf den Zehen schlich sie hinaus, die leichten Tanzschuhe in der Hand. Die Stiege knarrte ein wenig – aber das Haus blieb still.

Im Hofe sprang Treff auf sie zu, leckte ihr die Hand und blickte mit großen Augen zu ihr auf. Sie streichelte ihn und glitt an ihm vorbei, ohne ihn anzusehen.

Sie trat vors Tor, sie zog die Schuhe an – dann ging sie den Feldweg hinauf zum Damm. In ihren Füßen war noch ein Nachzittern vom Takt des Tanzes. Sie schritt die Strecke hin, nach dem Viadukt zu. Der erste Zug von

Mainz mußte bald kommen – es mußte die Stunde sein. Vor ihr waren die feurigen Augen.

Mit ausgebreiteten Armen schritt sie ihnen entgegen. Ein Fauchen und Rollen, das fernher tönte. Und da waren sie wirklich, weit da vorn. Nun lief sie. Sie lief ihnen entgegen mit ausgebreiteten Armen. Ein Pfiff, der die Luft durchschnitt.

Sie war am Viadukt angelangt.

Ihr Name war an ihr Ohr geschlagen – der Pfiff hatte ihn verschlungen.

Und doch –

Ein Schrei brach auf ihren Lippen – zwischen Erschrecken und Erwachen ein wunder Schrei.

Mit einem Ruck wurde sie zur Seite gerissen.

„Dorth!"

Der Zug brauste vorbei.

Die Sinne vergingen ihr.

Zwei Körper überschlugen sich und rollten den Abhang hinab.

Der zweite Pfiff des Zuges schnitt in die Stille des Morgens, der noch von der müden Nacht träumte, nachdem er ihrem Arm entglitten war.

Das Dorf und alle Häuser schliefen. Auch dem Goschel sein Haus schlief noch. Aber einer war längst auf gewesen. Der Kamper hatte sich in seinen Kleidern aufs Bett gelegt gehabt, den Frühzug nicht zu versäumen. Er hatte sich vorgenommen, rechtzeitig genug fortzugehen, um noch einmal in der „schönen Aussicht" nach der Dorth fragen zu können.

Und wie er eben aus dem Hause trat, sah er sie den Damm entlangeilen, dem Zuge entgegenlaufen, der eben sein Bremssignal gab.

„Dorth!" hatte er geschrien, mit aller Kraft des Schreckens und der Verzweiflung – und von der furchtbaren Aufregung getragen, war er den Damm hinaufgesprungen und hatte sie vom Geleise gerissen, gerade, wie sie die Brücke des Viadukts betreten wollte. Sich überschlagend waren sie den Damm hinuntergekugelt, scharf an der Grenze, wo der Viadukt gemauert war, und mit beiden Armen umschlungen hielt er ihren Kopf, ihr Gesicht gegen seine Brust, damit sie nicht verletzt werden konnte.

Der Kamper war aufgestanden – es rann ihm ein wenig Blut über die Stirne, die von Steinen und Stoppeln geritzt war. Sonst war ihm nichts. Vor ihm lag die Dorth, bewußtlos, mit geschlossenen Augen, kaum atmend. Er beugte sich zu ihr nieder und horchte an ihrer Brust auf den Herzschlag. Er vernahm deutlich den Schlag.

„Gott sei Dank!" flüsterte er.

Dann, ohne sich erst nach einer Hilfe umzutun, trug er sie in des Goschel Haus – und, obgleich ihm einen Augenblick Bedenken kamen, entschloß er sich doch, sie in seine Stube zu schleppen und auf sein Bett zu legen.

Er saß still an ihrem Lager und hielt ihre Hand.

Er war so erschöpft, daß er nichts denken konnte. Er saß stumpf und hielt die Hand und spürte nur den Pulsschlag.

Dann rauschte nach einer langen Weile der Zug oben vorbei, mit dem er hatte fortfahren wollen und auch hätte fortfahren müssen.

Das brachte ihn zur Besinnung. Er dachte nach, was geschehen war, in welcher Situation er mit der Dorth hier war.

Was war in ihr vorgegangen – war es im Irrsinn oder in der Verzweiflung geschehen, daß sie dem Zuge entgegengestürzt war?

Niemand hatte sie gesehen – auch der Bahnwärter oben wohl nicht. Sonst hätte er vielleicht doch noch ein Signal geben können.

„Wo bin ich?“ fragte mit matter Stimme die Dorth.

„Bei mir, Dorth!“ sagte er, und nie hatte in dem Namen „Dorth“ so viel Liebe und Mitleid gelegen, von keinem Munde noch war ihr so viel zärtliche Liebe und schmerzliches Mitleid entgegengeklungen.

„Kamper?“ hauchte sie.

„Ja, Dorth!“

„Ach Gott!“ – und dann nach einer Weile – „mir ist's wie ein Traum.“

„Bleibe ruhig, Dorth.“

„Ja – ich will ruhig bleiben.“

Er strich ihr weich über die Stirne.

„Kind, Kind – du wirst nicht krank werden?“

„Nein, ich werde gesund werden, Kamper, du mußt nur –“

Sie hielt inne, und auf ihrem Gesichte malte sich Entsetzen.

Er verharrte ruhig.

„Willst du etwas, Dorth?“

„Wasser!“

Daß er daran auch nicht früher gedacht hatte. Er goß aus der Flasche, die auf seinem Tisch stand, ein und reichte es ihr.

Sie trank nur wenig.

„Ich bin bei dir, Kamper?“

„Ja – in meinem Zimmer. Bleibe aber nur ruhig“, bat er.

„In deinem Bett?“

„Auch – aber laß es dir nicht nahe gehen.“

„Und du hast mich vorm Zuge weggerissen?“

„Ja. – Du hast gewußt, was du tust?“

„Ich wollt's ja.“

„Du hast's gewollt? Kind!“

„Ich kann nicht, Kamper!“

Das waren die gleichen Worte wie gestern abend. Und auf einmal fiel es ihm wie ein Schleier von den Augen. Er sah plötzlich klar den Zusammenhang, den bitteren, furchtbaren Zusammenhang. Es ging ihm ein Schnitt durch, aber er faßte sich. Er wollte deutliche Gewißheit haben. Drum fragte er – und er empfand die Frage fast grausam:

„Was kannst du nicht, sage es mir offen!"

Die Dorth hörte jetzt mit feinen Ohren. So weich, so lieb hatte er noch nie zu ihr gesprochen.

Sie sah ihn mit großen, traurigen Augen an. Was sie ihm an Liebe geben konnte, was sie ihm je im Leben an Liebe hätte geben können, das gaben ihm jetzt ihre Augen, in deren Glanz ein Nachzittern der ausgestandenen Aufregungen, physischer und seelischer Schmerzen war, und eine unendliche Traurigkeit, wie sie nur in Frauen- und Kinderaugen liegen kann. Wie um ihm alles zu geben, was sie ihm zu geben hatte, was sie für ihn in ihrer Seele frei hatte, blieb sie lange still und ließ lange ihren Blick auf ihm ruhen.

Es zog ihm warm durch die Seele, und er drückte leise ihre Hand. Mehr wagte er jetzt nicht.

„Dorth!" sagte er.

Da gingen sachte die offenen Lädchen zu, da wich der weiche, seidene Glanz aus ihren Augen. Tränen füllten sie.

„Was kannst du nicht, Dorth, sage es mir offen, ich bitte dich!" wiederholte er. „Ich werde dir gewiß helfen, wenn ich dir helfen kann. Es soll an mir nicht fehlen, das verspreche ich dir."

„Ja, ich will dir's sagen, Kamper – und ich kann dir's sagen. Und du weißt dann, warum mir das Leben leid war. Nun hab ich dir das Leben zu danken, sei mir nit bös – gelt, sei mir armem Menschen nit bös, wenn ich dir's sag, ich kann ja nit anders."

Sie richtete sich auf.

„Es war zu viel die Tage – und ich hab nit aus und ein gewußt. Siehst du, Kamper, du hast mich genommen – und ich hab ja sagen müssen, wie du gefragt hast, ob ich dein Frau sein wollt – und du hast ja auch voraus gewußt, daß ich ja sagen tät – du zwingst einen ja so, und 's kann dir nichts widerstehen – aber nun kann ich nit. Das ist's, was ich dir sagen muß – und was ich dir nit hab sagen wollen – und auch nit hab sagen können – und ich wär ja dein Frau geworden, wie du's gewollt hast – aber ich kann nit. Ich kann nit, Kamper, meiner Seel – und wenn's mein Leben kost – ich kann nit."

Er blieb stumm.

„Arme Dorth!" sagte er nach einer Weile.

Sie faßte mit beiden Händen seine Hand.

„Kamper – du bist nit schuld und ich bin nit schuld. Wir sind alle beid nit schuld – es ist nur einmal so. Es ist wie Feuer und Wasser – ach, Gott, ja – und siehst du, die können nit zusammen kommen. Und wir sind so anders – du bist so anders wie ich und ich so anders wie du. Dafür können wir alle beid nichts."

Er wollte sagen, daß er das nicht so gefühlt habe, daß er nicht so darnach gefragt habe, daß das nur so in ihr liege und daß es ihm fremd sei. Aber er sagte es nicht, weil er dachte, er könne sie damit kränken.

„Auf einmal hab ich gewußt, was es ist, auf einmal, wie du fort warst und wie ich getanzt hab. Da hab ich auch gewußt, wie unglücklich ich gewesen bin – und dann hat's mich gepackt – und ich hab mir nit mehr helfen können – und 's war, als tät ich einen Berg auf mir tragen – als hätt ich Ketten an Arm und Bein – bis ich aufgestanden bin – und ich hab ja auch beständig die zwei Lichter von der Lokomotive gesehen, wann ich nur an dich hab denken müssen – und da bin ich auf den Damm gelaufen und wär gern gestorben, wenn du mich gelassen hättst."

Sie war erschöpft.

Sie verdeckte ihr Gesicht mit den beiden Händen.

„Wenn du mich nur gelassen hättst, Kamper, ich hätt ja gern nit mehr leben mögen."

Er legte ihr beide Hände auf den Scheitel – und seine scharfen, strengen Augen wurden milde und sanft. Sie waren nun voller Traurigkeit.

„Dorth – verzeih mir – daß ich dir das habe antun müssen, du armes Kind!"

Sie neigte den Kopf auf die Brust unter seinen warmen Händen, aus denen es auf sie strömte wie lauter Ruhe und Güte, wie Sonntag und Glück.

„Ich habe dich nicht gekannt – ich habe mir nicht Mühe gegeben, dich kennen zu lernen. Ich habe dich genommen – du hast recht, wenn du das sagst – man soll aber keinen Menschen nehmen, der sich einem nicht gibt. Ich hätte dich erst gewinnen sollen."

Er trat ein wenig zurück.

Sie ließ die Hände sinken und schlug groß die Augen zu ihm auf.

„Kamper", bat sie, „du sollst nit so gut sein zu mir, ich hab's ja nit verdient – und ich will alles aushalten, alle Straf und Schand, aber das halt ich nit aus."

„Du kannst dich mir nicht geben, Dorth – ich werde dich nicht nehmen. Und ich werde nicht böse sein, sei es auch mir nicht. Du bist gut – und ich habe alle Schuld. Und nun lebe wohl! Du wirst ganz gesund werden, wirst dich ganz erholen. Alles wird dann wieder gut. Ich habe meinen Beruf und meine Arbeit. Es gibt Menschen, die nicht mehr haben können, die nicht mehr dürfen haben wollen. Ich bin so einer. Das habe ich nun bitter erkennen müssen – und habe dir dabei Leid zufügen müssen. Es ist nicht mehr zu ändern. Du mußt das vergessen und mußt mich vergessen – und ich gebe mich drein."

Er nahm ihre Hand und küßte sie heiß.

Seine Gestalt hatte nun ein wenig das Straffe verloren, das sie sonst immer gehabt hatte.

Die Dorth glitt vom Bett und sah ihn an. Sie war wie auf einer Wolke, die hoch und still über der Erde hinglitt. Alles war Fragen und Erstaunen in ihr.

War alles Wirklichkeit? Träumte sie? Träumte sie seine Sanftheit und Güte, die Wärme im Ton seiner Stimme?

„Werde nicht irre an dir, Dorth!"

Er sah ihre Ergriffenheit und wehrte sie ab. Sie sollte sich nicht vom Augenblick überwältigen lassen.

„Ist 's denn wahr?" fragte sie.

Er hörte den Ton, der in ihrer Frage lag.

„Ist 's denn wahr – wahr und wahrhaftig wahr?"

Einen Moment schwieg er.

„Ja, es ist wahr. Es ist unbedingt wahr."

Er nahm mit beiden Händen ihre Hand.

„Lebe wohl, Dorth!"

Dann ging er in der gewohnten Ruhe und Sicherheit – und langsam zog er die Tür hinter sich zu.

Am Herd drunten stand die Frau Goschel. Sonst schlief noch das Haus. Er trat zu ihr und gab ihr Aufklärung, es war doch notwendig, und er bat sie, den guten Ruf der Dorth zu schonen, ganz zu schweigen bei den Leuten, und wenn es doch ein Gerede geben sollte, die Dorth zu verteidigen. Er war nicht hastig in seinen Worten und blieb einfach in allem, was er sagte.

„Sie ist jetzt krank, Frau Goschel, und einem kranken Menschen muß man helfen. Was er getan hat, das hätte er nicht getan, wenn er gesund wäre. Ich verlasse mich ganz auf Sie."

Die Marie versprach ihm, verschwiegen zu sein und

der Dorth beizustehen, wie sie nur könnte. Dann nahm er Abschied und ging.

Die Dorth starrte noch auf die geschlossene Türe. Lange, lange. Dann löste sich's in ihr. Sie weinte heiß und lautlos.

Sie wollte gehen – es war ihr unmöglich.

Die Mattigkeit überwältigte sie – und ohne nach der Nachrede zu fragen, die sicher nicht ausbleiben würde, ließ sie sich in die Kissen sinken und schlief bald tief und erschöpft. Einmal streckte die Marie sachte den Kopf zur Türe herein. Als sie sah, daß die Dorth schlief, zog sie sich leise wieder zurück.

Als sie wieder aufwachte, fiel Regen draußen. Sie schlich unbemerkt aus dem Hause und ging heim.

Der zweite Zug nach Mainz fuhr vorbei, als sie auf ihrer Treppe stand. Sie drehte sich um und sah ihm nach. Es regnete sich immer mehr ein – der Rest der Kirchweih war verregnet, und es war kein Geschäft mehr.

Was kann aber trauriger sein in einem Dorfe, als wenn die Kirchweih verregnet ist?

Die Dorth war nicht mehr die Dorth, seit der Kirchweih in dem Jahr, in dem die Eisenbahn eröffnet worden war.

Und die „schöne Aussicht" war nicht mehr die „schöne Aussicht", trotz des Schildes mit den goldenen Buchstaben und des grünen Kranzes mit roten Rosen und dem natürlich gemalten Weinglas, das ein Meisterstück vom Anderbachs Anton war. Es war keine stillere Wirtschaft im ganzen Dorf, denn keine hatte weniger Gäste. Sie lag nun außerhalb, abseits, obgleich die neuen Häuser fast bis zu ihr hin gebaut waren. Wer hatte hier draußen noch etwas zu tun? Der Verkehr auf der Pariser Chaussee war bedeutend weniger geworden. Selbst die

Bauern, die von Essenheim und Stadecken die Chaussee heraufkamen, und also an der „schönen Aussicht“ vorbeimußten, die kehrten hier nicht mehr ein. Aller Verkehr hatte sich nach der Bahn hingezogen – wer warten und einstellen mußte, der stellte beim Hetzel ein, der gegenüber der Station das „Restaurant zur Hessischen Ludwigsbahn“ eröffnet hatte – wer hätte früher dran gedacht, eine Wirtschaft „Restaurant“ zu nennen! – er schenkte Bier und Wein, hatte eine Kegelbahn und eine Gartenwirtschaft und schöpfte den Rahm ab. Wer fremd kam, wer durchfuhr, nun, der bekam gleich von ihm die Hand hingehalten, und er kannte die ganze Welt, machte mit jedem seine „Schnaken“ und war so recht der Wirt der neuen Zeit. Denn es war anders geworden. Man fragte nicht mehr zuerst danach, was man bekam, man fragte zu allererst, wie man's bekam – und da konnte halt der alte Rosenzweig nicht mit. O, er fuchste sich, daß seine Wirtschaft, die früher neben dem „Engel“ die beste gewesen war, so links liegen gelassen wurde, und mit jedem Jahr mehr. Einen Teil schuld gab er auch der Dorth, die schon so wie so keine Seide mehr bei ihm zu spinnen hatte. Erst der Verspruch mit dem Ingenieur, den kein Mensch im Dorf leiden mochte, weil er doch nur „ein Preuß“ war, das hatte schon die Leute verstimmt und abwendig gemacht, dachte er, und, meinte er weiter, wenn die Leute dann auch zufrieden und froh waren, daß die Sache wieder auseinander gegangen war, es war doch etwas hängen geblieben an der Wirtschaft.

„Aber 's hatt ja all nichts zu sagen, wenn sie jetzt wenigstens ein bißchen entgegenkommend sein wollt – aber nein – immer hoch hinaus und die Madam spielen, als wenn sie eine Stadtdam wär!“

Der Dorth war alles einerlei – er konnte knurren und schimpfen und fluchen, so viel er wollte. Nur, wenn er ans Trinken geriet vor lauter Langeweile und Chagrillen, dann trumpfte sie auf und nahm ihm das Glas vor der Nase weg. Sie konnte aber doch nicht verhüten, daß er mit der Zeit tüchtig ans Trinken kam und sein bester Gast war.

Sie sah alles bergab gehen. Mochte es in Gottes Namen bergab gehen. Sie hielt nicht, was entgleiten wollte, sie wollte nichts halten. Ihre Energie war gebrochen. Kein Schrei in ihr, kein Vorwurf, nie ein Vorsatz. Es kam der Tag, und es ging der Tag – ihr waren alle Tage gleich. Einförmig, müde, überdrüssig. Am Sonntag ging sie nicht mehr ins Hochamt, sie ging in die Frühmesse, und den Leuten wich sie aus. Sie wich auch dem Vetterlein aus. Nur, daß er eben die Treue bewahrte und immer wieder kam. Auch nicht jeden Tag – ach ja, auch für ihn war der Weg zur „schönen Aussicht" durch die neuen Verhältnisse unendlich weit geworden – und es gab auch viel mehr Abhaltungen als früher, bald dies, bald das, bald der, bald jener. Die Dorth begriff das. Sie begriff alles, und man brauchte ihr nicht lang Gründe auseinanderzusetzen. Aber einmal in der Woche kam doch der Vetterlein bestimmt – zweimal gewöhnlich: am Mittwoch und am Samstag. Und auch nicht mehr am Nachmittag, sondern gegen Abend. Es war, als sei auch die Zeit ein wenig verrückt worden, dadurch, daß nun die Straßen mit Laternen beleuchtet waren: die Abende dauerten länger, und Zeit zum Schlafengehen wurde es ein wenig später.

Wenn der Vetterlein kam, war das erste, daß er die Zeitung las. Es war nun nicht mehr allein das „Kreuzermagazin" am Sonntag, das gehalten wurde, es kam nun täglich der „Mainzer Anzeiger" und das „Mainzer Journal" und das „Mainzer Tageblatt" und in den Wirtschaften lag nicht nur eine auf, man konnte sehr oft alle drei, meist aber zwei lesen, und der Hetzel und der Konrad

Müller – na, der hatte ja immer schon den Vornehmen gespielt – hielten auch noch die „Gartenlaube".

Hatte dann der Vetterlein sein Blatt gelesen, so besprach er das Gelesene mit der Dorth – die Dinge all, die auf einmal in der Welt passierten und von denen man früher nichts gewußt hatte – und was all? Gar nichts Guts. Schlechtigkeit und Unglück und Elend. Das war die Welt. So war's in der Welt geworden. Ja früher! Früher, das waren goldene Zeiten, man durfte gar nicht daran denken.

Sie dachten auch nicht mehr daran. Was half's auch? Ob's einem lieb oder leid war – es änderte doch nichts, und die Welt war, wie sie war.

Gleichgültig war auch der Vetterlein den Dingen und Vorkommnissen gegenüber, aber auf eine andere Art wie die Dorth. Die Welt gab ihm trotz alledem noch etwas – und hie und da konnte er sogar recht froh dafür und dankbar sein – der Dorth aber war alles verkümmert.

„Dorthchen", sagte er, „nicht das Freuen verlernen. Ja nicht. Das Leiden verlernt man von selbst nicht – und das hat man immer drein – aber das Freuen, das ist die Hauptsache. Ohne das taugt das ganze Leben nichts, und man sitzt wie in einem Faß, das grad noch ein so großes Spundloch hat, daß einem die Luft nicht ausgeht."

Na ja, aber die Dorth war nicht mehr die Dorth – und der Vetterlein machte sie auch nicht anders. Auch wenn er's gewollt hätte – er war selbst zu laß und zu wenig lebenslustig, um's zu können.

Die ganze Zeit schon trug's die Dorth mit sich herum, sich einmal bei ihm über alles auszusprechen. Aber jedesmal, so oft sie davon anfangen wollte, fand sie die rechten Worte nicht. Sie waren ihr wie weggeblasen. Sie hatte einen Klang von den Unterredungen im Ohr, die der Vetterlein und der Kamper miteinander geführt hatten - da waren die Worte so anders gewesen, so anders, als sie sie hatte. Es war gerade, wie wenn man ein Bild an die Wand aufhängen will und hat keinen Nagel dafür. Und sie fand auch den notwendigen Nagel nicht, wie sie auch suchte.

Einmal hatten sie dann doch von allem gesprochen, was geschehen war – und auch von Kamper und den Geschehnissen der Kirchweihnacht – und dem, was die Leute gesagt hatten, und daß man nie etwas Gutes vorausgesehen hätte in der ganzen Sache, und daß der Kamper seinem ganzen Wesen nach den Leuten nicht sympathisch gewesen wäre.

„Aber ein gerader, klarer Mensch war er", sagte der Vetterlein.

„Auch ein guter."

„Wohl auch."

„Ich weiß das."

„Ich schätze ihn sehr hoch", sagte dann nach einer Weile der Vetterlein, „und es hat mir leid getan für ihn."

„Mir tut's noch leid für ihn – aber –"

„Aber?" fragte der Vetterlein gespannt.

„Aber – 's hat doch nicht anders sein können – und wie's am End hätt anders sein können, da war's zu spät."

„Ja", bestätigte der Vetterlein – „dann fallen einem die Dinge aus der Hand, die man trägt – und man steht mit leeren Händen, ehe man's recht gemerkt hat, wie's gekommen ist."

„So ist's mir gegangen", bestätigte die Dorth.

„Nicht nur Ihnen, Dorthchen – aber rühren wir das nicht auf."

Sie kamen nie über den eigentlichen Punkt hinaus – sie stand immer davor, ohne ihn gewahr zu werden – und er hielt sich scheu zurück, wenn es dann so weit war.

„Na, Dorth", höhnte der alte Rosenzweig, „jetzt hast

du ja, was du gewollt hast, bist die richtig alt Jungfer. Und wann ich nächstens mein Auge zutu – na, und da läßt du erst recht alles stehn und bambeln – und bald wird das ganz Gerstchen die Bach drunten sein. Weibsleut und Distele hat der liebe Herrgott zu viel gesät. Weniger wär auch genug gewesen, und gar kein noch besser. Mir kann's recht sein, ich werd bald mein Ruh haben. Mein arm Seel macht jetzt bald Feierabend."

„O mein – laßt das, Vater!"

„Ich kann's auch lasse – aber komme tut's deshalb doch."

Aber er ließ es nicht. Jeden Tag bekam sie das aufs Brot geschmiert. Und der Annelies ihr: „Jammerschad – jammerschad für so ein jung Lebe – man könnt sich grad die Haar ausreißen", das war auch bald nicht mehr auszuhalten.

Kam dann auch noch mal der Äges und brummte: „Schlechte Zeite, Rosenzweig, he – am beste, mer tät die vier Elleboge wegstrecke und tät sich begrabe lasse – kein Wein, kein Geld – gar nix – und immer nur Unkoste, Steuer und Umlag – der Deiwel weiß, wo's all herkomme soll."

Der Äges kam jetzt mehr als früher. In den andern Wirtschaften bekam er nichts mehr – in der „schönen Aussicht" war man mitleidiger mit ihm. Da war ihm der Weg nicht zu weit. Und manchmal saßen ein paar richtige Lumpen zusammen, die er noch mitgelotst hatte. Früher hätte sie der Rosenzweig hinausgeschmissen, jetzt unterhielt er sich mit ihnen. Die „schöne Aussicht" war nun wirklich nicht mehr die passende Wirtschaft für den Vetterlein – als Lehrer konnte er eigentlich nicht mehr hingehen, ohne sich dabei etwas zu vergeben. So ändern sich die Zeiten.

So ging die Zeit. So ging Jahr um Jahr – langsam genug

– und auf einmal, wenn man zurücksah, war's doch rasch gewesen, und gleich ein paar Jahre waren vergangen.

Sie gingen sehr rasch, aber denen in der „schönen Aussicht" gingen sie langsam. Was vergangen war, ach, das war all schon eine halbe Ewigkeit vergangen, derzeit hatte die Welt ein ganz ander Gesicht bekommen.

Manchmal kamen Anträge an die Dorth. Sie wies sie kurz ab.

Dann kam eines schönen Tages der alte Johl.

„Dorthchen", sagte er, „ich wüßt einen Mann für dich, einen guten Mann, einen braven Mann."

„Ich will keinen, Johl."

„Willst keinen – Dorthchen, was vorbei ist, ist vorbei – und wenn man sein ganz Leben vertrauert, man kriegt's nicht wieder. Und was hat man dann – man hat das eine nicht und hat's andere nicht. Überleg dir's, sag, ich hätt dir's gesagt - und 's wär ein guter Mann, ein braver Mann, den ich für dich wüßt."

Er ging. Sie dachte nicht drüber nach. Sie dachte nicht einmal, wer es sein könte, den er für sie hätte.

Nach ein paar Tagen kam er wieder.

„Dorthchen, wie ist's?"

„Nichts – ich will nit."

„Wie du willst. Jeder, wie er will. Aber du weißt, wo ich wohn."

Er ging ohne weitere Rede. Und er kam ebenso wieder. Er wurde in der gleichen Weise abgeschickt. Es bewog ihn nicht, seine Absicht aufzugeben.

Dann, nach so und so vielter Wiederholung seines Ganges, brachte er die Dorth einmal so weit, daß sie fragte: „Na, wer ist's denn eigentlich?"

Er macht ein schlaues Gesicht. Und nun spielte er den Verschwiegenen und Geheimnisvollen.

„Dorthchen, das ist leicht gesagt. Aber ein Mann ist ein Mann – und es soll zu Leben keiner vom alten Johl sagen können, daß ihn der alte Johl blamiert hätt. Vertrauen um Vertrauen, Dorthchen."

„Na und – was wollt Ihr dann?"

„Dorthchen, ein Mann ist blamiert im Handumdrehen – und eine Frau ist schlecht gemacht mit einem Blick. Wir müssen ernstlich reden – auf Ehr und Seligkeit – ohne Ernst kein Vertrauen."

„Es bleibt Geheimnis, ich versprech's Euch, Johl", sagte die Dorth. Er schmunzelte ein wenig.

Er war ein Geschäftchenmacher, der alte Johl, ein ausgekochter Schlauberger – und das Geschäftchen, das er jetzt vorhatte, mußte mit Vorsicht gemacht werden. Das war eine heikle Sache, die mußte man mit den Fingerspitzen anrühren, denn die Dorth, die war ein Kräutchenrührmichnitan.

„Ich hab dir gesagt, Dorth, ein braver Mann, ein guter Mann. Ein andern tät ich nicht wagen zu nennen, nur zu nennen vor den Augen der Dorth Rosenzweig. Ich kenn die Dorth – ich will nicht Johl heißen, wenn's nicht wahr ist – und ich weiß, daß die Dorth Ansprüch macht. Hat sie auch recht, kann sie auch. Wer soll's können, meiner Seel, wenn's die Dorth nicht kann!"

„Ich geh fort, Johl. Laßt mir mein Ruh!"

„Nicht hitzig sein, Dorthchen, Geduld haben. Ich will dir sagen – jung ist er nicht mehr. Ich tät einer Person wie der Dorth nicht zu einem jungen raten. Kein Witmann: Junggeselle, fleißig, brav, still – bißchen zu still – aber ein anständiger Kerl durch und durch – geb dir mein Hand drauf – ehrlicher guter Namen, angesehene Familie, nicht weniger wie deine."

„Herrgott, Johl, nun geht mir die Geduld aus. Jetzt sagt's oder sagt's nit. Ich will's überhaupt nit wissen."

„Dorthchen, ich will dir's sagen – 's ist der Müller Naz aus der Kettenmühl – nun wirst du sagen, daß ich recht habe – auf Ehr und Seligkeit – ist er nicht ein guter Mann, ein braver Mann, ein angesehener Mann – und ist sein Name schlechter als der Name Rosenzweig? Den Namen Rosenzweig in allen Ehren – aber der Name Naz hat seine Geltung auch. Nicht hier im Ort – liegt zu weit außerhalb – die Leut kennen ihn nicht genug – aber frag dein Vater, frag, ob zu Lebtag die Naze in der Kettenmühl nicht wohlsituierte, wohlhabende Leut waren? Ich bin der alte Johl, und ich werd mich hüten, dir ein X für ein U vorzumachen, Gott soll mich bewahren."

Die Dorth sann nach. „So, der Müller Naz?" Sie kannte ihn flüchtig. Dann und wann war er mal im Vorbeikommen in die Wirtsstube gekommen. Er war kein junger Springer mehr, ein gesetzter Mann, wenn sie sich recht erinnerte, sogar an den Schläfen schon ein wenig angegraut. Oder war das Mehlstaub, den er immer an sich hatte?

Der Johl hatte recht – eine alte Müllerfamilie. Sein Vater, das war ein „Koochem" gewesen – ein ausgekochter. Von dem erzählte man sich jetzt noch Geschichtchen, der hat's verstanden – immer mit Humor den Bauern ein Bein zu stellen. Unschuldige Miene dabei, als könnt er kein Wässerchen trüben.

Aber der Sohn – der war ganz anders – das gerade Gegenteil. Auch kein Wunder – in der Kettenmühl aufgewachsen, keinen Menschen sonst gesehn und gehört – wie sollte er da! Er war still, ein bißchen langsam, vielleicht sogar ein wenig verschlossen. Nun ja – die Kettenmühl lag so weit ab – da sagten sich die Füchs und die Wölf gut Nacht – und wenn einer von Kind auf nicht vors Hinkels Loch hinausgekommen ist – wie konnt er da anders sein!

Der alte Johl verstand das. Er verstand alles in der Welt. Er verstand Glück und verstand Pech, er verstand die Menchen. Und wo er ein bißchen nachhelfen konnte, half er ein bißchen nach – und machte sein Profitchen dabei. Von nichts konnte sein Schornstein auch nicht rauchen – und wahrhaftigen Gott, es gab schlimmere wie den alten Johl. Er sagte es selbst:

„'s gibt Schlimmere wie ich bin, ich bin der Schlimmste nicht. Gott soll mich behüten: Ich habe eine ganze Hos am Leib, ich hab sie verdient, und 's wird kein Mensch auf der Welt geben, der mir was Schlechtes nachsagen kann. Guck sich jemand den Nikola Scheel an. Er ist Christ, ich bin Jud – aber nicht mit der Feuerzang, daß ich von dem angerührt sein möcht – und ein schlechter Kerl ist ein schlechter Kerl, ob er ein Christ oder ein Jud ist."

Es gab auch niemand, der dem alten Johl was Schlechtes nachsagen konnte. Es gab freilich viele, die Geschäftchenmachen überhaupt für Spitzbüberei oder zum mindesten für Faulenzerei erklärten, aber das waren solche, die nur als Arbeit gelten ließen, was Schwielen machte, und auch die harten Gänge, die der alte Johl bei Wind und Wetter nicht scheute, nicht anrechneten. Er konnte schon sagen, daß seine Geschäfte ehrlich waren, wenn er auch manchmal, um seinen Rebach nicht einzubüßen, ein Geschäft zum Abschluß brachte, von dem er wohl voraussah, daß der eine Teil einen Schaden dabei haben müßte. Aber was wollte man, Geschäft ist Geschäft, und wer fragte nach dem alten Johl, wenn nach so viel Lauf und Gäng ein Geschäft nicht zustande kam und er für seine Müh und oft auch seine Ausgaben nichts hatte.

Der Johl schilderte den Naz genau wie er war, was er hatte und was er nicht hatte.

„Na ja", sagte die Dorth. „Kommt ein ander Mal, Johl."

„Wie du willst, Dorth.“

Er kam ein ander Mal und wurde wieder fortgeschickt und kam unverdrossen wieder. Er wußte, daß kein Baum auf einen Hieb fällt.

Die Dorth trug nicht schwer an ihrer Überlegung – es war ihr alles zu gleichgültig. Am liebsten wäre sie ins Wasser gegangen. Aber dazu hatte sie nicht den Mut.

Und im Grunde auch zu viel Willen zum Leben – und die Zeiten, wo's sie getrieben hatte, in den Tod zu gehen, die waren vorbei. Jetzt war kein Grund mehr – jetzt wär's Dummheit gewesen. Das Leben war ihr viel zu gleichgültig, zu einförmig, zu gleichmäßig – und sie war viel zu untätig, um's hinzuwerfen. Es war nichts getan damit. Es fiel einmal von selbst – und die Zeit konnte sie ja abwarten. Mußte sie am Ende auch. Sie nahm viel zu wenig Anteil daran, um sich's gewaltsam zu nehmen.

Dem Vetterlein hätte sie gern davon gesprochen. Sie wollte ihm sagen, wie unnütz sie hier sei – wie sie nur dasitze und die Hände im Schoß habe, seit die Wirtschaft rein gar nichts mehr sei – wie sie alles so frierig in sich empfinde, so unbehaglich und verloren – und wie sie am Ende doch noch jemand nützlich sein könnte – und schließlich auch ein Opfer bringen könnte für jemand, um doch noch ein bißchen nützlich in der Welt zu sein und einem Menschen etwas zu geben, das er entbehrt hatte.

Sie fand aber nicht den Mut. Es war auch hierin etwas, was sie scheu vor dem Vetterlein machte – war's in dem, was sie als Gründe anführen wollte, oder war's eben, daß es der Vetterlein gerade war, dem sie's sagen wollte? So schwieg sie.

Es vergingen Monate. Lange war der alte Johl nicht wieder dagewesen. Vielleicht war's jetzt nichts. Vielleicht hatte sie wieder mal verspielt, den Zeitpunkt verpaßt. Es sollte ihr recht sein.

Gut – brauchte sie sich keine Gedanken mehr drüber zu machen. 's war alles wie das Wasser - was nicht fortläuft, das verdunstet – und eines Tags ist's trocken, wo's naß war.

Dann kam der alte Johl eines schönen Tages doch wieder. Er redete nicht viel, er saß schweigsam da. Lange trommelte er auf dem Tisch und sah dabei zum Fenster hinaus.

Und dann so nebenbei:

„Weißt du, Dorth, allzuspitz sticht nicht, und allzuscharf schneid't nicht."

Dann nach einer Weile:

„So lang man jung ist, bedenkt man's nicht – aber wenn man alt wird – dann zeigt sich's. Dann ist man wie ein alter Schuh auf der Landstraß – jeder gibt ihm einen Tritt."

Und dann wieder nach einer Weile:

„Aber freilich, ich kenn dein Herz ja nicht, Dorth."

O mein", sagte sie, „Herz!"

Er wendete sich zu ihr.

„Lieb kommt in der Ehe!"

„Seid mir still mit der Lieb, Johl!"

„Bin ich, bin still. Also reden wir nicht von Herz und nicht von der Lieb. Reden wir von der Vernünftigkeit und von der Zufriedenheit. Man hat einen guten Mann, man ist versorgt – man hat ein Haus und einen Herd und weiß, wozu man auf der Welt ist. Man hat etwas, wofür man zu sorgen hat – und man ist nicht für nichts auf der Welt und wieder nichts. Man hat nicht alles – aber man hat etwas. Man hat nicht das große Glück – Gott soll's wissen, wer hat das! – aber man hat ein Zipfelchen davon. Die einen feiern Sonntag einmal in der Woche und sind zufriedener wie einer, der alle Tag Sonntag feiert – und einer feiert nur einmal Sonntag im Jahr – und dankt auch dafür seinem Schöpfer. 's kommt immer auf uns an."

Die Dorth erwiderte nichts.

„Vielleicht", dachte sie, „gilt's nur zuzugreifen, um doch noch etwas zu haben." Aber sie schwieg beharrlich.

Der alte Johl trommelte wieder auf der Tischplatte und sah dabei zum Fenster hinaus.

„Des Menschen Wille ist sein Himmelreich – ich hab's nicht schlecht gemeint, Gott soll mich strafen."

Er stand auf und zahlte. Als er die Türklinke schon in der Hand hatte, sagte die Dorth:

„Na – dann kommt einmal mit dem Naz, Johl."

Er verbeugte sich. Er überlegte sich, ob eine lange Rede angebracht sei. Da war sie aber schon hinaus.

Nach drei Tagen kam der Johl mit dem Naz – und der alte Johl war leicht und munter, während der Naz ernst und still und geniert war.

„Bring einen guten Schoppen, Dorthchen", bat der Johl.

Sie setzten sich beide hin, und die Dorth blieb in der Einschenke sitzen. Von Zeit zu Zeit warf sie einen Blick auf den Naz, dem man ansah, daß er nicht wußte, wo er sich hintun sollte.

Der alte Johl redete auf ihn ein.

Der Äges kam jetzt herein und wollte mit dem Johl anbändeln.

„Äges, du mußt still sein. Ich bin dir nichts schuldig, du bist mir nichts schuldig, wir zwei haben nichts miteinander – wollen auch nichts miteinander haben. Aber Dorthchen – gib dem Äges en Schoppen – auf dem Naz seine Rechnung. Wir wollen nichts zu tun haben mit dem Äges, Gott behüt!"

Und als der Äges seinen Schoppen hatte, setzte er sich in die Ecke, in die ihm die Dorth den Wein hinstellte, und hielt sich abseits.

Der alte Johl und der Naz wisperten miteinander – dann rief der alte Johl die Dorth an den Tisch.

„Setz dich mal her zu uns, Dorthchen."

Die Dorth tat's.

Der alte Johl führte das Wort. Er sprach davon, daß sie doch nicht ewig allein bleiben könnt, und da doch alle Menschen nur Menschen wären, so könnt der Vater heut oder morgen die Augen zutun – und die Annelies Brabender sei auch schon ein alt Inventarstück, der nächstens mehr geholfen werden müßt, als sie selbst helfen könnt – und die Wirtschaft – nun, das müßte die Dorth doch zugeben, die sei der Sack den Bändel nicht mehr wert – ohne Beleidigung, nur ehrliche Meinung – und dann käm's eines Tags, daß sie zusetzen müßt – und dann sei die schöne Sach fort, eh sie sich umgucken tät.

„Wann der Laib Brot mal angeschnitten ist, Dorthchen, ich geb dir's zu überlegen, dann wird er auch gegessen – und fort und hin ist einerlei", sagte er.

Der Johl mußte viel reden, weil die Dorth sich gar nicht äußerte und der Naz auch nichts sagte.

„Ich weiß, Dorthchen, und wir wollen nicht mehr davon reden, du hättst feine Männer kriegen können, fein, wie du sie gewollt hättst – du hast die Wahl gehabt – und all haben sie die Finger nach dir geleckt – auf Ehr und Seligkeit, aber die Wahrheit ist die Wahrheit, und ich sag kein Wort zu viel und kein Wort, das nicht wahr ist, soll der liebe Gott mein Zung behüten."

Die Dorth wollte aufstehen.

„Hat's dich beleidigt?" fragte der alte Johl.

„Nein", sagte sie und blieb sitzen.

Die Dorth betrachtete den Naz, der so einfältig dasaß wie ein Opferlamm – gutmütig, ordentlich und schämig. Na ja – und sie dachte an die alte Jungfer, die ihr täglich aufs Brot geschmiert wurde und an die Vorwürfe wegen der Wirtschaft – und wie gleichgültig ihr das Leben war.

Aber sie sagte nichts.

„Die Mühl ist gut," sagte der alte Johl, „gut im Stand und gute Kundschaft – die Haushaltung, der Viehstand und was so drum und dran hängt und wozu die Frau halt fehlt – na ja, man muß die Wahrheit sagen – da hapert's. Aber einer tüchtigen Frau ist das eine Kleinigkeit, ein Kinderspiel. Und drum muß der Naz halt eine Frau haben – ich hab's ihm immer gesagt, ich hab's gesagt. Ein bißchen einsam, ein bißchen weit weg von den Leut liegt die Mühl, das ist wahr, das muß gesagt sein. Ich will dir kein Wippchen vormachen, Dorth, Gott soll mich bewahren, und du sollst dem alten Johl nicht noch die Gichtern an den Leib wünschen, aber man gewöhnt sich auch an die Einsamkeit, Dorth. Meiner Seel, woran gewöhnt sich der Mensch nicht, und wenn du mal drauß auf der Mühl sitzt – ich bin ein ehrlicher Mann und kann dir kein Prozession versprechen, die jeden Tag an deinem Fenster vorbeizieht – aber wenn du mal dich dran gewöhnt hast, wie still 's da ist, lauter Friedlichkeit. Die Wiesen ums Haus und die Selz – schlechter Mensch, der seine Heimat nicht lieb hat und die Selz veracht – du wirst's sehn, es gefällt dir. Es gefällt dir, du wirst sehen. Ich bin der alte Johl, sag, ich hätt's gesagt. Was wahr ist, ist wahr – was Gewisses weiß man da nie – aber ich kann dir sagen, Dorthchen, glaub mir – auf Ehr und Seligkeit – 's hat auch sein Schönes. Wo ist's nicht schön, wo der Friede ist und Gottes Segen – was heißt schön? – schön heißt, wie man sich's selbst macht. Und das wirst du schon wissen, Dorth. Müßt du kein Frau sein! Wo ist eine Frau, sag mir einer, die nicht weiß, wie man sich's schön macht! Ich bin alt – aber so alt ich bin, ich wollt's mit jeder Jungen noch mal probieren und ich garantiere dir, Dorthchen, sie tät sich's schön machen. Und was jeder andere kann, das kannst du auch – kannst mir's glauben, ich weiß keine in der ganzen Umgegend, die ich dir gleichstellen tät – weiß Gott, nicht eine, die beste nicht."

Die Dorth hörte sein Gerede nicht. Nur eines hatte sie gehört: Einsamkeit, keine Menschen. Weltverloren sein – nichts mehr hören und sehen von der Welt. Alleinsein! Was der alte Johl als einen Nachteil ansah, das war in ihren Augen ein Vorzug. Gar nichts mehr vom Leben hören und wissen, nicht gequält werden und Stichelreden kriegen, nicht Schuld und Vorwurf, Ruhe haben! O, sie sehnte sich so sehr nach Ruhe.

„Du warst ja nie so recht bei den Leut, Dorth, immer so ein bißchen außerhalb", überredete der alte Johl weiter – „dir wird's am wenigsten schwer halten, dich dran zu gewöhnen. Ich will kein ehrlicher Mann mehr heißen, wenn ich nicht dein Bestes will. Jeder andere wär mir gleichgültig – dein Bestes will ich, soll mich mein schlimmster Feind nicht scheel drum ansehen. Und daß die Mühl klappert – sei gescheit, Dorth, etwas klappert und rappelt im Leben immer. Aber sonst hast du's gut, ein still, ruhig Leben, guckt dir niemand in dein Dippchen, brauchst vor niemand den Laden zuzumachen. Auch was wert, glaub mir, auch was wert. Gut Nachbarschaft ist nicht schlecht, bei Gott nicht, kein Nachbarschaft ist besser."

„Wo kommt denn die Kundschaft her, die draußen in der Kettenmühl mahlen läßt?" fragte die Dorth.

Nun mußte der Naz antworten.

Er war verlegen – denn er mußte noch einen Nachteil seiner Mühle anführen: er hatte nämlich kaum einen Kunden aus dem Dorf – all nur von Nachbardörfern.

„s' ist eine dumme Geschichte – die Kettenmühl gehört hier zur Gemarkung – aber näher liegen wir Nieder-Saulheim und so haben wir auch die Kundschaft da hinten her."

„Kommt also niemand von den Hiesigen?“ fragte noch einmal die Dorth.

Es wurde ihm schwer – er mußte es zugestehen.

„Selten“ – sagte er – „kaum jemand – man kann sagen – – so gut wie niemand.“

Dann sah er sie mit seinen offenen, ehrlichen Augen an, flehend und demütig.

Die Dorth erhob sich.

„Na, na, Dorthchen –“ wollte der alte Johl zurückhalten.

„Ich will meinen Vater rufen – Ihr könnt alles mit ihm ausmachen – s' ist mir alles recht“, warf sie hin und ging.

Der alte Johl rieb sich die Hände, der Naz kaute an seinem Schnurrbart.

„Auf Ehr und Seligkeit“ – sagte der alte Johl – „so ein Mädchen gibt's auf Gottes Erdboden keins mehr. Naz, Ihr seid zu beneiden, meiner Seel. Gott soll mich strafen, wenn ich so schon ein Frauenzimmer gesehen hab. Ihr habt Glück, Naz – hab ich's nicht immer gesagt? – man muß dem Glück nur an der Tür anklopfen – und glaubt dem alten Johl, Naz – er hat noch kein Wort gesagt, was unrecht gewesen wär, und nichts vorausgesagt, was nicht eingetroffen wär. Aber nun bestellt dem Äges noch einen Schoppen, Naz – hat's ehrlich verdient, der Äges – ist der Übelste nicht – hat auch kein Glück gehabt – so viele Menschen, die kein Glück haben. Gott soll ei'm behüten, so mancher braucht nicht zu sagen, Gott straf mich: er ist gestraft genug!“

Der alte Rosenzweig kam, und die Dorth trat hinter die Einschenke.

Der Äges bekam seinen Schoppen und tat nicht den Mund auf. Er verstand's, die günstige Gelegenheit auszunutzen.

Der Johl führte weiter das Wort und setzte dem Rosenzweig die Sache auseinander.

Auf einmal hob der den Kopf und fragte zur Dorth herüber:

„Und du bist einverstanden?"

„Wegen meiner", warf sie hin.

„Na, wegen meiner auch – fort mit Schaden."

Und nun rückten die drei enger zusammen, und alles Geschäftliche wurde verhandelt.

Die Dorth kümmerte sich um gar nichts.

Der Äges winkte sie einmal zu sich heran.

„Dorth", sagte er – „mußt mir net bös sein – von früher – weißt noch – mir sein awwer all schwache Mensche."

„s' ist gut, Äges!"

„Na ja – unn weißt du was – wer weiß, wozu 's gut is."

„Na ja."

„Unn ich gratulier dir aach."

Nun fühlte das die Dorth aber doch wie einen Schlag ins Gesicht. Aber sie faßte sich und überwand sich.

Sie reichte dem Äges die Hand und sagte:

„Danke schön, Äges."

„s' geht so in der Welt, dem eine sein Tod ist dem annern sein Brot – unn zuletzt ist doch alles nix. Nix, nix, unn da möge sich all uff de Kopp stelle. Nix! Ich sein en Philosoph – Dreck is alles."

Die Dorth stellte ihm noch einen Schoppen hin. „Dorth", knuschelte er zutunlich, „mit dem annern, dem Preiß, des wär nix gewesen."

Der Dorth stieg der Zorn in die Wangen.

„Lump!"

„Ich sag nor, was alle Leut gesagt hawwe."

Die Dorth warf ihm einen wütenden Blick zu und wendete sich ab. Das war ein Tritt gewesen – der tat weh.

Dann ging sie noch einmal zurück und stellte sich vor dem Äges hin. Sie beugte sich über seinen Tisch, den drei andern den Rücken wendend, und flüsterte zu dem

Äges, so scharf, daß es sich anhörte, als zerreiße sie Papier, Schnitzelchen um Schnitzelchen:

„Ihr sollt nichts gegen ihn sagen, Ihr sollt nit! Keiner, der an ihn nur tippen könnt, keiner im ganzen Ort!"

„Aach der Schullehrer net?"

„Aach der nit – nein, aach der nit! –" Tränen erstickten ihr die Stimme – „und er war gar kein Preuß, Ihr sollt das nit sagen – er war ein rechtschaffen ehrlicher Mensch – und viel zu gut für Euch und mich und s' ganze Nest!"

„Oho! – Willst gar noch strunze mit dem?"

„Will ich auch, kann ich auch! Kann auch stolz sein und bin's auch! Grad, grad – und wann Ihr mich all mit Stein schmeißt!"

„Dorth", sagte er, „ich will dir was sage – nix for ungut – awwer's gibt Mensche, s' gibt ach Hersch."

Er lehnte sich zurück. Kaum daß seine kleinen Trinkeraugen zwischen den Lidern herausblinzten.

Die Dorth richtete sich auf.

„Ihr seid mir all viel zu wenig – ihr all! – und s' ganze Ort, ob reiche Leut oder Bettelleut!"

Sie wendete sich weg.

„Host recht, Dorth", sagte ihr der Äges nach – „unn ich muß sage, so gefällst du mer – krich die Kränk, Offebach! – Dodran sieht mehr doch, daß du en Mensch bist – unn e Weibsbild."

Die drei Männer standen auf.

„Also – abgemacht", sagte der alte Rosenzweig, „wie gered't so gebabbelt."

„Dorthchen", schäkerte der alte Johl, „von ganzem Herzen – und Gott soll mich strafen, wenn's nicht so gemeint ist – ich gratulier dir."

Dann gaben sich der Naz und die Dorth die Hand, und die Dorth sah den Naz mit festen Augen dabei an, wie man alles Unvermeidliche ansieht.

„Ich will hoffen, Dorth“, sagte der Naz, „es soll dich nie gereuen – und was an mir liegt, das versprech ich dir!“

„Und was an mir liegt – auch!“ erwiderte sie.

Die Jahre krochen träge hin – eines nach dem andern – die Dorth war die Frau in der Kettenmühle. Es war eine stille Hochzeit gewesen, die Dorth hatte den Vetterlein gebeten, nicht die Orgel zu spielen – und sie hatte es auch bei dem Naz durchgesetzt, daß sie zur Kopulation ein schwarzes Kleid trug.

„Na ja“, hatte der Naz gesagt, „wir sind ja auch alle beid nicht mehr jung – und s' paßt besser für uns, im schwarzen Kleid. Das Hudcherallera ist für die jungen Leut – und mögen die Leut denken, was sie wollen, wir wissen ja doch, was wir wissen.“

Gut, das war erledigt. Alle Dinge erledigten sich jetzt so leicht für die Dorth. Sie hatte nicht mehr viel zu reden, nicht mehr viel zu denken.

Und die Jahre gingen, und das Leben glitt an ihr vorbei.

Sie war ganz still in der Kettenmühle, kaum daß sie einmal jemand zu Gesicht bekam. Sie arbeitete fleißig in ihrer Haushaltung, sorgte für den Naz, der der richtige schwerfällige und schweigsame Müller war, ein ehrlicher Kerl, ein bißchen ungeschickt, aber kein böser Faden am ganzen Menschen.

Die Dorth schätzte das still an ihm – und daß er gut zu ihr war. Sie hätte nur einen Wunsch haben dürfen, er hätte ihn ihr erfüllt – er hätte ihn ihr an den Augen abgelesen. Aber sie hatte keinen Wunsch. Vielleicht einen: – einmal einen ganzen Tag und eine ganze Nacht die Mühle abgestellt zu kriegen. Daran konnte sie sich nämlich nicht gewöhnen, an dies Geklapper Tag und Nacht, während der Naz sagte, daß er sonst nicht schlafen könnte, wenn er das nicht hörte. Die Dorth sprach diesen Wunsch nie aus. Was hätte es auch geholfen! Einmal einen Tag und eine Nacht – und das Jahr hatte so unendlich viele Tage und viele Nächte, in denen die Mühle klappern mußte.

Was durch die jahrelange Junggesellenwirtschaft im Hausstand des Naz gefehlt worden war, das brachte die Dorth bald in Stand, und auch dem Vieh ließ sie eine gute Pflege angedeihen. Ihre Stuben waren sauber und aufgeräumt, ihre Küche blinkte.

Sie trug immer ein schwarzes Kleid und auch eine schwarze Haube. Es war nicht sehr praktisch für eine Müllersfrau, aber der Naz redete ihr nicht drein. Er redete ihr in nichts drein, und in allem ließ er sie schalten und walten, wie sie's wollte, und er hatte das Vertrauen zu ihr, daß so, wie sie's wollte, alles gut war.

Er hatte seine Mühle, die Äcker und die Wiesen um die Mühle herum, er war fleißig und der Dorth dankbar, daß sie ihm ein behagliches Heim schaffte, wo er seine müden Knochen ausstrecken konnte, ein Schläfchen machen am Mittag, sinnieren gegen Abend und sonntags seinen gemütlichen Nachmittagskaffee mit Kuchen verzehren konnte, den die Dorth, wie alle Müllersfrauen, selbst gebacken hatte. Die Uhr im Kasten ging im steten Gleichgang, die Mühle klapperte immer in derselben Weise. Der Naz und die Dorth sagten einander nicht schöne Worte, aber sie zankten sich nicht miteinander.

Kinder kamen keine – und so glichen die Jahre einander, und es kam nicht drauf an, welche Jahreszahl man schrieb.

Einmal, als es gegen Mariä Würzwischweih ging und der Bibernell in roten Blutstropfen auf den Wiesen blühte – Peter und Paul hatten schon „dem Korn die Wurzel faul gemacht" – das stand der Naz vor seiner Türe und horchte in die Welt hinaus, in die Sonntagswelt. Der Himmel war so hoch, und die Grillen schlugen so laut. Sonst war es still und friedlich-einsam. Da zog es ihm so eigen durch den Sinn, und er dachte nach, der Dorth eine Freude zu machen. Er ging hinein in die Stube zum Sonntagsnachmittagskaffee, und nach einigem verlegenen Drücksen sagte er zur Dorth:

„Dorth, 's ist so schön heut – und man ist so allein hier draußen – wie wär's denn, wir gingen zusammen ins Dorf hinein? – wir könnten das alle Sonntag auf ein paar Stunden tun – s' wär doch auch, daß du's manchmal ein bißchen genießen könntst."

Die Dorth sah ihn forschend an.

„Ich hab's gut hier."

„Willst nit, Dorth?"

„Nein – im Leben nit!"

Er ließ seine Blicke auf ihr ruhen und wußte nicht, wie ihm war. Aber er sagte nichts mehr.

Die Dorth hatte ihren Frieden gemacht – glücklich war sie nicht. Glücklich sein, das dachte sie sich ganz anders. Aber sie dachte nicht darüber nach. Das wußte sie, nachdenken ist gefährlich – und sie ließ es sein. Ihr Tag war ausgefüllt, von früh bis abends. Aber manchmal fand sich doch ein Viertelstündchen, wo sie hinauf in die Dachstube ging und durch die Dachgaube übers Land sah – nach dem Dorf zu. Man konnte sie von unten nicht sehen – – und was am nächsten an der Mühle war, das sah sie auch nicht. Aber sie sah die grünen Wiesen rings, die Weiden an der Selz, die Erlen am Mühlgraben, und sie sah die Felder, wie sie die Jahreszeit gerade färbte. Wingerte sah man von hier aus nicht, die lagen nach der anderen Seite. Auch das Dorf sah man nicht. Aber die Dorth wußte, wo es lag – und manchmal stieg etwas dahinter auf – eine weiße volle Rauchwolke, wie sie die Lokomotive ausstieß – sie schwebte ein wenig in der Richtung der Kettenmühle hin – dann löste sie sich auf und verdünnte sich – dann zog es, höher im Blauen, in dünnem Weben über den Himmel und verlor sich da. Manchmal auch, wenn der Wind darnach war, hörte man einen Ton die Luft durchschneiden – nicht so scharf und laut, wie's von der „schönen Aussicht" zu hören gewesen war, aber doch noch kräftig genug, daß es durch die Luft fuhr wie ein tüchtiger Hieb.

Nun ja – so ein paar Minuten – sehnen und sich erinnern – hinblicken zu allem, was gewesen war, und dann wieder gehörig an die Arbeit, daß auch nicht ein Untätchen im Hause fehlte.

Manchmal, besonders wenn die Glucke mit jungen Hinkelchen ging, stand hoch oben in der Luft ein Habicht und äugte auf den Mühlenhof herunter. Und wenn der Sommer ausgehen wollte, dann kamen die Störche vom Dorf herausgezogen und kreisten oben im Blauen – die Dorth sah ihnen manchmal zu, und sie wußte, dann ging der Sommer bald, bald baute der Herbst seine Nebelmauern um die Mühle, und der Winter schneite sie bald ein. Der Naz aber schichtete die Säcke oben auf dem Mehlboden, damit die Mühle auch im Winter klappern konnte.

Im Anfang war der Vater ein paar Mal gekommen. Einmal auch der Vetterlein. Es war ihm aber nicht gemütlich geworden in der Mühle. Und dann hatte die Dorth ihn ein paar Mal durch die Wiesen schleichen sehen – in weiten Kreisen, ganz wie früher, aber den Hupfer getan, wie in die „schöne Aussicht", hatte er nicht. Er war ein guter Einfalt – und er hätte nicht Angst zu haben brauchen, daß er die Dorth stören würde oder daß es ihr wehe tät, wenn er da wäre.

Der Vater war recht gebrechlich und hinfällig geworden. Er war aber nicht zu bewegen, die Wirtschaft aufzugeben. Dann starb er eines Tages – und eines Tages starb auch der alte Goschel.

Noch fünf Kinder hatte die Marie von ihm, groß Glück hatte die auch ihr Lebtag nicht gehabt – Glück muß einem an der Wiege gesungen sein – aber nun war sie wenigstens versorgt und hatte Brot für sich und ihre Kinder. Die Dorth war ihr immer anhänglich gewesen, daß sie damals wegen Kamper geschwiegen hatte. Aber sie hatte ja auch früher wegen ihr geschwiegen, und das war noch was anderes gewesen. Freilich hat die Marie davon nie etwas erfahren.

Als das Frühjahr kam, nahm's die Annelies Brabender mit – sie hatte es in letzter Zeit so arg mit der Atemnot und hatte auch noch die Wassersucht gekriegt.

Nun ja, die Leute starben, die einen zu Leid, die andern zur Erlösung. Hie und da verlor sich ein Ton der Ereignisse zur Dorth. Sie lagen der Saulheimer Gemeinde so nahe, daher hätten sie mehr erfahren können – aber für Saulheim interessierte sich die Dorth gar nicht.

Im Dorf war sie vergessen. Es war ja auch nie eine Gelegenheit, einmal an sie zu denken. Und wenn man sich mal erinnerte – ach, war das lang her, daß die Dorth eine Rolle gespielt hatte. Derzeit hatte die Welt ein ganz anderes Gesicht gekriegt, waren auch die Menschen anders geworden – und man plante schon wieder Neues. Anfangs war die Kettenmüllerin noch manchmal zur Frühmesse gekommen, dann war sie auch da weggeblieben, und niemand sah sie mehr. Der Name Rosenzweig bestand nicht mehr im Dorf – und der Äges und der Johl, die beide noch etwas hätten erzählen können von der „schönen Aussicht", die nicht mehr war, und dem, was drin geschehen war – die lagen auch schon auf dem

Kirchhof, der Äges auf dem christlichen, der Johl auf dem jüdischen – und bald dachte auch niemand mehr an sie. Und der Anderbachs Anton, der zwar nicht mehr das Althorn blasen konnte, aber trotz seiner zitterigen Hände noch ein geschickter Tüncher war, trotz aller jungen Kräfte, die auch die Tüncherei angefangen hatten, der welschte alle Sachen toll durcheinander.

Der Jean Steinert aber, der als Bürgermeister an Stelle vom alten Rudolf Schwarz war, der, wie seine Welt, auch längst gegangen war, der Jean Steinert verstand die neue Zeit: ein neues Schulhaus wurde gebaut und ein neues Amtsgericht, und ein Fabrikschornstein nach dem anderen erhob sich. Der Verkehr blühte, und man sprach schon von der neuen Bahn: Oppenheim-Bingen, die sich hier mit der Mainz-Alzeyer Strecke kreuzen sollte. –

Eines Tages schloß auch die Dorth die Augen. Sie war nicht krank gewesen weiter – ein bißchen krächzig in den letzten Tagen, aber eigentlich ohne Klage. Sie war gestorben, ohne daß ihr was gefehlt hatte, sie war ausgegangen wie ein Licht; und wie ein Licht brennt, das sich selbst verzehrt, so hatte sie auch gelebt, sie hatte sich selbst verzehrt. Das wußte aber niemand, außer einem …

Sie hatte eine große schöne Leiche. Der Kaplan Goedecker hat sie begraben, er war damals Pfarrverwalter im Dorf, und er war der beste Mensch, der je auf einer Kanzel gepredigt und an einem Grabe gebetet hat. Die Leute hatten gemeint, sie werde nicht kirchlich beerdigt werden können, weil sie nie mehr in die Kirche gekommen war. Aber sie hatte ihre Osterkommunion gehalten gehabt, und der Kaplan Goedecker ist nie einer von denen gewesen, die Schwierigkeiten gemacht haben.

Der Naz war nun schon ganz grau. Gebückt trat er ans Grab und warf drei Handvoll Erde hinunter. Und neben ihn trat der Vetterlein. Der sah einen Augenblick ins offene Grab, ehe er sich bückte – und die Leute behaupteten, daß er etwas vor sich hin gesprochen habe; aber er habe keine Stimme gehabt, und so habe man's nicht verstehen können. Tief mußte er seinen langen Körper bücken, als er dreimal in die Erde griff. Und als er die drei Handvoll hinuntergeworfen hatte, hob er sich ein wenig, dann bückte er sich noch einmal, und warf noch dreimal Erde hinab. Niemand wußte, warum er das tat. Er wußte aber, für wen er's tat. Das Kreuz hatte der Anderbachs Anton geschrieben, trotz seines Alters und seiner Zitterigkeit und seiner verwirrten Gedanken. Und als man jetzt das Kreuz herbeitrug, sah man, daß drauf stand: „Dorothea Rosenzweig".

„Ich hab gemeint", sagte der Anderbach, „Naz wär ein Spitzname, da hab ich Rosenzweig geschrieben."

„Auch gut, laßt's so sein", sagte der Naz – „es ist ja kein Kind da, das sein Mutter mal auf dem Kirchhof suchen tät – und die andern Leut wissen, wer's ist."

Der Naz und der Vetterlein gingen nebeneinander von der Beerdigung heim.

„Sie war so gut", sprach der Naz vor sich hin – „kein bös Wort nie nit. Aber gelacht hat sie auch nit. Nit einmal, daß ich sie lachen gesehen hätt. Das war auch ihr Krankheit – und dadran ist sie gestorben, Herr Lehrer."

Der Vetterlein nickte nur.

Der alte Golderjahn warf die Feder mit einem raschen Schwung beseite.

„Ach", murmelte er – „Menschen! Und man hat die Hände dabei gehabt – und hat nichts tun können. Es ist so – wer verbraucht werden soll, der wird verbraucht, und wenn er aus Eisen wär. Das Leben ist unerbittlich – und Zeit vergeht, Zeit besteht – wir sind all nur Räder in ihrem Mühlwerk. Aber unsereiner – ob man Golderjahn heißt oder Vetterlein, – man ist derselbe schließlich, der nichts weiter tun kann, als am Leben vorbeizugehen."

Es war tiefe Nacht geworden, als er den Tod der Dorth erzählt hatte. Nun war er steif gesessen und erschöpft. Er streckte sich und stand dann auf, ein paar Schritte in seiner Stube auf und ab zu gehen.

„Warum rühr ich die alten Geschichten in mir auf? Um eine Kalendergeschichte zu schreiben. Und dafür wirft man sich vor den Menschen hin. Erst wildfremde Menschen, die's setzen werden, ein wildfremder Mensch, der's korrigieren wird, und dann wildfremde Menschen, die's lesen werden – und alle werden sie meinen, wie's anders sein sollt, und werden was besser wissen wollen. Ich gönn's ihnen. Nun ist's Ende Januar. Adieu Kalender! – s' wird sich was anderes finden. Einmal muß einem so was von der Seele – in dem, wie's einen traurig bewegt hat – und in dem, wie man sich selbst erkannt hat. Dahinter aber steht ein hämisch Gesicht. Man könnte anders sein – wenn man anders sein könnte."

Er setzte sich wieder.

„Ich muß doch noch ein letztes Wort schreiben – der Wahrheit gemäß" – und er schrieb:

Einer lebt immer noch – auch heut noch – und bewahrt in aller Liebe – in alter Liebe – das Andenken an die Dorth, die die Menschen längst vergessen haben. Denn die Menschen von heut, die denken nur an das Heut. Sie haben sich ganz an die neue Zeit gewöhnt. Und in der ist nichts von Dauer. Was soll da so ein klein Menschenleben gelten?

Aber s' ist nun einmal so, und man muß sich auch damit abfinden. Deshalb ist der Dorth ihr Grab nicht ohne Blumen – dafür sorgt noch einer – und wenn der tot ist – die Vögel singen dann doch noch drüber und die Sonne scheint doch noch drauf. Dazu tun die Menschen nichts zu und nichts ab.

Er besann sich – dann schob er das Manuskript beiseite. Noch einmal nahm er's – es war so schwer, sich davon zu trennen – und er schrieb darunter, ohne erst nachzudenken, ob es paßte oder nicht paßte, er schrieb nur einfach den Satz hin, der ihm jetzt im Sinne lag:

Es ist aber doch ein großes Glück, gelitten zu haben, um frei zu sein von allem, was Leiden heißt.

Wilhelm Holzamer und seine Nieder-Olmer Romane

Von Jens Frederiksen

Das Erscheinen seines letzten Romans „Vor Jahr und Tag“ hat Wilhelm Holzamer nicht mehr erlebt – und auch den Vorabdruck in der Berliner Familienpostille „Daheim“ nicht, der am 5. Oktober 1907 begann. Fünf Wochen vorher, am 28. August, war der Autor im Alter von gerade 37 Jahren in einer Berliner Klinik an Diphtherie gestorben, nachdem er sich während einer Urlaubsreise auf Bornholm angesteckt hatte. Erstmals seit seinem Entschluß, den erlernten Lehrerberuf aufzugeben, Frau und Kinder zu verlassen und als freier Schriftsteller zu leben, hatte Holzamer ein bißchen Geld in der Hand gehabt, erstmals (die Buchausgabe von „Vor Jahr und Tag“ war mit dem Berliner Verlag Egon Fleischel fest für das Jahr 1908 vereinbart) hatte es eine Aussicht auf dauerhafte künstlerische Anerkennung gegeben – da beendete eine nur in epidemischen Schüben auftretende, dafür um so tückischere Krankheit alle Blütenträume. Mit Holzamer verlor die deutsche Literaturszene der Jahrhundertwende eines ihrer überragenden Erzähltalente, noch bevor es sich zuverlässig hatte etablieren können.

Es war eine Zeit der politischen und technischen Umbrüche, in die Holzamer hineingeboren wurde – eine Zeit auch der Auflösung jahrhundertealter sozialer Strukturen, wodurch es für den Durchschnittsbürger überhaupt erst möglich wurde, einen anderen als den von Herkunft, Region und Konfession vorgegebenen

Lebensweg einzuschlagen. Für Holzamers Werdegang sollte das von großer Bedeutung werden. Am 28. März 1870 in Nieder-Olm als Sohn eines nicht sehr lebenstüchtigen Sattlers geboren und in seinem Heimatdorf frühzeitig selber als Sonderling und Eigenbrötler an den Rand gedrängt, fand er eine Zuflucht und einen Halt in der Welt der Bücher und der Literatur, die ihm durch seinen Großvater, einen Privatschullehrer, nahegebracht wurde. Bereits mit 16 verließ der Junge seinen Geburtsort, um in Bensheim an der Bergstraße das Lehrerseminar zu besuchen. Und obwohl die weiteren Lebensstationen immer weiter von der rheinhessischen Heimat wegführten, sollte Nieder-Olm in Holzamers literarischem Werk bis zum Schluß eine Schlüsselrolle spielen: Von seinen insgesamt sieben Romanen spielen sowohl der Erstling „Peter Nockler" und das Folgebuch „Der arme Lukas" (beide 1902) wie zu weiten Teilen die ausufernde, durch fiktive Elemente allerdings erheblich verfremdete Autobiographie „Der Entgleiste" (1906) in der Landschaft seiner Kindheit und Jugend. Und auf besonders bewegende Art tut das zu guter Letzt auch noch einmal „Vor Jahr und Tag".

Die stets neue Rückbesinnung auf seinen Geburtsort ist um so erstaunlicher, als Holzamers kurzes Leben so bewegt und zeitweise dramatisch verlief, daß für Muße und Kontemplation wenig Zeit gewesen sein kann. Der junge Lehrer wurde vom Bensheimer Seminar ins benachbarte Heppenheim versetzt, er heiratete dort 1893 die aus angesehenem Hause stammende Marie Hamel, hatte mit ihr nicht weniger als sieben Kinder, baute 1899 am Ort auch noch ein geräumiges Haus - dann freilich folgte er im Jahre 1900 dem Ruf des kunstsinnigen Großherzogs Ernst Ludwig nach Darmstadt, um dort auf der Mathildenhöhe ein zur Eröffnung der Künstlerkolonie vorgesehenes Theaterfestival zu konzipieren und durchzuführen. Der brave Ehemann als kunsthungriger Bohémien und Flaneur: Einmal den Zwängen gutbürgerlicher Gesittetheit entronnen, brach in Holzamer das bis dahin in die karge Freizeit abgedrängte und von der Ehefrau wohl auch wenig geschätzte künstlerische Wollen hervor. Die Niederschrift der ersten Romane fällt in diese Darmstädter Zeit - und die Bekanntschaft mit einer selbstbewußten Aktrice, der Engländerin Nina Carnegie Mardon, die schnell seine Muse und Geliebte wird.

Der Groll, den Holzamer fortan gegen die ungeistige Familie seiner Frau hegt, aber auch die inneren Kämpfe und Schuldgefühle, die ihn nach diesem Bruch mit seinem bisherigen Leben plagen, sind ausführlich und stellenweise etwas selbstgerecht in dem Roman „Der Entgleiste" dokumentiert. Doch auch die neue Beziehung ist nicht frei von Problemen. Nina Mardon drängt Holzamer, zur Selbstfindung nach Paris überzusiedeln – aber ohne sie, allein. Im Herbst 1902 folgt er dem Rat, man kann aufgrund verschiedener Indizien auch sagen: der Anweisung seiner Lebensgefährtin – und bleibt bis 1905. Als er dann nach Deutschland zurückkehrt, begibt er sich allerdings nicht in das vertraute Umfeld nach Darmstadt oder gar ins Mainzer Land – er entscheidet sich für Berlin. Die Zeit, die ihm dort bleibt, reicht allerdings nicht einmal aus, um ihn auch nur in der Stadt selber bekannt zu machen.

Holzamers literarische Produktion von Belang fällt in die Jahre zwischen der Jahrhundertwende und seinem Todesjahr 1907. Die Zeit war günstig für die Kunst. Man muß sich nur vergegenwärtigen, was an wegweisenden Erzählwerken damals sonst noch erschien. 1897 hatte Fontane seinen „Stechlin" geschrieben – ein letztes und vollendetes Beispiel für den chronologisch erzählten psychologischen Roman; 1901 waren Thomas Manns

„Buddenbrooks" herausgekommen – Höhepunkt des großen Gesellschaftsromans und zugleich ein ersten Schritt zu seiner Überwindung, der sich in der Einführung einer ebenso feinen wie allumfassenden Ironie offenbarte; und 1910 kam mit Rilkes „Aufzeichnungen des Malte Laurids Brigge" der Sprung ins gebrochene Erzählen, der Sprung weg von der nachvollziehbaren Handlung und hin zur radikalen Subjektivität der Moderne. Will man Holzamer in diesem Dreigestirn positionieren – und mit seinen vier Nieder-Olmer Romanen ist das erlaubt, denn sie gehören zum besten, was die Erzählkunst der Jahrhundertwende in Deutschland geleistet hat – , dann gehört er eindeutig in die Nähe Fontanes, in die Nähe des übersichtlichen, die Wirklichkeit abbildenden Erzählers des 19. Jahrhunderts. Zumindest im Ästhetischen befindet sich Holzamer also auf der konservativen Seite – neben seinem unglücklich kurzen Leben sicherlich der wichtigste Grund, warum ihm die Beachtung der Nachwelt verwehrt blieb.

Und doch ist Holzamer keineswegs ein Gefolgsmann oder gar Epigone des großen Chronisten der Mark Brandenburg gewesen. Im Gegenteil. Wo Fontane die seelischen Bedrängnisse seiner Figuren in ein Gesellschaftsgemälde von höchster Eleganz und Konversationsbeflissenheit einsenkt, bringt Holzamer auf fast archaische Weise ganze Gefühlspanoramen eher ländlicher Prägung zu Papier. Wie er das kleine Vernünfteln seiner Figuren liebevoll und wortgewaltig gegen deren überraschende Leidenschaftlichkeiten in Szene zu setzen versteht, wie er in einem unbeholfen anmutenden, tatsächlich aber nur der Erdenschwere einer bäuerlichen Sprechweise angeglichenen Erzählduktus deren Unstetheiten und Treulosigkeiten als unberechenbare Naturgewalten erklärt und rechtfertigt und damit dem vernunftbestimmten

„preußischen" Norden das instinktbetontere süddeutsche Lebensgefühl entgegensetzt – das hat Macht und Kraft. Holzamer war zu seiner Zeit auf dem besten Weg, ein ernstzunehmender Antipode zum immer noch nachwirkenden kühleren Fontane zu werden.

Bereits der Erstling „Peter Nockler" enthält das gesamte Holzamersche Programm, verpackt freilich in eine Handlung von Novellenformat. Die Geschichte des Schneiders Peter Nockler, der sich in das Mädchen Elise verliebt, von diesem während eines Besuchs bei deren Eltern im Odenwald mit einem dorfbekannten Großsprecher betrogen wird, am Ende aber trotzdem mit der schon verlorengeglaubten Geliebten und ihrem unehelichen Sohn zu einem selbstgenügsamen Leben in die von den Stürmen der neuen Zeit noch unberührte Oase Nieder-Olm zurückkehrt – diese Geschichte einer gefährdeten, stets von ruppigen Umschwüngen bedrohten Beziehung und einer stillen Rebellion gegen die herrschende Moral wird ohne alle Schnörkel und Umwege vor dem Leser ausgebreitet, in jener schlichten und doch so bildkräftigen Diktion, wie sie für Holzamer kennzeichnend werden sollte. Eingebettet in einen Alltag von unspektakulärer Gleichförmigkeit, stellen hier die Leidenschaften mit schon archaischer Wucht alles geordnet Zivilisierte in Frage. Eine Bedrohung und ein Trost – durch die Liebe treibt das Leben ständig an den Rand der Katastrophe, aber ohne sie wäre es nichts als ein zielloses Vegetieren.

Eng verwandt mit dem „Nockler" ist Holzamers zweiter Nieder-Olmer Roman „Der arme Lukas", ebenfalls eine Liebesgeschichte mit überschaubarem Personal und mancherlei Einsichten in die Vergeblichkeit menschlichen Glücksstrebens – freilich mit weniger Farbe, weniger Sinn fürs Dramatische, weniger Wärme auch in der Figurenzeichnung. Der eigene Vater schnappt dem Titelhelden darin nach dem Tod der Mutter die zögerlich umworbene Freundin weg und holt sie als Wirtschafterin und schließlich als Ehefrau ins Haus. Viel hingebungsvoll beschriebenes Sehnen, doch wenig äußere Handlung – der zweite novellistische Roman des Wilhelm Holzamer läßt den Mangel an Weite und Welt erstmals als schmerzliches Defizit erscheinen.

Die drei Folgebücher – die historische Legende „Der heilige Sebastian" (1902) und die beiden Frauenromane „Inge" (1903) und „Ellida Solstratten" (1904) – haben für die Genese von „Vor Jahr und Tag" keinerlei Bedeutung. Wichtig hingegen ist dafür wieder der von Nina Mardon aus dem Holzamer-Nachlaß herausgegebene Roman „Der Entgleiste", der 1910, zur Zeit seines Erscheinens, für Holzamers letztes Werk gehalten wurde, der aber von dem Holzamer-Biographen Günter Heinemann in seiner Dissertation „Wilhelm Holzamer – Persönlichkeit und Schaffen" (Mainz 1956) sehr überzeugend vor die Niederschrift von „Vor Jahr und Tag" in die erste Hälfte des Jahres 1906 datiert wurde.

Was den frühen Arbeiten Holzamers völlig fehlte, ist hier plötzlich im Überfluß vorhanden: immer neue Figuren, immer neue Schauplätze gibt es da. Ein Entwicklungsroman. In der Geschichte des Außenseiters Philipp Kaiser, der, beflügelt durch den Ehrgeiz der Mutter, beflügelt auch durch die Widerstände seines Heimatdorfes, die Arztlaufbahn einschlägt, an der Bergstraße heiratet, sich dann aber in eine eigensinnige Patientin verliebt, die in ihm die Lust an der Kultur, am Weltläufigen weckt – in dieser Geschichte steckt unverkennbar Holzamers eigene Biographie. Doch eigenartig: Von Leben erfüllt ist allein der erste Teil des Buches, jener Teil, der die Kindheit in Nieder-Olm schildert. Alles andere bleibt Skizze und angestrengte Kulissenschieberei.

Erst mit „Vor Jahr und Tag“ kann Holzamer wieder an die thematische Geschlossenheit und erzählerische Kraft des „Peter Nockler“ anschließen – und beides um einen ganz neuen Blick für das Zeitgeschichtliche, einen Sinn auch für das große, figurenreiche Tableau erweitern. Der novellistische Impetus hat sich endgültig zu einem reichen, weit ausgreifenden Fabulieren ausgewachsen. Die Niederschrift des Romans ging, wie stets bei Holzamer, sehr zügig voran, sie dauerte von Weihnachten 1906 bis Ende Januar 1907. Im Frühling des Jahres hat er an den Druckfahnen nochmals, wie Heinemann herausfand, erhebliche Korrekturen vorgenommen, so daß „Vor Jahr und Tag“ als einer der am sorgsamsten durchgearbeiteten und durchkomponierten Texte Holzamers gelten kann.

Erzählt wird die Geschichte der Nieder-Olmer Gastwirtstochter Dorth Rosenzweig, die mit dem kernigen, heute würde man sagen: mackerhaften Jörg-Adam befreundet ist, die dessen poltrige Besitzansprüche aber in dem Moment zurückweist, in dem ihr der junge Dorflehrer Vetterlein den Hof zu machen beginnt. Daraus freilich erwächst keine neue Beziehung, sondern nur ein unentschlossenes Nebeneinanderher, das schließlich den Weg frei macht für die Verlobung mit dem Eisenbahningenieur Kamper, eine Verbindung, die das zaudernde Mädchen zur kläglichen Befehlsempfängerin herabdrückt und die am Ende auch nicht zu der schon fest verabredeten Heirat führt. Zu guter Letzt bleibt nur eine Vernunftehe – mit einem Müller nahe der Saulheimer Gemarkung, der der Dorth gleichgültig ist und der ihr lediglich die Gewähr bietet, in dieser Welt nicht noch ein weiteres Mal mit einem dieser verheerenden Gefühlsstürme konfrontiert zu werden, die sich Liebe nennen.

Ein Slalom der Hoffnungen und Entmutigungen, eine Ballade von der kleinen Suche nach dem Glück und der großen niederdrückenden Einsicht in die Unfähigkeit des Menschen, im richtigen Moment zuzugreifen. Doch so nahe dieser resignierende Befund, überhaupt die melancholische Grundstimmung dem „Nockler"-Duktus auch sein mögen, schon der Kern der Geschichte mit seinen drei Varianten der Partnerbeziehung – der ungestüm burschikosen beim Jörg-Adam, der kultiviert zurückhaltenden, ja zimperlichen beim Vetterlein, der väterlich herablassenden schließlich beim Ingenieur Kamper – zeigt das Differenzierungs- und Abschattierungsvermögen, zu dem Holzamer inzwischen fähig ist.

Hinzu kommt eine Lust am Ausspinnen auch der kleinen und allerkleinsten Begebenheiten am Rande. Der Seitenblick auf die Überlebenskünste der Blume Marie etwa, einer Freundin der Dorth, die sich durch die Heirat mit dem alten Goschel ein sicheres Auskommen schafft, oder die Rückblende auf das Leben der Mutter des Vetterlein, die vom Vater ihres Sohnes schmählich im Stich gelassen worden war und ihm doch ein liebendes Andenken bewahrte, sind Paradebeispiele für die Kunst Holzamers, bis in die zartesten Verästelungen seines Erzählgeflechts hinein sein Hauptthema um immer neue Facetten zu bereichern.

Vor allem aber gelingt es ihm fast mühelos, seinen Roman zum großen Zeitpanorama auszubauen. Der preußisch-österreichische Krieg von 1866 mit all den antipreußischen Ressentiments im Mainzer Land markiert den Beginn der Handlung. Die Reichsgründung 1871 und das Heraufziehen einer ganz neuen, vom technischen Fortschritt und einer wohltuenden Aufgeschlossenheit, aber auch einer beängstigenden Beliebigkeit geprägten Zeit, versinnbildlicht durch den Bau der Eisenbahntrasse von Mainz über Nieder-Olm nach Alzey, stehen am Ende. So erzählt das Buch nicht nur, wie der „Nockler“, von großen Gefühlen und ihren kleinen Opfern, sondern auch von großen geschichtlichen Umbrüchen und ihrem unaufhaltsamen Hineinwirken in den kleinen Gang der alltäglichen Dinge. Doch wo das Gefühl mit der großen Geschichte in Konflikt gerät, kann dem einzelnen nur noch der Rückzug in die Einsamkeit das Überleben sichern. Ziemlich genau das aber ist die Geschichte der Dorth Rosenzweig.

Bleibt noch Holzamers Sprache – diese überwältigend einfache und betörend schöne Sprache, die für alles, selbst das unvernünftigste Tändeln und Wanken, das unerklärlichste Seitwärts und Zurück der Figuren ein ebenso unangestrengtes wie frappierendes Bild findet. Zum Beispiel, wenn er den auf Freiersfüßen wandelnden Vetterlein als jemanden beschreibt, in dem es einmal „still gewesen war wie in einem hochumzäunten Garten, der hinter einer Wand von Bäumen lag“ – und nun war „der Wind in den Garten gefahren, und von außen konnte jeder hineinsehen, der nur wollte“. Oder wenn er über die verlegen nach Worten suchende Dorth sagt: „Es war gerade, wie wenn man ein Bild an die Wand aufhängen will und hat keinen Nagel dafür. Und sie fand auch den notwendigen Nagel nicht, wie sie auch suchte.“ Oder wenn er über die plötzliche Mattigkeit am Ende des Lebens und das Sichverflüchtigen der Liebe räsonniert: „'s war alles wie das Wasser – was nicht fortläuft, das verdunstet – und eines Tages ist trocken, wo's naß war.“

Am bewegendsten aber sind die Passagen über das lange ereignislose Leben der verheirateten Dorth in der Saulheimer Kettenmühle und ihr kurzes schicksalsergebenes Sterben: „Sie war ausgegangen wie ein Licht; und wie ein Licht brennt, das sich selbst verzehrt, so hatte sie auch gelebt, sie hatte sich selbst verzehrt.“ Und nach einem kurzen Zurückblenden in die Rahmenhandlung, die einen fiktiven Erzähler, den alten Golderjahn, eingeführt hatte und die ihn am Ende in einer unmißverständlichen Andeutung als den unglücklichen Dorth-Verehrer Vetterlein identifiziert, folgt dann, als allerletzter Satz des Buches überhaupt, eine Formulierung wie hingemeißelt: „Es ist aber doch ein großes Glück, gelitten zu haben, um frei zu sein von allem, was Leiden heißt." Der ganze Holzamer ist in diesem Satz – und ein gutes Stück von einer Welt, die uns ohne ihn verborgen geblieben wäre.